숙향전 · 숙영낭자전

한국
고전
문학
전집

005

숙향전·숙영낭자전

이상구 옮김

문학동네

머리말

근래 우리나라 고전소설에 대한 관심이 새롭게 확대되고 있는 듯하다. 바람직한 현상이다. 한때 서구의 고전문학이나 우리의 현대문학은 삶의 모습을 다양하면서도 진실하게 형상화하고 있는 반면에, 우리의 고전소설은 천편일률적이거나 허무맹랑한 이야기에 불과한 것으로 간주되는 경향이 있었다. 소설 창작의 기법이나 문체 등을 고려할 때, 우리의 고전소설이 현대소설이나 널리 알려진 서구의 고전들에 비해 다소 떨어지는 면이 있다는 것을 부정할 수는 없다. 그러나 소설이란 본래 창작 당시의 현실적 토대와 언어 관습을 바탕으로 당대인當代人들의 꿈과 좌절, 슬픔과 기쁨, 삶과 지향 등을 허구적으로 형상화한 것이기 때문에 각각 나름대로의 시대적 의미와 의의를 지니고 있다. 또한 우리의 고전소설을 천편일률적이거나 허무맹랑하다고 생각하는 것은 고전소설 자체의 특성보다는 오늘날 우리의 관점에서만 바라본 탓이 더크다. 예컨대 300~400년이 지난 후에 우리의 후손들이 20세기의 소설을 보고 뭐라고 말할 것인지 생각해보자. 그들도 지금의 우리처럼

20세기 우리 선조들은 어찌 그리 한결같은 문체로 한결같은 내용을 다루고 있는지 이해할 수 없다고 말할 가능성이 매우 크다.

이런 점들을 고려할 때, 우리는 고전소설을 현재 우리의 시각보다는 당대인들의 시각에서 이해하려는 노력이 필요하다. 또 우리가 이런 노력을 조금만 기울인다면, 우리는 고전소설을 통해 우리 선조들이 무엇을 힘들어하고 어떻게 살기를 바랐는가를 생생하게 맛볼 수 있을 것이다.

일례로 잘 알려진 『심청전』과 『바리데기』를 보자. 두 작품은 모두 '효孝'를 표방하고 있기 때문에 주제적인 측면에서 같은 성격의 작품으로 이해하기 쉽다. 그러나 조금만 세심하게 살펴보면, 두 작품에 나타난 효는 많은 차이를 내포하고 있다. 심청의 효가 '죽을 고생을 하며 자신을 키워낸 눈먼 아비에 대한 인간적 정리情理'라고 한다면, 바리데기의 효는 자신을 버린 부모를 위해 죽음을 무릅쓴다는 점에서 '유교적인 또는 관념화된 이념'이라고 할 수 있다. 즉 심청은 절로 우러난 마음으로 아버지의 눈을 뜨게 하기 위해 자기의 목숨을 바친 것이라면, 바리데기는 자식이기 때문에 당연히 부모를 위해 죽음을 무릅쓰고 저승에 갔던 것이다. 따라서 바리데기의 효보다는 심청의 효가 더욱 인간적이고 진실하다고 할 수 있다. 그러나 또한 바리데기의 효에는 조선시대 남녀차별로 고통을 겪어야만 했던 여성들의 원망怨望이 담겨 있다. 딸이기에 버려진 바리데기. 그녀는 여성을 천시했던 가부장적 질서에 저항하기 위해 어떤 남성도 하기 어려운 효를 실천함으로써 여성의 능력과 존재가치를 드러낸 것이다. 이런 점에서 바리데기의 효는 날카로운 발톱을 숨기고 있는 부드러운 털이라고 할 수 있다.

이렇듯 우리의 고전소설에는 아름답고 인간적이며, 풍요롭고 바람직한 세계를 만들어가고자 했던 우리 선조들의 고뇌와 노력이 담겨 있다. 이 점은 『숙향전』이나 『숙영낭자전』도 크게 다르지 않다. 두 작품은 모두 청춘남녀의 사랑을 환상적으로 형상화하고 있기에 얼핏 허무맹랑한 이야기인 것처럼 생각하기 쉽다. 그러나 두 작품의 환상성에는 당대인들의 질곡과 바람이 은은하게 배어 있다. 신분을 알지 못한 채 유리걸식했던 숙향과 귀공자인 이선의 사랑, 역시 출신성분을 알 수 없는 숙영낭자와 양반 도령인 선군의 사랑은 조선시대 지배계층의 입장에서 볼 때 있을 수도, 있어서도 안 되는 것이었다. 그렇기에 『숙향전』에서 이상서는 아무런 잘못이 없는 숙향을 죽이려 했으며, 『숙영낭자전』에서 백상공은 숙영낭자를 정식 며느리로 인정하지 않았던 것이다. 두 작품은 바로 이러한 현실, 곧 청춘남녀의 사랑을 억압했던 조선시대의 유교적 이념과 신분차별 등을 극복하기 위해, 또 그것이 바람직하지 않다는 것을 드러내기 위해 환상적인 기법을 활용하고 있는 것이다. 물론 두 작품의 환상성은 이것만으로 다 해명할 수는 없으며, 거기에는 오늘날 우리가 보기에 다소 비합리적인 것으로 생각될 수 있는 초월적이거나 운명론적인 세계관이 깃들어 있기도 하다. 그러나 이러한 세계관마저도 고달픈 현실을 어떤 방식으로든 극복해보고자 했던 당대인들의 고뇌와 몸부림의 산물이라는 점을 잊어서는 안 될 것이다.

오늘날 우리 젊은이들이 『숙향전』과 『숙영낭자전』을 통해 조선 후기의 제도적·이념적 굴레 속에서 신음하면서도 그것의 작은 틈새를 이용하여 인간다운 삶과 가치를 실현하고자 했던 당대인들의 가녀린 몸부림을 섬세하게 읽어낼 수 있기를 고대한다.

2010년 7월
아름다운 사람의 고장 순천에서
이상구 씀

숙향전 淑香傳

숙영낭자전 淑英娘子傳

【 일러두기 】

1. 『숙향전』은 한국학중앙연구원 소장본(596-R16N-001146-11)을 저본으로 삼았으며, 문맥이 잘 통하지 않는 부분은 이대본, 심씨본, 경판본 등을 참조하여 보완했다.

2. 『숙영낭자전』은 김동욱 소장 48장본 『낭자전』을 저본으로 삼았으며, 문맥이 자연스럽지 못한 부분은 김광순 소장 48장본 『수경낭자전』, 김광순 소장 50장본 『수경낭자전』, 경판 28장본 『숙영낭자전』 등을 참조하여 약간의 윤색을 가했다. 또한 본문에는 여주인공의 이름이 '슈경낭자'로 표기되어 있으나, '해설' 등에서는 일반화된 명칭인 '숙영낭자'로 표기했다.

3. 원전에는 장을 나누지 않았으나 독자의 편의를 위해 큰 사건별로 장을 나누고, 각 장마다 사건의 특성에 부합하는 소제목을 붙였다.

4. 현대어법에 맞추어 띄어쓰기를 하고 문장부호를 사용했으며, 인물의 직접 진술은 줄을 바꾸어 적고 큰따옴표(" ")를 써서 구분했다. 그리고 문장이 완결되는 전체 인용의 경우에만 큰따옴표 속에 마침표를 찍고, 부분 인용의 경우에는 가독성을 위해 마침표를 생략했다.

5. 원전의 뜻을 해치지 않는 범위에서 오늘날 독자들이 쉽게 읽을 수 있도록 번역하되, 일부 종결어미와 고어古語 등은 고전소설의 맛과 원표현의 아름다움을 살리기 위해 원래 표현에 약간의 윤색만을 가했다.

6. 관직이나 인명 또는 설명이 필요하다고 판단되는 어휘는 그 뜻을 간략히 정리하여 본문에 삽입하되, 통독의 수월성을 위해 특별한 경우를 제외하고는 가급적 한글 다음에 한자漢字를 병기倂記하는 것으로 뜻풀이를 대신했다.

7. 판독할 수 없는 글자는 □ 로 나타냈다.

김전이 거북을 구해주다

화설話說. 고전소설에서 이야기를 시작할 때 쓰는 말이라. 옛날 송나라 시절에 남양南陽, 중국 호북성 양양현에 있는 고을 땅에 한 재상의 아들이 있었으니, 성명은 김전이라. 문벌이 거룩하고 재주가 세상에 빼어난 고로, 문장은 옛적 한퇴지*와 이적선** 못지않고, 글씨는 조맹부***와 왕희지****보다 뛰어나니, 천하에 이름난 선비들이 구름 모이듯 몰려들었다.

그 부친은 운수선생雲水先生인데, 도덕과 재주가 천하에 짝할 사람이 없었다. 그런 까닭에 송나라 황제께서 운수선생을 지극히 사랑하시어 간의태부諫議太傅, 임금에게 잘못을 고치도록 간하던 벼슬와 이부상서吏部尙書, 문관의 인사고

* 한퇴지(韓退之): 당나라 때의 문학가이면서 사상가인 한유(韓愈, 768~824). 송나라 이후 그의 문장은 가장 모범적인 것으로 추앙되었다.
** 이적선(李謫仙): 당나라 때의 시인인 이백(李白, 701~762). 중국 최대의 시인으로 추앙되었으며, 흔히 시선(詩仙)이라 불렸다.
*** 조맹부(趙孟頫): 원나라 때의 화가이자 서예가.
**** 왕희지(王羲之): 동진(東晉) 때의 명필(名筆). 중국 역사상 최고의 서예가로 평가받고 있으며, 서성(書聖)으로 불리기도 한다.

과, 공훈과 봉작에 관한 일을 맡아보던 이부의 으뜸벼슬를 제수하셨다. 그러나 운수선생은 그 벼슬을 굳건히 사양하고 산중에 깊이 들어가 숨어 산 지 구 년 만에 굶주려 죽었다. 김전이 망극하여 예로써 선산先山에 안장하고 삼년상을 극진하게 지내니, 집이 매우 가난해졌다.

하루는 김전이 친한 벗이 좋은 고을의 태수가 되어 내려가는 것을 축하하기 위해 술과 음식을 갖추어 나귀에 싣고 반하수라는 큰물을 건너가는데, 물가에서 어부들이 큰 거북 한 마리를 잡아 구워 먹으려 하고 있었다. 김전이 자세히 보니, 그 거북이 눈물을 흘리며 매우 슬퍼하는 듯했다. 이상하게 생각한 김전이 더욱 가까이 가서 살펴보니, 거북의 이마 위에 하늘 천天 자가 있고, 배 가운데에는 목숨 수壽 자와 복 복福 자가 뚜렷하게 새겨져 있었다. 김전은 이 거북이 틀림없이 영물일 것이라고 생각하고 어부들에게 분부하여 말하기를,

"죽이지 말고, 도로 물에 놓아주어라"

하니 어부들이 대답하기를,

"우리가 종일토록 그물질을 했지만 다른 고기는 하나도 잡지 못하고 다만 이 거북이 한 마리만 잡았습니다. 저것이 비록 영물일지라도 구워서 여럿이 요기나 하고자 하나이다"

했다.

김전은 그 거북이 죽게 된 것을 매우 불쌍히 여겨 즉시 동전 열닷 냥과 술을 어부들에게 주고 거북을 사서 물에 놓아주었다. 그러자 그 거북이 김전을 자주 돌아보며 떠나갔다.

그 다음해 김전이 벗을 만나고 집으로 돌아오던 길에 백운교를 건너게 되었는데, 중간쯤에 이르러 갑자기 거센 물결이 일어나 다리의 양쪽 끝이 무너졌다. 김전이 망연하여 어찌할 바를 모르고 다리 기둥만 붙잡고 서 있는데, 잠시 후에 검은 널판 같은 것이 김전 앞으로 떠내려왔다. 김전이 급한 마음에 즉시 기둥을 놓고 그 위로 올라앉았다. 그러

자 그것이 한 번 움찔하며 네 다리를 휘저어 나아가는데, 빠르기가 화살 날아가듯 했다.

이윽고 그것이 물을 건너 김전을 건너편 바위 위에 내려놓더니, 즉시 몸을 물속에 감추고 머리만 물 밖으로 내밀었다. 김전이 자세히 보니, 이마에 하늘 천 자가 완연했다. 마음속으로 크게 놀라 생각하기를,

'틀림없이 반하수에서 구해준 거북이가 은혜를 갚는 것이로다'

하고 그 거북을 향해 무수히 사례했다.

잠시 후 그 거북이 입에서 안개 같은 기운을 토하자, 무지개 같은 상서로운 기운이 김전의 앞을 둘러쌌다. 이윽고 그 기운이 걷히더니 제비 알만한 구슬 두 개가 김전 앞에 놓여 있었다. 김전이 자세히 보니, 오색영롱하고 향기가 어려 있었다. 또 구슬 속에 글자가 은은하게 보였는데, 하나는 목숨 수 자요, 또 하나는 복 복 자였다.

김전이 생각하기를,

'전에 반하수에서 구해준 은혜를 갚고 가는구나'

하고 그 거북이 가는 곳을 향해 무수히 사례하고 집으로 돌아왔다.

숙향의 탄생

이때 김전의 나이는 스무 살이었다. 그러나 집이 매우 가난하여 결혼을 하지 못하고 있었다. 그런데 마침 영천潁川, 중국 하남성에 있는 고을 땅에 장회라는 사람이 살고 있었다. 그는 본래 정직하여 공명功名, 공을 세워 이름을 널리 알림에 뜻이 없고 농업에만 힘썼는데, 근본은 공후거족公侯巨族, 이름나고 크게 번창한 집안의 자손이었다. 집은 매우 부유했으나 아들이 없고 딸만하나 있었는데, 그 딸의 인물과 자질이 세상에 다시없을 정도로 빼어났다. 당시 장회는 아주 훌륭한 사윗감을 찾고 있다가, 김전의 문장과 풍채가 훌륭하다는 말을 듣고 김전에게 구혼했다. 김전이 가난하여 납채納采, 신랑 집에서 신부 집에 청혼할 때 주는 예물로 보낼 것이 없어 구슬 한 쌍을 보내니, 장회의 아내가 그것을 보고 탄식하며 말했다.

"천하에 부귀하고 훌륭한 인물들이 다투어 구혼하는데 제 말씀을 듣지 않고, 구태여 이런 가난한 사람을 사위로 삼으려 하시나이까?"

이에 장회가 말하기를,

"혼인에 재물을 따지는 것은 오랑캐의 풍속이라. 지금은 김전이 비록 가난하나 나중에는 반드시 공후장상公侯將相. 관작이 매우 높은 사람이 될 것이어늘, 어찌 부귀만 탐하리오. 게다가 저 진주는 천하의 귀중한 보배라"

하고 옥장인玉匠人을 불러 그 진주로 옥가락지 한 쌍을 만들어 딸에게 주고, 즉시 날짜를 잡아 김전과 혼례를 치렀다. 결혼한 김전 부부는 서로 사랑하여 원앙새가 푸른 물에서 놀고 비취새가 연리지*에 깃드는 듯했다.

김전이 장회의 집에 장가든 지 십 년 만에 장회 부부가 모두 세상을 떠났다. 김전이 극진한 예로써 두 분을 선산에 안장하고 후사後事를 다 맡으니, 부귀가 천하에 비할 데 없었다. 그러나 슬하에 일점혈육이 없으므로 김전 부부는 명산을 찾아다니며 지성으로 자식 보기를 빌었다.

그러던 중 무자년戊子年 7월 보름밤에 김전 부부가 완월루玩月樓에 올라 달을 구경하고 있는데, 문득 공중에서 흰 꽃 한 송이가 장씨 앞에 떨어졌다. 장씨가 놀라서 보니, 배꽃도 매화도 아니로되 맑은 향내가 진동했다. 이상하게 생각하던 차에 갑자기 거센 바람이 불어오면서 그 꽃이 산산이 흩어지거늘, 장씨가 깜짝 놀라며 탄식했다.

그날 밤 장씨가 꿈을 꾸었는데, 금두꺼비가 품속으로 들어오는 것이었다. 놀라서 깨어 일어나 김전에게 꿈 이야기를 하니 김전이 대답하기를,

"어제 계수나무 꽃이 앞에 떨어지고, 오늘 금두꺼비가 품에 들어오는 꿈을 꾸었으니, 반드시 귀한 자식을 보게 되리라"

하고 하느님께 빌며 자식 낳기를 고대했다. 과연 그달부터 장씨가 잉태하니, 김전은 크게 기뻐하며 귀한 아들을 낳게 해달라고 빌었다.

---

* 연리지(連理枝): 뿌리가 다른 나뭇가지가 서로 엉켜 마치 한나무처럼 자라는 것으로, 본래는 효성이 지극함을 나타냈으나 흔히 남녀 간의 사랑 혹은 부부애(夫婦愛)가 돈독한 것을 비유한다.

어느덧 세월이 흘러 장씨가 잉태한 지 열 달이 되었다. 하루는 날씨가 화창했는데, 갑자기 오색구름이 집을 둘러싸더니 전에 없던 향내가 집 안에 진동했다. 집안사람들이 모두 기이하게 여기고 있는데, 해가 저문 뒤 문득 공중에서 두 선녀가 내려와 등불을 켜고 김전에게 말했다.

"이제 월궁항아*께서 오시니, 그대는 집 안의 더러운 것을 없애시오."

두 선녀가 장씨 방으로 들어가니, 김전이 황홀하여 즉시 시녀에게 집 안을 가장 정결하게 청소하라고 분부했다.

이윽고 집 안에서 기이한 광채가 일어나더니, 그 빛이 하늘까지 이르고 향내가 진동했다. 김전이 혹시나 장씨가 죽을까 두려워 가만히 방 안을 엿보니, 장씨가 바야흐로 아이를 낳자 선녀들이 아기를 향수로 씻겨 장씨 옆에 누이고 바삐 나갔다. 김전이 종적을 알려고 했지만, 선녀들은 홀연히 사라져 어디로 갔는지 알 수 없었다. 즉시 방 안으로 들어가보니, 장씨가 기절해 있었다. 장씨를 깨워 자리에 앉히니, 마치 자다가 깬 듯했다. 집 안의 향내가 삼 개월이 지나도록 가시지 않으니 아기의 이름을 '숙향淑香'이라 짓고, 자字는 '월궁선月宮仙'이라 했다.

숙향이 점점 자라 세 살이 되자, 기골이 일월日月 같고 고운 얼굴이 황홀했으며 목소리는 옥피리 같아, 사람들이 바로 보지 못했다. 행동 또한 아이답지 않으니, 김전은 숙향이 혹 단명短命할까 두려웠다. 그래서 왕균이라는 사람을 불러 숙향의 관상을 보게 하니, 왕균이 말했다.

"이 아기는 월궁항아의 정기를 받아 태어났으니, 후에 반드시 귀하게 될 것이옵니다. 다만, 천상에서 하느님께 죄를 지어 인간 세상에 귀

---

* 월궁항아(月宮姮娥): 달나라에 산다는 선녀. 항아는 남편인 예(羿)가 서왕모(西王母)에게 얻은 불사약을 훔쳐 먹고 신선이 되어 달나라로 도망가서 달의 정령이 되었다고 한다.

양 온 탓에 전생의 죄를 이승에서 다 갚은 후에야 좋은 시절을 보게 되리이다. 그러니 어려서는 지극히 험난하고, 어른이 되어서는 가장 길할 것이옵니다."

이에 김전이 말하기를,

"어른이 된 후에는 알 수 없지만 지금은 아직 우리가 부족한 것이 없으니, 무슨 괴로운 일이 있으리오?"

하니 왕균이 웃으면서 말했다.

"사람의 팔자는 알 수 없나이다. 그러나 이 아기의 사주를 보니, 반드시 다섯 살에 부모를 잃고 정처 없이 떠돌아다니다가 열다섯 살 전에 다섯 번 죽을 액厄. 모질고 사나운 운수을 겪고, 열일곱 살에 정렬부인貞烈夫人. 정조와 지조를 굳게 지킨 부인에게 내리던 칭호에 봉해질 것이며, 스무 살에 부모를 다시 만나 태평세월을 누리다가, 일흔 살이 되면 다시 천상으로 올라갈 팔자로소이다."

그 사주에 놀란 김전이 말하기를,

"어려서 부모를 잃으면 비록 살아 있다 한들 어찌 부모를 알아보며, 우리도 저를 어찌 알리오?"

하고 고운 비단자락에 숙향의 이름과 자, 그리고 태어난 연월일시를 써서 장씨의 옥가락지 한 짝과 함께 주머니에 넣고, 그 주머니를 숙향의 옷고름에 채워놓았다.

어여쁘고 불쌍하도다

  숙향의 나이 다섯 살이 되던 해에 마침 도적이 들고일어나 형초荊楚.
중국 형주(荊州)에 있는 초나라 땅 땅을 침범하니, 백성과 인민이 모두 집을 버리
고 피란을 가는지라. 김전도 가족을 데리고 강릉江陵. 춘추시대 초나라의 도읍지
였으며, 지금은 호북성에 속해 있다으로 피란을 가던 중 도적을 만나 노복奴僕. 사내종
과 재물을 다 잃고 말았다. 김전이 부인과 숙향만 데리고 죽기 살기로
달아났으나, 도적이 계속 뒤쫓아왔다. 김전 부부가 힘이 다 빠져서 더
이상 달아날 수 없게 되었으니, 이를 어찌하리오.

  김전이 대성통곡하며 말하기를,

  "숙향아, 내 목을 꼭 껴안아라"

하고, 숙향을 등에 업고 뛰었다. 엎어지고 자빠지면서 달아났지만, 얼
마 못 가 힘이 다 빠지고 기운마저 차릴 수 없었다. 숨쉬기조차 어려워
지자 김전은 숙향에게 말하기를,

  "도적이 급하게 쫓아오니, 이대로 가다간 우리 모두 죽겠구나. 네가
저 바위 밑에 숨어 있으면, 우리가 내일 와서 데려가마"

하고 숙향을 바위 밑에 내려놓았다. 김전 부부는 작은 바가지에 밥을 담아 숙향에게 주고 대성통곡하며 말했다.

"숙향아, 배고프거든 이 밥 먹고, 목마르거든 저 물을 마시거라."

김전 부부가 차마 숙향을 두고 떠나지 못하고 있는데, 도적이 쫓아와 사람을 썩은 풀 베듯 했다. 부부가 어쩔 수 없이 숙향을 버리고 달아나려 하니, 숙향이 제 어미의 치마를 붙잡고 통곡하며 말하기를,

"엄마야, 나도 함께 가사이다. 아빠야, 나도 같이 가사이다"
하고 한 손으로는 어미의 치마를 붙잡고 한 손으로는 아비의 허리띠를 더위잡은 채 하염없이 흐느껴 울면서 함께 가자고 애걸했다.

김전 부부가 차마 떠나지 못하고 있는 사이에 도적이 거의 코앞에 다가왔다. 김전이 놀라 숙향을 안아서 억지로 바위틈에 앉히고, 따라오지 못하게 큰 돌로 그 앞을 막았다. 그런 다음 밥을 담은 쪽박을 숙향의 손에 쥐여주면서 달래어 말하기를,

"내 딸 숙향아, 여기서 놀고 있으면 금방 엄마하고 집에 가서 과일을 가져오마"
하고 부인 장씨의 손을 이끌고 달아나려 했다. 그러나 장씨가 대성통곡하면서 차마 떠나지 못하자, 김전은 장씨에게 호통치면서 빨리 가자고 재촉했다. 장씨도 어쩔 수 없이 김전의 손에 이끌려 가면서 다시 돌아보니, 숙향이 바위틈에 얼굴만 드러내놓고 한 손에는 밥 담은 바가지를 들고 다른 손으로는 눈물을 닦으면서 소리 내어 울고 있었다. 숙향이 한참 동안 엄마만 부르며 울더니, 나중에는 목이 메어 우는 소리마저 점점 잦아들었다. 부인 장씨가 차마 가지 못하고 숙향이 있는 곳을 자주 돌아보며 울기만 하니, 장씨의 참혹한 모습과 숙향의 애처롭고 불쌍한 모습을 어찌 글로 다 기록하리오.

장씨가 숙향을 돌아보며 발걸음을 떼지 못하자, 김전이 계속 부인을 재촉하며 멀리 달아났다. 얼마 후 숙향의 울음소리가 아예 들리지 않

으니, 부부는 간장이 끊어지고 온몸이 녹는 듯하여 울지도 못했다.

이때 도적이 뒤쫓아와 숙향에게 물었다.

"네 부모는 어디로 갔느냐? 바른대로 말하지 않으면 이 칼로 죽이리라."

숙향이 놀라서 더욱 슬피 울며 말하기를,

"부모님이 나를 버리고 갈 때, '집에 가서 과일을 가져오마' 했나이다. 그런데 지금껏 오지 않으니, 부모님이 어디 갔는지 어찌 알리오?"
하니 그 도적이 숙향을 죽이려 했다. 그러자 도적들 가운데 한 놈이 급히 말리며 말하기를,

"제 부모가 버리고 간 탓에 슬퍼서 울거늘, 무슨 죄로 죽이리오? 저 아이 얼굴을 얼핏 보니, 훗날 반드시 귀하게 되리라. 이곳에 두면 짐승에게 잡아먹히리라"
하고 숙향을 가슴에 안고 산을 내려왔다. 깊은 골짜기에 있는 역마을에 이르자 그 도적이 숙향을 마을 앞에 내려놓고 말하기를,

"어여쁘고 불쌍하도다. 나도 너 같은 자식이 있는데, 네 부모도 너를 버리고 가면서 얼마나 슬퍼했겠느냐? 너는 여기에 가만히 있거라. 그러면 네 부모가 너를 찾아오리라"
하고 가면서 여러 번 숙향을 돌아보았다.

숙향은 아무것도 모른 채 길을 따라 오가면서 부모를 찾아 울부짖었다. 그러나 어디 가서 부모를 만나리오. 피란 가는 사람들이 숙향이 울며 다니는 것을 보고 불쌍히 여겨 눈물을 흘리지 않는 사람이 없었다.

그러는 사이 날이 저물고 밤이 깊어지면서 찬바람이 불어왔다. 숙향이 발이 시려 두 손으로 발을 감싸쥐고 엎드려 울면서 어미를 부르는데, 문득 하늘에서 청학靑鶴 한 쌍이 내려왔다. 그 청학이 날개로 숙향을 덮어주고 물고 온 대추를 입에 넣어주니, 숙향은 춥지도 배고프지도 않았다.

이때 김전 부부는 도적을 피해 멀리 달아나 있었는데, 날이 저물자 장씨가 김전에게 말했다.

"날이 저물고 도적이 물러갔을 것이니, 숙향을 찾아보소서."

김전이 즉시 숙향을 찾아다니면서 보니, 들판에는 시체만 가득하였다. 큰 소리로 숙향을 부르면서 이곳저곳을 돌아다녀보았지만, 숙향의 모습은 어디에도 보이지 않았다. 어쩔 수 없이 혼자 울면서 돌아와 부인에게 말하기를,

"아무리 찾아도 숙향의 생사를 알 수 없소"

하거늘 장씨가 너무 슬퍼 통곡하다가 기절하고 말았다. 한참 후에 깨어난 장씨가 정신을 차리고 말했다.

"이제 내 딸을 어디 가서 다시 찾아보리오? 하늘이시여, 천 리 먼 곳에서 자식을 잃고 어찌 살겠나이까? 모녀의 정을 살피시어 생전에 숙향을 다시 보게 해주소서."

한없이 슬퍼하며 매일 밤마다 칠성님께 빌기를,

"숙향을 다시 보게 하옵소서"

하고 가슴이 찢어지는 듯 고통스러워했다.

하루는 장씨가 칠성님께 울면서 빌다가 잠깐 잠이 들었는데, 꿈에서 숙향이 어미를 부르며 들어오더니 무릎 위에 올라앉아 얼굴을 부비며 흐느껴 울었다. 장씨가 반가워 숙향을 안고 통곡하며 말하기를,

"숙향아, 어디 갔다가 이제야 나를 찾아왔느냐?"

하고 숙향을 어루만지며 사랑하다가 깨어보니 남가일몽南柯一夢. 한바탕 꿈이라. 이에 장씨가 대성통곡하며 말하기를,

"숙향의 영혼일런가? 어디서 죽었기에 넋이 나를 보러 왔는가?"

하고 땅을 두드리며 통곡하니, 눈에서는 피눈물이 흐르고 입에서는 피가 흐르는지라. 산천초목이 다 슬퍼하는 듯하더라.

화설이라. 이때 숙향이 부모를 잃고 의지할 데 없이 혼자 떠돌아다

니며 우니, 그 울음소리에 사람의 심신이 다 녹는 듯하더라. 얼마 후 붉은 새 한 마리가 날아와 숙향의 무릎 위에 앉아 울다가 날아갔다. 숙향이 그 새를 따라 여러 산을 넘어가니, 한 마을이 나타났다. 숙향이 마을로 들어서면서 어미를 부르며 우니, 사람들이 보고 불쌍히 여겨 물었다.

"네 부모는 어디 있느냐?"

숙향이 한참 울다가 겨우 정신을 차려 말하기를,

"어머니가 내일 와서 데려가마 하고 가더니, 오지 않나이다"

하고 통곡하니, 숙향을 보고 눈물을 흘리지 않는 사람이 없었다.

사람들이 숙향의 얼굴이 하도 곱고 어여뻐서 저마다 데려가 기르고자 하되, 저희들도 피란하느라 동서분주하는 터라 데려가지는 못하고 밥을 먹이며 위로했다.

"우리도 산속으로 피란을 가니, 울지만 말고 아무 데로나 가거라."

차설且說. 화제를 돌릴 때 쓰는 말이라. 김전이 아내를 산속에 숨겨놓고 가만히 내려와 다시 숙향을 찾아보았지만, 어디에서도 그 종적을 발견할 수가 없었다. 생각하기를,

'숙향이 틀림없이 죽었구나'

하고 돌아와 부인에게 말하니, 장씨가 또 기절했다. 한참 후 장씨가 깨어나자, 김전이 위로하며 말했다.

"어린 숙향이 멀리는 못 갔을 텐데 아무리 찾아도 없으니, 혹 어떤 사람이 데려간 것 같소. 이전에 왕균이 한 말을 생각하여 슬퍼하지 마소서."

이에 장씨가 대답하기를,

"숙향의 행동과 하던 일이 눈에 어른거리고 이별할 때 부르짖던 소리가 귀에 쟁쟁하니, 어찌 참으리오?"

하고 통곡하니, 그 슬픈 형상은 말로는 이루 다 표현하기 어렵더라.

저승에서 후토부인을 만나다

이때 숙향이 마을 사람과 새를 모두 잃고 혼자 울며 다니다가 멀리 바라보니, 산 위에 사람들이 오가는 듯했다. 그리하여 산을 향해 갔지만, 사람은 없고 길은 험하기만 했다. 날은 저물고 배가 고파 오도 가도 못하고 나무에 기대어 앉아 있는데, 문득 파랑새*가 꽃을 물고 날아와 손등에 앉았다. 숙향이 그 꽃을 먹으니, 눈이 번쩍 뜨이고 정신이 맑아졌다.

그 새가 날아가기에 새를 따라 두어 고개를 넘어가니, 어떤 여인이 나와 숙향을 안고 큰 궁전으로 들어갔다. 그곳에는 머리에 화관花冠을 쓰고 칠보七寶. 일곱 가지 보배로 단장한 부인이 황금의자에 앉아 있었는데, 숙향을 보더니 의자에서 내려와 절하면서 말했다.

"동쪽 의자에 앉으소서."

---

* 곧 청조(靑鳥). 반가운 사자(使者)나 편지를 이르는 말. 푸른 새가 온 것을 보고 동방삭이 서왕모의 사자라고 한 한무(漢武)의 고사에서 유래했다.

숙향이 어찌할 바를 모르고 울기만 하자, 그 부인이 또 말하기를,

"선녀께서 인간 세상에 내려와 더러운 물을 많이 마셔 정신이 변했으니, 이것을 잡수소서. 이것은 신선이 먹는 경액瓊液. 신비로운 약물이나이다"

하고 시녀로 하여금 구슬잔에 이슬차를 담아 옥쟁반에 받쳐 숙향에게 드리게 하였다. 숙향이 그것을 받아 마시니, 하늘나라에서 있었던 일과 인간 세상에 내려와 부모와 이별하고 고생한 일이 선명하게 떠올랐다. 그리하여 몸은 비록 아이지만 마음은 어른과 같아 머리를 들고 그 부인에게 사례하며 말했다.

"하늘나라에서 지은 죄가 무거워 인간 세상에 내려와 고생하게 된 몸을 이렇듯 후히 대해주시니, 매우 감사하나이다."

그 부인이 웃으면서 말했다.

"선녀께서 저를 알아보시겠나이까?"

"정신이 아득하여 몰라보겠나이다."

"이 땅은 명사계冥司界. 사람이 죽어서 가는 곳. 곧 저승요, 저는 후토부인后土夫人. 토지를 맡아 다스린다는 여신이로소이다. 선녀께서 인간 세상에 내려와 고생을 많이 하시기에, 제가 며칠 전에 청학과 붉은 새 그리고 파랑새를 보냈는데, 보셨나이까?"

"다 보았나이다."

부인이 또 차를 권하자, 숙향이 차를 받아 마신 후에 탄식하며 말했다.

"곤핍해진 이 몸을 데려다가 이렇듯 귀하게 대접해주시니, 부인의 시녀가 되어 은혜를 만분의 일이라도 갚을까 하나이다."

이에 부인이 다시 몸을 굽히고 얼굴을 단정히 하면서 대답하기를,

"저는 지하의 변변찮은 신령이요, 선녀께서는 월궁의 으뜸 선녀라. 잠깐 인간 세상에 내려와 고생하시는 것이니, 어찌 그럴 수 있으리오?

날이 이미 저물었으니 오늘밤은 저와 함께 여기서 조용히 지내시고, 내일 떠나소서"

하며 큰 잔치를 베풀어 대접했는데, 잔칫상에 오른 그릇과 음식들은 인간 세상에서는 보지 못한 것이었다.

잔치가 끝난 후 숙향이 부인에게 물었다.

"예전에 들사오니, 명사계는 시왕十王. 저승에서 죽은 사람을 재판한다는 열 명의 대왕이 계신 곳이라 하더이다. 정말 그러하나이까?"

"그러하나이다."

숙향이 또 물었다.

"그러하면 시왕전十王殿은 어디 있나이까?"

"여기서 멀지 않나이다."

이에 숙향이 말하기를,

"인간 세상의 부모님을 난리 중에 잃었는데, 불행히도 우리 부모님이 돌아가셨을까 밤낮으로 염려가 되나이다. 혹 돌아가셨다면 시왕전에 오셨을 것이니, 제가 한번 찾아보고자 하나이다"

하니 부인이 웃으면서 말했다.

"선녀의 부모님은 아직 살아 계시나이다. 본래 그분들도 평범한 사람들이 아니라, 봉래산蓬萊山. 신선이 산다는 삼신산(三神山)의 하나의 선관과 선녀였나이다. 그분들도 천상天上에서 죄를 짓고 인간 세상에 귀양 오신 것이니, 기한이 되면 다시 봉래산으로 돌아가리이다."

숙향이 또 묻기를,

"제가 인간 세상에 나가면 부모님의 얼굴을 다시 볼 수 있나이까?"

하니 부인이 대답했다.

"그대가 월궁에 계실 때 죄를 지어 항아께서 그대에게 큰 벌을 내리려 했나이다. 그런데 그때 규성奎星. 이십팔 수의 열다섯번째 별이란 선녀가 옥황상제께 아뢰어 그대를 구하고자 하니, 항아께서 화가 나 규성 또한 인간 세상에 귀양 보내어 남군南郡 땅 장승상의 부인이 되게 했나이다. 그러니 그대는 장승상 댁에 가서 먼저 규성에게 은혜를 갚은 후에 태을선군太乙仙君, 천신(天神) 가운데 으뜸가는 신선을 만나 영화를 누리고, 그 다음에 부모님을 만나게 될 것이옵니다. 그러자면 앞으로도 십오 년이 지나야 하며, 그때에야 비로소 선녀의 고행도 끝나리이다."

이에 숙향이 말하기를,

"인간 세상의 고행을 생각하면 한때도 삼 년을 지내는 것 같사온데, 이제 또 십오 년을 어떻게 지내오리까? 차라리 자결하고자 하나이다"

하니 부인이 말했다.

"선녀께서 원하지 않으셔도 다섯 번 죽을 액을 겪은 후에야 좋은 시절을 만날 수 있나이다. 첫번째는 반야산에서 도적의 칼에 죽을 액이요, 두번째는 명사계에 들어가 죽을 액이옵니다. 이제 두 번 죽을 액을 겪으셨으니, 앞으로도 세 번 죽을 액이 남아 있나이다."

이에 숙향이 말하기를,

"제가 전생에 무슨 죄를 지었기에 항아께서 이토록 심한 벌을 내리셨는고?"

하며 탄식했다.

이렇듯 숙향이 후토부인과 경액을 서로 권하며 이야기를 나누고 있는데, 문득 먼 마을에서 잔나비 우는 소리가 들려왔다. 부인이 말하기를,

"선녀께서 가실 곳이 멀고, 또 이곳을 떠날 때가 되었나이다. 그러니 이제 자리에서 일어나소서"

하니 숙향이 탄식하며 말했다.

"인간 세상의 길을 모르니, 어디 가서 누구의 집에 의탁하오리까?"

"가시는 길은 제가 알려줄 것이니, 일단 장승상 댁에 가서 먼저 은혜를 갚으소서."

"여기서 남군은 얼마나 머나이까?"

"여기서 남군까지는 이천삼백 리이지만, 그곳에 가는 것은 염려하지 마소서."

부인이 말을 마치고 금화분에 심은 나뭇가지 하나를 꺾어 흰 사슴뿔에 걸고는 숙향에게 말했다.

"이 사슴을 타시면 비록 만릿길이라도 눈 깜짝할 사이에 갈 것이니, 사슴이 멈추는 곳에 내리시고, 배가 고프거든 이 나무 열매를 따 잡수소서."

이에 숙향이 후토부인을 하직하고 사슴의 등에 오르니, 사슴이 구름을 헤치고 나는 듯이 달렸다. 한참 가다가 사슴이 한 곳에 멈춰 서니, 숙향이 사슴의 등에서 내리자마자 배가 고파왔다. 사슴의 뿔에 걸린 나무 열매를 따 먹으니 배가 불렀다. 그러나 문득 천상의 일은 아득하여 생각나지 않고, 다시 아이의 마음으로 돌아와 그 사슴이 물까 두려워했다.

장승상의 수양딸이 되다

사슴이 멈춰 선 곳은 바로 남군 땅 장승상 댁의 동산이었다. 밝은 달은 서산으로 지고 사방이 캄캄하여 숙향이 어디로 가야 할 바를 몰라 그 자리에 앉아 졸더라.

남군 땅에 사는 장승상은 한나라 시절 장자방張子房, 한나라의 개국공신인 장량(張良)의 자의 후예라. 스무 살이 되기도 전에 급제하여 일대에 명망이 높았으며, 조정에서 거치지 않은 벼슬이 없었다. 또한 마흔 살이 되기 전에 대국의 정승이 되어 세 임금을 섬기니, 부귀가 천하의 으뜸이었다.

그러나 신종神宗, 중국 북송의 제6대 황제 때 난리가 일어나 사방이 어지러워지자 장승상은 벼슬을 그만두고 조정에 나가지 않는데, 조정 대신들이 장승상이 변방의 도적과 내통했다는 상소를 올렸다. 이에 황제가 장승상의 관작을 빼앗고 서울 밖으로 내쫓으니, 고향에 돌아와 가업家業을 다스렸다. 그리하여 장승상은 노비와 전답 그리고 금은보화가 나라에서 으뜸이되, 다만 슬하에 자식이 없어 매일 슬퍼했다.

그러던 어느 날, 장승상의 부인이 꿈을 꾸었는데, 한 선녀가 구름 속에서 내려와 계수나무 꽃 한 가지를 주며 말했다.

"그대가 전생에 큰 죄를 저질러 자식을 못 낳게 했더니, 이로 인해 매일 슬퍼하는 모습이 안타깝도다. 그리하여 이 꽃을 주는 것이니, 잘 간수하라. 나중에 자연히 알게 되리라."

부인이 잠에서 깨어나 승상에게 꿈 이야기를 하니, 승상이 말하기를,

"우리가 자식이 없어 슬퍼하는 것을 하늘이 알고 자식을 점지해줄 모양이구려. 그렇긴 한데 우리 나이가 이미 쉰이 넘었으니, 어떻게 자식을 볼 수 있으리오?"

하고 자리에서 일어나 초당草堂, 별채로 쓰이는 조그마한 집채으로 나아갔다.

이때 동산에는 오색구름이 어리고 공중에는 상서로운 기운이 서려 있었으며, 기이한 향내가 사방에 가득했다. 승상이 놀라 생각하기를,

'지금은 바야흐로 겨울 10월이라. 오색 안개가 피어날 때가 아니며, 게다가 어디서 이렇게 기이한 향내가 나는고?'

하며 지팡이를 짚고 동산에 올라가보니, 모란꽃 한 포기에서 잎이 새로 나고 꽃이 만발한 가운데 조그만 아이가 혼자 앉아 졸고 있었다. 승상이 놀라 그 아이를 자세히 보니, 두 눈썹 사이에 온갖 정기를 품고 생김새가 기이하여 사람의 정신을 놀라게 했다. 승상이 크게 감탄하며 시녀를 불러 말하기를,

"바삐 부인께 가서 아뢰어라"

하니 그 아이가 시녀 부르는 소리에 놀라 깨어나서 울었다.

이에 승상이 묻기를,

"너는 누군데, 이런 깊은 동산에 들어와 졸고 있느냐? 네 집은 어디고, 나이는 몇이며, 이름은 무엇이냐?"

하니 숙향이 옥처럼 고운 얼굴에 진주 같은 눈물을 흘리며 놀라서 대답했다.

"이름은 숙향이오나 우리 집이 어디 있는지는 모르옵니다. 우리 어

머니가 저를 바위틈에 두고 가면서 '내일 와서 데려가마' 하더니, 오지 않았나이다. 그래서 의탁할 곳 없이 무작정 길을 오락가락하고 있었는데, 어떤 짐승이 업어다가 이곳에 내려주고 갔나이다."

승상이 생각하기를,

'틀림없이 전란 중에 부모를 잃은 아이로다'

하고 부인에게 아이를 보여주었다. 부인이 그 아이의 모습을 보니, 꿈속에서 보았던 선녀 같은지라. 승상에게 말하기를,

"이 아이는 하늘이 정해주신 자식이니, 우리가 기릅시다"

하고 숙향을 데리고 집 안으로 들어가 밥을 먹이고 옷을 갈아입히는 등 친자식같이 품에 넣고 기르더라.

세월이 흘러 숙향이 일곱 살이 되니, 배우지도 않은 글이며 온갖 종류의 수놓기와 바느질 등 모르는 것이 없었다. 지혜 또한 뛰어나니 승상 부부가 매우 기뻐했다.

숙향이 점점 자라 열 살이 되자, 부인이 집안의 모든 일을 다 숙향에게 맡겼다. 숙향은 위로는 승상 부부를 잘 섬기고, 아래로는 모든 노복들을 위엄으로 다스렸으며, 가운데로는 조상의 제사를 극진히 모셨다.

하루는 승상 부부가 서로 숙향을 칭찬하며 말하기를,

"이 아이의 재질과 인물과 행실이 기특하니, 부디 우리와 같은 집안에 구혼하여 후사를 모두 숙향에게 맡깁시다"

하니 하인들이 모두 옳게 여겼다.

한편 그 집에는 사향이란 종년이 있었다. 사향은 본래 승상 댁의 집안일을 모두 맡아 했는데, 숙향이 들어온 후로는 그 일을 숙향에게 빼앗겨버렸다. 그런 탓에 내심 불만을 품고 숙향을 죽이고자 했으나, 기회를 얻지 못했다.

어느덧 세월이 흘러 숙향의 나이 열다섯이 되었다. 숙향의 얼굴은 더욱 아름다워져서 비할 곳이 없었으며, 하는 일 또한 점점 기특하여

이를 데가 없었다. 이에 부인이 승상께 말씀드려 어진 가문에 시집보내고자 했다.

그러던 어느 날, 숙향이 승상 부부를 모시고 영춘당迎春堂에 올라가 잔치를 벌이며 봄 경치를 구경하고 있는데, 문득 저녁 까치가 숙향 앞에 날아와서 세 번 울고 동쪽으로 날아갔다. 숙향이 놀라 말했다.

"까치는 계집의 영혼이라. 많은 사람 중에 소녀 앞에 날아와서 울고 가오니, 반드시 소녀에게 좋지 않은 일이 생길까 하나이다."

승상이 즉시 점괘를 살펴보니, 과연 숙향에게 해로운 징조인지라. 괴이하게 생각하며 크게 근심하시더라.

금비녀와 옥장도

한편 사향은 집안사람들이 모두 후원에서 잔치를 벌이고 있을 때 홀로 집 안에 남아 있었다. 사향은 집이 비어 있는 것을 보고는 즉시 부인의 침실로 들어가더니, 부인이 결혼할 때 승상께 받은 금봉채金鳳釵, 봉황 모양의 금비녀와 승상이 임금께 하사받은 옥장도玉粧刀, 자루와 칼집을 옥으로 만들거나 꾸민 작은 칼를 훔쳐 숙향의 화장그릇에 넣고 나왔다.

사향이 금봉채와 옥장도를 훔쳐 숙향의 방에 갖다놓은 지 사흘째 되는 날, 부인이 동네잔치에 가려고 금봉채를 찾았는데, 어디에도 금봉채가 없었다. 이상히 여겨 온 세간을 다 꺼내 이리저리 살펴보니, 승상의 옥장도마저 보이지 않았다. 부인이 매우 괴이하게 생각하여 하인들을 엄하게 심문하고 있는데, 사향이 밖에 나갔다가 모르는 척하고 급히 들어와 물었다.

"집 안에 무슨 일이 있기에 이처럼 요란하냐?"

하인들이 겁도 나고 분주하여 아무도 대답하지 않으니, 부인이 말했다.

"지금 두 가지 보배를 잃어버려 찾고 있노라."

이에 사향이 부인에게 가만히 아뢰었다.

"며칠 전에 숙향 아가씨가 부인의 침실에 들어가 세간을 뒤지더니, 무엇인가를 가만히 가지고 나와 자기 방으로 갔나이다. 그러니 숙향 아가씨 방에 가서 한번 찾아보소서."

"숙향의 마음이 얼음과 옥처럼 깨끗한데, 어찌 나 몰래 그것들을 가져갔겠느냐?"

"숙향 아가씨가 예전에는 그러한 일이 없었나이다. 그런데 혼사 이야기가 나온 이후부터는 자기의 세간을 마련하려 하시는지, 저와 같은 하녀들이 보기에도 의심스런 일이 많사옵니다. 그러나 승상과 부인께서 숙향 아가씨를 귀중하게 여기시매 저희들이 보고서도 감히 아뢰지 못했나이다. 오늘에야 비로소 아뢰오니, 부디 숙향 아가씨의 방에 들어가보소서."

부인이 마침내 의심이 생겨 숙향을 불러 물었다.

"잃어버린 것이 혹 네 방에 있느냐?"

숙향이 한동안 말이 없다가 여쭙기를,

"소녀가 가져오지 않았는데, 어찌 금봉채와 옥장도가 제 방에 있겠나이까?"

하고 세간을 다 꺼내놓고 부인에게 차례로 보여주었다. 그런데 뜻밖에도 두 가지 보배가 화장그릇 안에 들어 있었다.

이에 부인이 숙향에게 크게 화를 내며 말하기를,

"네가 가져가지 않았는데, 어찌 이 보배들이 네 방에 있느냐?"

하고 곧바로 승상 계신 곳으로 가 여쭈었다.

"우리는 숙향을 친자식보다도 더 사랑하여 가업을 다 물려주려고 했는데, 저는 남의 자식인 탓으로 나를 속여 이 두 가지 보배를 가져다가 제 상자에 넣어두었더이다. 이 일을 어찌 처리하오리까?"

부인의 말을 듣고 승상이 크게 놀라 말했다.

"봉채는 여자에게 쓸모가 있는 것이니 어린 마음에 혹하여 가져갔다고 해도 이상할 게 없지만, 장도는 제게 쓸모없는 것이니 이상하구려. 좀 더 두고 생각해보십시다."

이때 사향이 곁에 서 있다가 여쭙기를,

"요새 숙향 아가씨가 수놓고 글 지은 것을 바깥 사람에게 자주 주고 바깥 사람도 틈틈이 집 안에 출입하오니, 그 뜻을 알지 못하겠나이다"

하니 승상이 이 말을 듣고 크게 화가 나서 말했다.

"그러하면 틀림없이 바깥 사람과 사통私通. 부부 아닌 남녀가 몰래 서로 정을 통함하는 것이렷다. 숙향을 집안에 두면 나쁜 일이 생길 것이니, 빨리 내보내시오!"

부인이 나와 숙향의 방으로 들어가보니, 숙향은 머리를 싸매고 엎드려 울고 있었다. 부인이 숙향을 보고 크게 꾸짖어 말하기를,

"우리가 자식이 없어 밤낮으로 서러워하다가 늦게야 너를 얻었는데, 네 얼굴과 행동이 범상치 않아 양반의 자식으로 생각했노라. 그리하여 품 속에 넣어 기르며 너를 친자식처럼 매우 사랑하여 집안일까지 다 네게 맡겼느니라. 또 우리 집과 같은 가문을 알아보고 아름다운 배필을 구하여 너에게 후사를 전하고자 했는데, 어찌 네 뜻이 변하여 이렇듯 나쁜 짓을 저질렀느냐? 우리 집이 비록 부자는 아니지만, 노비가 삼천여 명이요, 전답이 수만 석지기며, 금은이 수십만 수레는 되느니라. 이만하면 네 일생이야 편하지 않으랴! 네가 봉채를 갖고 싶다고 내게 말했더라면 그보다 더욱 귀중한 것일지라도 어찌 안 주었겠느냐? 또 봉채는 계집에게 속한 것이니 어린 마음에 혹하여 가져갈 수도 있지만, 장도는 네게 필요한 것이 아닌데 어디에 쓰려고 가져갔느냐? 나는 너와 정이 매우 두터워 함께 있고 싶지만, 지금 승상께서 화가 많이 나 계시니 어쩔 수 없구나. 승상의 화가 풀리실 때까지 근처에 있는 종의 집

에 잠깐 나가 있으면, 내가 승상께 조용히 여쭈어 너를 다시 데려오마"
하고 슬픔을 이기지 못하여 눈물을 흘렸다.

이에 숙향이 두 번 절하고 말하기를,

"저는 전생에 큰 죄를 지은 탓으로 어려서 부모를 잃었으며, 머물
곳이 없어 밤이면 덤불 속에서 자고, 추위와 굶주림을 이기지 못해 여
기저기 구걸하며 지내왔나이다. 그런데 하늘이 도우시어 부인을 만나
좋은 의복과 음식으로 귀하게 자랐으니, 낳은 자식인들 어찌 이보다
더 나을 수 있사오리까? 제 마음에는 더 바랄 것이 없을 정도로 두 분
께 큰 은덕을 입었나이다. 그래서 평생 두 분을 정성스럽게 모시고, 두
분께서 돌아가신 후에는 지성으로 제사를 받들고자 했나이다. 제가 죽
어서 흙이 될지라도 하늘 같은 두 분의 은혜는 만분의 일도 갚기 어렵
다는 생각을 가슴 깊이 새기고 있는데, 어찌 제가 감히 부인을 속일 마
음이 조금이나마 있겠나이까? 부인께서는 제가 말만 하면 언제든지
봉채 하나쯤은 조금도 아끼지 않고 주실 정도로 저를 사랑하시는 것을
잘 알고 있나이다. 그런데 제가 구태여 그것을 훔치겠나이까? 하물며
장도는 남자에게 속한 것이라, 규중의 여자아이가 바로 보지도 못할
물건이옵니다. 제가 차마 그것을 제 손으로 직접 가져왔겠나이까? 이
일은 반드시 중간에 일을 꾸민 사람이 있거나, 그렇지 않으면 귀신이
장난하여 봉채와 장도를 제 화장그릇에 넣었을 것이옵니다. 그러나 천
지의 귀신은 말이 없고 저는 변명할 길이 없사오니, 제가 부인의 눈앞
에서 죽는 길밖에 없는 듯하옵니다. 소녀가 죽거든 배를 헤쳐 네거리
에 달아두소서. 왕래하는 사람 중 하나라도 소녀의 억울함을 알아주어
제 악명을 씻게 되면, 저는 눈을 감고 지하에 가더라도 원혼이 되지는
않을 것이옵니다"
하고 하늘을 우러르며 슬피 울다가 자결하려 했다.

숙향의 말과 얼굴빛이 조금도 변하지 않고 하는 말들이 모두 마땅하

니, 부인이 뒤늦게 깨달아 생각하기를,

'틀림없이 누군가가 중간에서 모함한 것이로다'

하고 숙향이 죽을까 두려워하며 말했다.

"네 말이 분명히 옳도다. 내가 승상께 잘 말씀드려 화를 풀게 할 것이니, 너무 슬퍼하지 말거라."

숙향이 부인의 말을 듣고 감격하여 울면서 사례했다.

이때 사향은 밖에서 몰래 엿듣고 있다가 급히 방으로 들어가 부인에게 거짓으로 승상의 말씀을 아뢰기를,

"'숙향의 행실이 발칙하여 내가 벌써 내보내라 했거늘, 누가 감히 내 명령을 거슬러 아직도 집에 두느냐?' 하시고, 크게 화를 내셨나이다. 그러니 어서 숙향을 내보내소서"

하니 부인이 망극하여 눈물을 흘리며 말했다.

"승상이 저토록 화가 나 계시니, 너는 입을 것이나 챙겨서 당분간 문밖 종의 집에 나가 있거라. 내가 밤에 승상께 조용히 말씀드리고 너를 데려올 것이니, 너는 조금도 슬퍼하지 마라."

숙향이 부인께 두 번 절하고 말했다.

"부인의 은덕이 망극하여 이승에서는 다 갚기 어려울 것이옵니다. 그런데 소녀 때문에 부인이 승상께 꾸지람을 들으시니, 소녀는 만 번 죽어도 아깝지 않사옵니다."

숙향이 말을 마치고 자결하려 하니, 부인이 숙향의 손을 잡고 말하기를,

"슬프다! 너를 이런 곤경에 처하게 한 것은 내가 너무 가볍게 승상께 말씀드린 탓이로다"

하고 무한히 한탄했다.

이때 사향이 나갔다가 다시 들어와 아뢰었다.

"승상이 분부하시기를, '양반의 자식이면 설마 그러하랴. 반드시 상

놈의 자식이리라. 집에 두면 틀림없이 큰 화를 부를 것이니 빨리 내보내라'며, 재삼 독촉하시더이다."

부인이 더욱 망극하여 급향이란 종을 불러 말했다.

"숙향이 입던 의복과 쓰던 물건을 내다 주거라."

숙향이 통곡하며 말하기를,

"며칠 전 잔치할 때 저녁 까치가 제 앞에 와서 울고 가거늘, '하느님이 나를 미워하여 재앙을 내리시더니, 또 무슨 변을 보게 될꼬?' 하고 의심했는데, 이런 억울한 악명을 얻게 되었나이다. 어떻게 하늘의 뜻을 거역할 수 있겠으며, 의복을 가져간들 무엇하겠나이까? 다만 모친이 떠날 때 주신 옥가락지 한 짝을 가지고 갔다가 저승에 가서 부모님을 만날 때 보여드리고자 하나이다"

하고 방으로 들어가니, 부인이 참담하여 바로 보지 못했다.

숙향이 방으로 들어간 후 부인이 즉시 승상께 가서 말하기를,

"다시 생각하니, 예전에 첩이 장도와 봉채를 가지고 숙향의 방에 갔다가 두고 왔나이다. 그런데 첩이 아무 생각 없이 멍하여 미처 기억하지 못하고 공연히 숙향만 의심했나이다. 이제 숙향이 변명도 하지 못하고 죽으려 하오니, 승상은 첩을 위하여 화를 푸소서"

하니 승상이 말했다.

"아까 사향이 와서 부인의 말을 전하되 '숙향의 행실이 너무 분해서 내치고자 하나이다' 하니, 내가 부인의 뜻을 받아들여 숙향을 내보내라 했소. 나도 굳이 숙향을 내보낼 생각이 없으니, 부인 마음대로 하구려."

부인이 너무 기뻐 즉시 숙향에게 달려가 그 말을 전하려는데, 승상이 부인을 만류하며 이르기를,

"간밤의 꿈에 홍도화 가지에 깃들인 앵무새를 받아 길을 들였는데, 한 종이 와서 도끼로 홍도화 가지를 베니 앵무새가 날아가버리더이다.

이로 인해 오늘은 종일토록 무엇을 잃은 듯 마음이 허전하니, 부인은 하녀에게 술이나 가져오라고 하여 내 마음을 위로해주구려"

하니 부인이 즉시 급향에게 술과 안주를 가져오게 하여 승상에게 권했다.

이때 사향이 승상과 부인의 말을 엿듣고 급히 숙향의 방으로 들어가 이르기를,

"승상이 부인께 '숙향을 아직까지 그대로 두었다'며 크게 화를 내시고, 내게도 '숙향을 빨리 내쫓되, 아주 멀리 보내 근처에 두지 말라' 하셨으니, 네가 만일 더디 가면 나도 죄를 면하지 못할 것이다. 어서 바삐 가자"

하고 독촉하니, 숙향이 울며 말했다.

"부인이 나오시거든 하직인사나 드리고 가자."

그러나 사향은 구박하며 말하기를,

"좋은 옷과 맛난 음식에 싸여 지내면서도 그런 몹쓸 짓을 하여 부인조차 곤욕스럽게 했으니, 무슨 낯으로 하직인사를 하려느냐? 부인도 화가 나서 다시 나와 보실 생각이 없으니, 어서 가자. 바삐 가자"

하고 성화를 부리며 숙향의 손목을 잡아끌었다.

숙향이 부인께 하직인사도 못 드리는 것이 슬퍼서 즉시 손가락을 깨물어 피를 내어 이별하는 글을 창문 앞에 쓰고 눈물을 흘리며 나오니, 사향이 무수히 욕을 하면서 더욱 재촉했다. 사향이 숙향의 발이 땅에 닿기가 무섭게 등을 떼밀고 손목을 끌어당기니, 숙향이 망극한 가운데 사향의 구박으로 더욱 망극하여 정신없이 대문 밖으로 쫓겨나왔다.

대문에 이르러 사향이 숙향을 문밖으로 밀치면서 말하기를,

"승상이 매우 화가 나 계시니 근처에 있지 말고 멀리 가라. 만일 가까이 있다는 말씀을 들으시면 너를 잡아다 죽일 것이로다"

하고 대문을 닫고 들어가버렸다.

숙향, 포진강에 투신하다

숙향이 어쩔 수 없이 승상 댁에서 쫓겨나 목메어 흐느껴 울면서 정처 없이 가는데, 앞에 큰물이 흐르고 있었다. 숙향이 물가에 다다라 하늘을 우러러 탄식하며 말했다.

"제가 전생에 무슨 죄를 지었기에 이토록 고행을 겪게 하나이까? 저는 다섯 살에 부모를 잃었으며, 의지할 곳 없어 낮에는 길거리를 방황하고 밤에는 수풀과 덤불에 의지하여 살아왔나이다. 한숨과 눈물로 세월을 보내다가 천만다행으로 장승상 부인을 만나 십 년을 의탁했는데, 또다시 억울한 악명을 얻어 쫓겨나게 되었으니, 이제 누구에게 의지하오리까? 부모님을 다시 못 보고 이 물에 빠져 죽사오니, 푸른 하늘과 일월성신日月星辰은 밝게 살피시어 장승상 댁의 모든 사람들이 제가 아무 잘못이 없다는 것을 알게 하옵소서."

숙향이 한참을 통곡하며 우니, 길 가는 행인들이 길을 가다 말고 모두 눈물을 뿌렸으며, 하늘과 땅도 수심에 싸인 듯하고, 온갖 초목과 짐승들도 다 슬퍼하는 듯하더라.

이때 해는 이미 서산으로 기울고, 새들도 잠들기 위해 수풀로 찾아 들었으며, 가을바람에 떨어지는 나뭇잎은 사람의 수심을 더욱 돋우었다. 숙향이 슬픈 마음을 이기지 못하여 옥 같은 고운 얼굴에 진주 같은 눈물을 비 오듯 흘리며, 한 손에는 비단수건을 쥐고 한 손으로는 치마를 부여잡고 물에 뛰어드니, 산천초목이 동시에 '아차!'하고 놀라는 듯하고, 물결이 뒤집혀 끓는 듯하였다. 길 가는 사람들이 놀라 숙향을 구하려고 했지만, 미처 구하지 못했다.

숙향이 물에 빠지자마자 사방에서 오색구름이 일더니 새앙머리^{예전에 여자아이가 예장(禮裝)할 때, 두 갈래로 땋은 머리}를 한 여자아이 둘이 연엽주^{蓮葉舟. 연잎으로 만든 배. 또는 연잎처럼 생긴 배}를 타고 바삐 오며 말했다.

"용녀^{龍女}는 낭자를 뫼시고 어서 배에 오르라."

말이 끝나니 문득 검은 널판 같은 것이 고운 여자로 변하여 숙향을 안고 배에 올랐다. 숙향은 어찌 된 영문인 줄 모르고 있는데, 그 아이들이 숙향에게 두 번 절하며 말했다.

"낭자께서는 어찌 천금같이 귀한 몸을 가벼이 버리려 하십니까? 우리는 월궁항아의 명을 받들어 낭자를 구하러 오던 중에 은하수에서 여동빈^{呂東賓. 당나라 경조(京兆) 사람으로 선술(仙術)을 익혀 신선이 되었다고 한다} 선생을 만났는데, 그분이 '술을 내놓으라'며 붙잡고 놓지 않았나이다. 그래서 제때 오지 못했는데, 다행히도 용녀가 낭자를 구했나이다."

또 용녀에게 사례하며 말하기를,

"어떻게 때맞춰 와서 낭자를 구하셨나이까?"

하니 용녀 또한 절을 하며 대답했다.

"옛날 사해^{四海}의 용왕이 모두 수정궁^{水晶宮. 용왕이 산다는, 수정으로 장식한 바다 속 궁전}에 모여 잔치를 벌일 때 제가 사랑하는 시녀가 실수로 유리병을 깼나이다. 행여 시녀가 벌을 받을까 두려워 제가 그 일을 감추고 아뢰지 않았더니, 용왕이 이를 알고는 화가 나서 저를 반하물가로 쫓아냈나이다. 그때 제가 물가에 나왔다가 어부의 그물에 걸려 거의 죽게 되었는데, 다행스럽게도 김상서의 은덕을 입어 살아났으나 아직까지 그 은혜를 갚지 못하고 있었나이다. 그런데 어제 용왕이 옥경玉京. 옥황상제가 산다는 가상의 서울에 올라가 조회를 마치고 나올 때 옥황상제께서 말씀하시길, '월궁의 소아素娥. 흔히 '달'을 뜻하나. 여기서는 달나라에 산다는 선녀가 천상에서 죄를 지어 인간 세상인 남양 땅 김전의 집으로 귀양을 보냈더니, 포진물에 빠져 죽게 생겼구나' 하시더랍니다. 이에 용왕이 즉시 내려와 그 물을 지키는 관원에게 명하시길 '잘 지켜보고 있다가 숙향이 빠지거든 평안하게 구하여 보내거라' 하셨는데, 첩이 김상서의 은혜를 갚고자 자원해서 왔나이다. 이제 선녀들께서 오셨으니, 저는 물러가나이다."

말을 마친 용녀가 숙향에게,

"다시 보자"

하며 하직하고 가니, 숙향은 아무것도 모르고 아이들에게 물었다.

"저 처녀는 어떤 사람인데 물 위를 평지같이 다닙니까?"

한 선녀가 대답했다.

"그녀는 동해 용왕의 셋째 딸이요, 포진 용왕의 부인이옵니다. 예전에 낭자의 아버님께서 구해준 일이 있는데, 지금 그 은혜를 갚고자 낭자를 구하고 가는 것이옵니다."

숙향이 또 묻기를,

"저는 어려서 부모를 잃고 남의 집에 의탁했는데, 그 집에서 억울한 악명을 받고 쫓겨났나이다. 차마 세상에 있기 어려워 이 물에 빠져죽으려 하였거늘, 그러한 저를 구해주시고 또 낭자라고 일컬으시니, 매우 황송하나이다."

이에 선녀가 웃으면서 말하기를,

"낭자께서 인간 세상에 내려와 더러운 냄새를 맡고 더러운 물을 드신 탓에 우리를 몰라보시는 것입니다."

하고 숙향에게 이슬 같은 차를 드렸다.

숙향이 그 차를 받아 마시니, 그제야 월궁선녀로 있을 때 상제 앞에서 태을선군과 글을 지어 화답하고, 월연단月緣丹, 남녀의 인연을 맺어준다는 선약(仙藥)을 훔쳐 태을선군에게 주었다가 인간 세상에 귀양 오게 된 일이 또렷하게 생각났다. 또 그 아이들은 월궁에 있을 때 자기가 부리던 시녀인 줄을 깨닫고 반가운 마음을 이기지 못하여 서로 붙들고 통곡하였다.

이윽고 숙향이 선녀들에게 말하기를,

"천상에서 내가 저지른 죄가 매우 크도다. 그러나 내가 인간 세상에서 겪은 고초 가운데 부모와 헤어진 일과 장승상 댁에서 악명을 입은 일은 더욱 망극하니, 차라리 죽어서 모르고자 하노라"

하니 그 선녀가 공손하게 대답했다.

"그것은 조금도 염려하지 마소서. 그 모든 것이 이미 천상에서 마련하신 일이니 다시 고칠 길이 없나이다. 낭자의 부모도 전생에 지은 죄로 낭자를 잃고 간장을 썩이며 고행을 겪게 한 것이니, 어찌 한탄하리오. 장승상 댁에서도 십 년만 머물도록 정한 것이니, 그것도 한탄할 일이 아니옵니다. 또한 항아께서 사향이 낭자를 모함한 것을 아시고 이미 상제께 아뢰어 벼락을 치게 했으며, 장승상 부부와 모든 종들도 다 낭자가 억울한 처지인 줄 알고 있나이다. 그리하여 승상께서 종을 이 물가에 보내어 낭자를 찾아 모셔오도록 명했으나 종이 낭자를 못 찾고 돌아갔으니, 그것도 염려하지 마소서. 그러나 앞으로도 두 번이나 죽을 액이 남아 있으니, 낭자께서는 부디 조심하소서."

"무슨 액이 또 있을꼬?"

"갈대밭에서 화재를 만나 죽을 위기에 처하고, 또 낙양 옥중에 가서 곤욕을 치르게 될 것이옵니다. 그런 후에야 태을선군을 만나 영화를 누릴 것이니, 너무 염려하지 마소서."

이에 숙향이 탄식하며 말하기를,

"이미 지나간 고행도 생각하면 천지가 망극하거늘, 이제 남은 두 액을 어떻게 견디리오? 장승상 부인이 나를 지극히 사랑하시고 또 내게 잘못이 없다는 것을 아신다고 하니, 도로 그리 가서 두 액을 면할까 하노라"

하니 그 선녀가 웃으면서 말했다.

"하늘이 벌써 정하신 일이기 때문에 낭자 마음대로 할 수 없나이다. 이제 낭자께서는 비록 돌로 만든 갓을 쓰고 무쇠 두멍*에 들어가는 액일지라도 어찌 그 액을 면할 수 있겠나이까? 장승상 댁과의 인연은 십년뿐이요, 거기 계시면 태을선군이 사는 곳과는 삼천삼백육십오 리나 떨어져 있기 때문에 선군을 쉽게 만날 수도 없나이다. 또한 선군이 아니면 낭자의 힘으로는 결코 부모님을 다시 만나지 못하리이다."

숙향이 그 말을 듣고 탄식하며 묻기를,

"선군이 인간 세상에 왔다니, 이름은 무엇이라 하는가?"

하니 선녀가 대답했다.

"예전에 항아의 말씀을 듣자오니, '이름은 선仙이요, 자는 태을太乙이며, 낙양 땅 이위공李魏公의 아들이 되어 천하의 부귀공명을 누리리라' 하시더이다."

"똑같은 일로 죄를 지어 인간 세상에 귀양 왔다고 했는데, 나는 어찌 이렇듯 고행을 겪게 하고, 선군은 호화롭게 지내게 했는고?"

"천상에 계실 때 낭자께서 먼저 선군을 희롱했기에 낭자의 죄가 더 무겁나이다. 선군은 상제께서 가장 사랑하시어 잠시도 곁을 떠나지 못하게 했으나, 항아께서 선군도 벌을 주어야 한다고 요청한 까닭에 상제께서 마지못해 선군을 인간 세상에 귀양 보냈나이다. 그러나 상제께

---

* 물을 많이 담아 두고 쓰는 큰 가마나 독. 또는 '깊고 먼 바다'를 비유적으로 이르는 말.

서는 선군을 너무 사랑하시어 인간 세상에서도 부귀영화를 누리게 했나이다."

"그렇다고 어찌 이토록 심하게 나를 벌하실꼬? 그나저나 선군이 계신 곳이 그렇게 멀다고 하니, 언제나 선군을 만나게 되리오? 또한 선군을 만나기 전에는 어디 의탁하며, 부모님은 언제 만나보리오?"

"그것은 근심하지 마소서. 부인이 혼자 육로로 가시면 일이 년 안에도 가시기 어렵지만, 이미 우리 연엽주를 타셨으니 눈 깜짝할 사이에 갈 수 있나이다. 또한 천태산天台山, 중국 사천성 공래시(邛崍市) 부근에 위치한 산. 여기서는 신선이 산다는 전설상의 산 마고선녀麻姑仙女, 전설 속에 나오는 신선 할미가 부인을 구하려고 인간 세상에 내려와 기다린 지 이미 오래되었으니, 의탁하기도 어렵지 않을 것이옵니다. 부모님은 선군을 만난 후에야 상봉하게 되시리이다."

말을 마친 두 선녀가 뱃노래를 부르며 연엽주를 띄우니, 그 빠르기가 화살 날아가듯 했다.

이윽고 한 물가에 다다르니, 선녀가 숙향에게 말했다.

"벌써 다 왔나이다. 낭자께서는 배에서 내려 동쪽으로 가시면 자연히 구제할 사람이 있을 것이옵니다."

그러고는 동정귤洞庭橘, 품종 좋은 귤 같은 것을 주며 말하기를,

"가다가 배고프시거든 이것을 드시옵소서"

하고 이별을 아쉬워하면서 떠나갔다.

숙향이 배에서 내려 돌아보니, 선녀들은 벌써 간데없었다. 어쩔 수 없이 홀로 동쪽을 향해 두어 걸음 걸어가는데, 문득 배가 고파왔다. 그래서 선녀가 준 귤을 먹으니, 천상의 일은 아득하여 기억하지 못하고 인간 세상에 내려와 고생하던 일만 떠올랐다.

이에 숙향이 생각하기를,

'젊은 여자가 고운 옷을 입고 가다가는 길에서 욕을 당하리라'

하고 한 마을에 들어가 고운 옷을 헌옷으로 바꿔 입고 얼굴에 검은 칠
을 했다. 그런 다음 한 눈은 멀고 한 다리는 저는 체하면서 막대기를
짚고 동쪽을 향해 가니, 길 가는 사람들이 서로 이르기를,

"젊은 여자가 얼굴은 곱고 예쁘게 생겼는데, 저토록 얼굴이 검고 갖
은 병이 들었으니 안타깝도다"

하며 탄식하더라.

천벌을 받는 사향

화설이라. 이때 장승상 댁에서는 부인이 승상을 모시고 술잔을 받들고 있다가, 승상이 얼큰하게 술에 취하자 승상께 여쭈었다.

"제가 요즘 건망증이 심한 탓에 공연히 숙향을 의심했사오나, 숙향의 말을 듣고 보니 제 마음이 언짢고 숙향이 불쌍하기 그지없나이다."

이에 승상이 크게 놀라며 말했다.

"아뿔싸! 어린것이 얼마나 슬퍼하리오? 너무 불쌍하니 어서 숙향을 불러와 부인께서 위로해주시구려."

부인이 승상의 말을 듣고 감격하여 즉시 시녀에게 숙향을 불러오라 하니, 사향이 밖에서 들어오면서 거짓으로 한탄하며 말했다.

"그런 몹쓸 일이 없도다."

부인이 묻기를,

"무슨 일이냐?"

하니 사향이 대답했다.

"저희도 숙향 아가씨가 양반의 자손이라 생각했더니, 상것의 자식이 분명하나이다. 부인이 승상의 방에 들어가신 후에 숙향 아가씨가 무엇인가를 잔뜩 싸들고 밖으로 내닫기에 무엇인가 보려 하니, 숙향 아가씨가 들킬까 싶어 더욱 급하게 달아나 보지 못했나이다. 다만 소인이 크게 소리쳐 말하기를 '부인께 하직인사도 하지 않고 가십니까?' 하니, 숙향 아가씨가 대답하기를 '구박하여 내쫓았는데 하직하여 무엇하리?' 하고, 어떤 총각을 따라 아주 빨리 달아나는 바람에 따라잡지 못했나이다."

부인이 크게 놀라 말하기를,

"그게 무슨 말이냐? 내 꼭 저에게 할 말이 있으니, 네가 빨리 가서 데려오너라"

하니 사향이 부인 보는 데서는 바삐 가는 체하고 마을 집에 앉았다가 숨을 헐떡이며 들어와 아뢰었다.

"숙향이 벌써 멀리 갔거늘, 제 발바닥이 터지도록 달려서 간신히 따라가 부인의 말씀을 전했나이다. 그랬더니 숙향이 입을 삐쭉이고 화를 내며 말하기를 '내 얼굴과 재주를 가지고 어디 가면 그만한 옷과 음식을 못 얻으리오?' 하고, 온갖 비방을 하면서 그 총각과 서로 어깨를 껴안고 팔을 휘저으며 웃고 가더이다. 우리는 남의 종이라도 행실이 그렇지 아니한데, 숙향의 더럽고 칙칙한 행실은 차마 입에 올리기도 어렵나이다."

사향이 채 말을 마치기도 전에 난데없이 헌 누비옷을 입은 중이 들어왔다. 승상이 놀라서 묻기를,

"그대는 어디에 살며, 무슨 일로 오셨나이까?"

하니 그 중이 읍揖. 두 손을 맞잡고 들어올리며 하는 인사하고 대답했다.

"저는 옥황상제의 명을 받고 내려온 천승天僧이옵니다. 승상 댁의 옥석玉石. 구슬과 돌. 곧 좋은 것과 나쁜 것을 가리고자 하니, 집 안의 모든 사람들을 다 불러서 여기에 세우소서."

이에 승상이 말하기를,

"내 집에는 특별히 옥석을 가릴 일이 없으니, 스님께서는 공연히 오셨나이다"

하니 그 중이 이르기를,

"옥석을 가릴 일이 없다고 하시는데, 숙향과 사향의 일을 자세히 아시나이까?"

했다.

이때 승상이 미처 대답하기도 전에 사향이 달려나와 말했다.

"승상께서 이 집에 빌어먹는 숙향을 어여삐 여기시어 부인의 침실에 두고 친자식같이 사랑하셨으나, 숙향의 행실이 괘씸하여 승상이 임금께 하사받으신 옥장도와 부인께 예물로 보내신 금봉채를 도둑질했다가 들켰소. 저도 이것이 부끄러웠던지 십 년이나 은혜를 베푼 부인께 하직인사도 하지 않고 집을 나가 길 가는 총각과 서로 희롱하며 가더이다. 내가 뒤쫓아가 여러 번 불러도 오지 않거늘, 너는 어떤 미친 중놈인데 숙향의 뇌물을 받아먹고 감히 재상가의 내실內室. 안방에 들어와 어지러운 말로 변명을 하느뇨? 승상께서는 사내종들로 하여금 저 중을 끌어내어 돌수박 같은 대가리를 돌바닥에 문질러 보내게 하소서."

그 중이 크게 웃으면서 말했다.

"너는 그간 승상 댁의 살림을 도맡으면서 온갖 것을 다 훔쳐냈는데, 숙향이 맡은 뒤로는 네 마음대로 못 했느니라. 그러다가 지난 3월 13일 영춘당에서 잔치할 때 네가 장도와 봉채를 훔쳐다가 숙향의 화장그릇에 넣어두고, 도리어 숙향이 훔친 것처럼 부인께 모함하지 않았느냐? 또 승상의 말씀을 거짓으로 꾸며 숙향을 구박하여 내쫓고, 부인이 숙향을 불러오라고 할 때도 옆집에서 놀다가 돌아와서는 거짓으로 아뢰었노라. 네가 승상과 부인을 간교하게 속일 수는 있어도 어찌 하늘조차 속일 수 있겠느냐?"

말을 마친 중이 소매 안에서 조그만 수레를 꺼내 공중에 던지고 그 위에 올라섰다. 그러자 갑자기 하늘이 무너지듯 천지가 진동했으며, 점점 날이 어두워지면서 큰 소나기가 바가지로 퍼붓듯이 쏟아지고, 사방에서 번개가 번쩍거렸다. 승상 부부와 노비들이 모두 혼비백산하여 땅에 엎드려 기도를 하는데, 문득 공중에서 항아리 같은 불덩이가 내려와 곧바로 사향의 머리를 깨뜨렸다. 이를 본 승상 부부와 집 안의 모든 사람들이 정신을 잃고 기절했다.

한참 후 부인이 깨어나 겨우 정신을 차리고 울면서 말하기를,

"사향이 죄 없는 숙향을 모함하다가 천벌 받아 죽은 것은 다행한 일이지만, 이제 숙향이는 누구에게 가서 의지하리오?"

하고 숙향의 방으로 들어가보니, 숙향이 입던 의복과 쓰던 물건이 그대로 있었다. 다만, 예전에 없던 피로 쓴 글씨가 창문 앞에 붙어 있었으며, 방바닥에는 숙향이 흘린 눈물 자국이 아직도 마르지 않은 채 있었다.

부인이 더욱 망극하여 그 글을 보니,

"다섯 살에 부모를 잃었으니, 하늘에 지은 죄가 크도다. 십 년을 승상 댁에 의탁했으니, 부인의 은혜가 깊고도 깊도다. 하루아침에 악명을 얻게 되었으니, 차마 어떻게 살리오? 하늘이시여, 무심치 않으시다면 제 원한을 풀어주소서"

라고 쓰여 있었다.

부인이 그 글을 다 읽고 통곡하며 말하기를,

"숙향이 반드시 죽으리라"

하고 그 글을 가지고 나와 승상께 드리니, 승상이 보고 슬픈 마음을 이기지 못했다.

이때 마침 승상의 조카 장원이 왔다가 이 말을 듣고 말하기를,

"제가 올 때 포진물가에서 이러이러한 아이가 하느님께 빌면서 우는 것을 보았는데, 그 아이가 분명 숙향인 듯하나이다"

하거늘 승상이 듣는 즉시 하인을 보내 데려오라 명했다.

하인들이 포진물가에 갔다가 돌아와 여쭙기를,

"그 근처 사람에게 물어보니, '그 아이는 벌써 물에 빠져 죽었다' 하더이다"

하니 승상은 탄식을 그치지 않고, 부인은 통곡하면서 수시로 기절했다. 승상이 부인을 위로하며 말했다.

"낳은 자식도 죽은 뒤에는 울어봐야 소용없거늘, 남의 자식 때문에 너무 애태우지 말구려."

이에 부인이 말하기를,

"숙향이 있을 때는 온갖 일이 다 아름다웠나이다. 그런데 숙향이 집 나간 후에는 숙향이 앉았던 자리와 거닐던 모습이 눈에 어른거리고, 말소리가 귀에 쟁쟁하여 심장이 끊어지는 듯하니, 어떻게 마음을 진정할 수 있겠나이까?"

하고 통곡하기를 그치지 않았다.

승상은 행여 부인이 병들까 염려하여 스스로 생각하기를,

'재주 있는 화공畵工을 찾아서 숙향의 얼굴을 그려 부인에게 주면, 혹 부인이 통곡을 그칠 수도 있으리라'

하고 널리 화공을 구했다.

이때 하인 장적이 승상에게 아뢰기를,

"소인이 숙향 아가씨가 열 살이 되기 전에 등에 업고 노류정에 그네놀이를 구경하러 갔는데, 장사長沙, 중국 호남성에 있는 고을 땅에 사는 조장이라는 화공이 숙향 아가씨를 보고 말하기를, '내가 천하의 국색國色, 나라 안에서 으뜸가는 미인을 다 보았으나, 이 아이처럼 아름다운 얼굴은 아직 보지 못했도다' 하고 즉시 숙향 아가씨의 모습을 그려 갔으니, 조장을 찾아

가면 숙향 아가씨의 그림을 구할 수 있사오리이다"

하니 승상이 매우 기뻐하며 장적에게 그 화공을 찾아가 그림을 구해오도록 했다.

장적이 찾아가니 그 화공이 말하기를,

"이미 다른 사람에게 팔았노라"

했다.

장적이 빈손으로 돌아와 승상에게 아뢰니 승상이 말했다.

"네가 다시 가서, '값을 두 배 더 쳐줄 테니 도로 물려오라'고 해보거라."

장적이 다시 화공에게 가서 승상의 말씀을 그대로 전하자, 비로소 그 화공이 숙향의 그림을 내주었다.

부인이 그 그림을 보니, 과연 숙향이 살아서 돌아온 듯한지라. 너무 반가워 그림을 가슴에 안고 구르며 통곡하다가 방에 걸어두고, 숙향이 살아 있을 때와 마찬가지로 아침저녁으로 밥을 올리면서 매일 슬퍼하더라.

갈대밭에서 화재를 만나다

　화설이라. 이때 월궁선녀와 이별한 숙향은 병신 행세를 하며 무작정 동쪽을 향해 걸어갔다. 도중에 날이 저물어 어찌할 바를 모르다가 앞을 바라보니, 저 멀리 큰 갈대밭이 펼쳐져 있었다. 숙향이 어쩔 수 없이 수풀에 의지해서 자고 있는데, 한밤중에 광풍이 불면서 갈대밭에 불이 일어나 사방으로 번졌다.

　숙향이 당황해서 어찌할 바를 모르다가 하늘을 우러러 말하기를,

　"온갖 고생을 겪으면서도 구차하게 목숨을 부지한 것은 어떻게든 부모님을 다시 만나 얼굴이라도 알고자 했던 것인데, 이곳에 와서 화재를 만나 죽게 되었구나. 죽는 것은 서럽지 않으나 부모님의 얼굴을 다시는 못 보게 되었으니, 한이 골수에 사무치는구나"

하고 슬프게 울었다.

　이때 홀연히 남쪽에서 한 노인이 막대를 짚고 다가와 말했다.

　"너는 누군데 깊은 밤에 이런 곳에 와서 화재를 만나게 되었느냐?"

　숙향이 빌며 말하기를,

"저는 부모 없는 아이로소이다. 의탁할 곳이 없어 사방으로 떠돌아다니다가 길을 잘못 들어 이곳에서 불에 타 죽게 되었사오니, 저를 구제해주옵소서"

하거늘 그 노인이 말하기를,

"네 이름은 말하지 않아도 아노라. 벌써 불이 가까이 이르렀으니, 너는 옷을 벗어 그 자리에 두고 몸만 내 등에 오르거라"

했다.

숙향이 어쩔 수 없이 옷을 벗어놓고 노인의 등에 오르니, 불이 벌써 숙향이 서 있던 곳까지 다다라 옷에 붙었다. 이때 노인이 소매에서 붉은 부채를 꺼내 부치자, 더이상 불이 가까이 오지 아니하더라.

노인이 숙향을 업고 너른 갈대밭을 건넌 뒤 옷소매를 떼어주며 말했다.

"이것으로 아랫도리를 가리고 동쪽으로 가거라. 이제 너는 화재를 면했으니 앞으로 귀하게 되리라. 뒷날 나의 은혜를 잊지 말거라."

숙향이 사례하며 말하기를,

"노인께서 사시는 곳은 어디며, 성함은 무엇이라 하나이까?"

하거늘 노인이 말하기를,

"내 집은 하늘나라 남천문南天門 밖에 있는 두번째 집이요, 나는 화덕진군火德眞君. 불을 맡아 다스린다는 신령이로다. 내가 아니었으면 불은커녕 삼백리나 되는 갈대밭을 네가 어떻게 지나갈 수 있겠느냐?"

하더니 문득 간데없더라.

술 파는 할미와 수놓는 낭자

숙향이 혼자 울면서 동쪽 길로 가다보니, 날이 점점 밝아왔다. 벌거 벗은 채로 감히 더이상 갈 수도 없거니와, 발도 아프고 배도 고팠다. 어쩔 수 없이 길가의 나무덤불 밑에 들어가 화덕진군이 준 옷자락으로 앞만 가리고 앉아 있었다.

그때 문득 한 늙은 할미가 대광주리를 옆에 끼고 지나가다가 숙향의 곁에 앉으며 말했다.

"너는 누군데 다 큰 것이 벌거벗고 길가에 앉아 울고 있느냐? 부모 에게 죄를 짓고 쫓겨났느냐? 남의 것을 훔치다가 들켜 달아났느냐? 불 한당을 만나 입고 있던 옷을 다 빼앗겼느냐? 이웃집에 자러 갔다가 화 재를 만나 쫓겨왔느냐?"

이에 숙향이 말하기를,

"저는 본래 부모 없는 거지입니다. 내쫓긴 일도 없고, 남의 것을 훔 친 일도 없으며, 이웃집에 가서 잔 일도 없고, 불한당을 만난 일도 없 나이다. 다만 저절로 곤궁하게 되어 이렇게 앉아 있나이다"

하니 그 할미가 웃으면서 말했다.

"네가 본래 부모가 없었다면 어떻게 이 세상에 태어났겠느냐? 너 혼자 하늘에서 떨어졌느냐, 아니면 땅에서 솟아났느냐? 부모가 버리고 갔으니 내쫓긴 것과 다르지 않으며, 장승상 댁에서 봉채와 장도 때문에 나오게 되었으니 남의 것 훔친 죄명으로 쫓겨난 것과 다르지 않으며, 갈대밭에서 화재를 만나 옷을 다 태워 먹었으니 불한당을 만난 꼴과 어찌 다르지 않겠느냐?"

숙향이 크게 놀라 말하기를,

"할머니께서는 어찌 그렇게 자세히 아시나이까?"

하니 그 할미가 웃으면서 말했다.

"다른 사람에게 듣고 자세히 알았노라. 그건 그렇고 이제 어디로 가려고 하느냐?"

"갈 곳도 없거니와, 이렇게 벌거벗었으니 아무 데도 갈 수 없나이다."

"그렇다면 나도 자식 없이 혼자 사는 과부인데, 나와 함께 사는 것이 어떻겠느냐?"

"할머니께서 저를 버리지 않으신다면 좇아가겠습니다. 그러나 집이 어딘지 모르지만 이렇게 벌거벗고 가기 민망하오며, 배도 많이 고파 가기 어렵나이다."

할미가 숙향의 말을 듣고 대광주리에서 삶은 나물을 꺼내주며 말했다.

"일단 이거라도 먹어라."

숙향이 받아먹으니 배가 부를 뿐만 아니라, 몸에서 향내도 나고 정신이 씩씩해졌다.

이윽고 할미가 옷가지 하나를 꺼내주며 말했다.

"이것을 입고 가자."

숙향이 그 옷을 입고 할미를 따라 두어 고개를 넘어가니, 인가가 즐비하고 마을이 매우 풍요로워 보였다. 그 마을을 지나 큰 산 밑에 이르자 할미가 말했다.

"여기가 내 집이다."

들어가보니 집도 크지 않고 세간도 많지 않았지만, 집 안이 매우 정결하고 세간은 모두 소담스러웠다. 집 안에 다른 사람은 전혀 없었으며, 다만 사자 같은 청삽사리 한 마리가 숙향을 전에 보던 주인인 듯 꼬리 치며 반겼다.

그 집에 온 지 보름이 지난 어느 날이었다. 숙향이 여전히 병신인 척하고 있으니, 할미가 말했다.

"네 얼굴을 보니 가을 달이 검은 구름에 싸인 듯하고, 네 몸을 보니 실제로 병신은 아닌 것 같구나. 더이상 나를 속이지 말거라."

숙향이 웃으며 대답하지 않으니 할미가 또 말하기를,

"여기가 술을 파는 집이라 마을 사람들이 자주 드나든단다. 그 사람들이 너를 보면 더럽게 여길 것이니, 세수라도 하고 있거라"
하며 나갔다.

숙향이 여러 날 동안 집 안을 가만히 살펴보니, 다른 남자는 없었다. 비록 마을 사람들이 가끔 출입했으나, 자기가 있는 곳은 마음대로 들어오지 않았다. 이에 숙향은 비로소 얼굴을 깨끗이 씻고 옷을 갈아입은 후 창문에 기대어 수를 놓았다.

얼마 후 할미가 들어와 숙향을 보고는 크게 놀라며 말했다.

"어여쁘구나, 숙향아. 전생에 무슨 죄로 광한전廣寒殿, 달 속에 있다고 전하는, 항아(姮娥)가 사는 전각을 이별하고 인간 세상에 내려와 이토록 고생했느냐?"

숙향이 한숨지으며 말했다.

"할머니께서 저를 친자식같이 어여삐 여기시니, 제가 어찌 할머니를 속여 거짓말을 하겠나이까? 저도 본래는 양반의 자식이었으나 난중에 부모를 잃고 길거리를 방황하고 있는데, 어떤 사슴이 업어다가 장승상 댁 동산에 두고 갔나이다. 그 집에서 십 년을 살고 있던 차에 사향이란 계집종이 모함하여 부득이 포진물에 빠져 죽으려 했으나, 마침 그곳에서 연꽃을 캐던 아이들이 구해주었나이다. 그 아이들이 동쪽으로 가라 하여 무작정 동쪽으로 가다가 갈대밭에서 화재를 만나 거의 죽게 되었을 때, 또 화덕진군이란 노인이 나타나 구해주었나이다. 그 후 할머니를 만나 이곳까지 오게 된 것이옵니다. 할머니께서 저를 친자식같이 사랑하시니, 저도 할머니를 친부모님처럼 모시겠나이다. 원컨대 저를 어여삐 여기시어 그릇되게 하지 마소서. 행여 호탕한 나비와 미친 벌이 희롱할까 두렵나이다."

이에 할미가 옷깃을 여미고 절하며 말하기를,

"낭자, 조금도 염려하지 마소서. 내 어찌 낭자를 속여 남의 일생을 그릇되게 하오리까?"

하고 이후에는 더욱 공경했다.

숙향은 본래 총명하여 인간 만사 모르는 것이 없고 재주가 뛰어났으며, 특히 수를 잘 놓았다. 그리하여 숙향이 매일 수를 놓아 값을 후하게 받으니, 할미의 집이 점점 부유해지더라.

꿈속에서 이선을 만나다

다음해 3월 보름날이었다. 할미는 술을 팔러 나가고 숙향이 혼자 초당에서 수를 놓고 있는데, 문득 파랑새가 날아와 매화나무 가지에 앉아 울었다. 숙향이 말하기를,

"저 새도 나처럼 부모를 잃었는가? 어찌 혼자 우는가?"

하고 눈물을 흘렸다.

그 순간 갑자기 졸음이 몰려와 잠든 숙향에게 파랑새가 말했다.

"낭자의 부모님이 저기 계시니, 저와 함께 가사이다."

숙향이 그 새를 따라 한 곳에 다다르니, 백옥처럼 맑은 연못 가운데 구슬로 대를 쌓고 그 위에 누각을 지었는데, 주춧돌과 기둥은 만호滿瑚,보석의 일종와 호박琥珀, 누런 광택이 나는 보석으로 만들었고 지붕은 유리로 이었는지라, 광채가 찬란하여 바로 볼 수가 없을 정도였다. 산호로 만든 현판에 금으로 '요지'*라 쓰여 있었으니, 바로 이곳이 서왕모**의 집이었다.

너무 으리으리하여 숙향이 감히 들어가지 못하고 주저하며 문밖에

서 있는데, 문득 서쪽에서 오색구름이 일어나고 기이한 향내가 진동하면서 무수한 선관(仙官)과 선녀들이 용과 봉황을 타고 쌍쌍이 문 안으로 들어갔다. 푸른 구름이 어린 곳에 옥황상제께서 여섯 마리의 용이 모는 옥수레를 타고 오셨으며, 그 뒤에 서천(西天, 인도의 옛 이름)의 석가여래를 비롯하여 관음보살과 삼태성(三台星, 큰곰자리에 있는, 자미성을 지키는 세 개의 별) 등 온갖 선관과 부처들이 옥황상제를 호위하며 따라왔다. 이어서 여러 행차가 차례로 들어가고 사방에서 풍류 소리 진동하니, 그 위엄 있고 엄숙한 행차와 거동이 일대 장관이더라.

이윽고 구름이 크게 이는 가운데 수많은 선녀들이 백옥으로 만든 가마를 좌우에서 모시고 왔다. 가마 안에는 흰 연꽃 한 송이를 든 선녀가 단정하게 앉아 있으니, 이분이 바로 월궁항아였다. 항아가 숙향을 보고 말했다.

"반갑다, 소아야! 그간 인간 세상에서 얼마나 고생이 많았느냐? 나와 함께 들어가 요지나 구경하고 가거라."

숙향이 항아를 따라 들어가니, 그 집의 형상과 으리으리한 모습은 이루 말로 표현하기 어려웠다. 각양각색의 풍류 소리가 진동하는 가운데, 어떤 부처님이 젊은 선관을 앞세우고 들어와 옥황상제께 뵈오니 상제께서 그 선관에게 이르기를,

"태을아, 인간 세상의 재미가 어떠하며, 소아는 만나보았느냐?"
하시니 그 선관이 땅에 엎드려 무수히 사죄했다.

이어서 항아가 상제께 여쭈었다.

"소아가 네 번 죽을 액을 겪었으니, 이제 복록(福祿, 복되고 영화로운 삶을 정

---

* 요지(瑤池): 중국 곤륜산에 있다는 못. 신선이 살았다고 하며, 주나라 목왕이 서왕모를 만났다는 이야기로 유명하다.
** 서왕모(西王母): 중국 신화에 나오는 신녀(神女)의 이름. 불사약을 가진 선녀라고 하며, 음양설에서는 일몰(日沒)의 여신이라고도 한다.

해주소서."

상제께서 허락하시어 석가여래에게 수명을 정하라고 명하시니, 석가여래가 아뢰었다.

"일흔 살을 정하나이다."

상제께서 북두칠성에게 자손을 정하라고 명하시니, 북두칠성이 아뢰었다.

"아들 형제와 딸 하나를 정하나이다."

또 남두칠성에게 복록을 정하라 명하시니, 남두칠성이 아뢰었다.

"두 아들은 정승이 되고, 딸은 황후가 되도록 정하나이다."

이윽고 상제께서 소아에게 반도蟠桃. 삼천 년마다 한 번씩 열매가 열린다는 선경에 있는 복숭아 두 개와 계수나무 꽃 한 송이를 태을선군에게 주라고 명하셨다. 소아가 상제의 명을 받들어 한 손에는 반도를 옥쟁반에 담아 들고 다른 한 손에는 계수나무 꽃 한 송이를 가지고 내려와 태을선군에게 드리니, 그 선관이 두 손으로 받으며 소아를 눈여겨보았다. 소아가 부끄러워 돌아설 때 손에 낀 옥가락지의 진주가 계수나무 꽃에 걸려 땅에 떨어졌다. 엎드려 주우려는 순간, 그 선관이 먼저 진주를 주워 들었다.

소아가 부끄러워 돌아서서 들어가려고 할 때, 할미가 들어와 숙향을 깨우며 말하기를,

"봄날이 아무리 나른하기로서니 무슨 낮잠을 이토록 오래 자시오?"

하니 숙향이 그 소리에 놀라 잠에서 깨어났다. 일어나 앉으니 요지의 풍경이 눈에 어른거리고, 천상의 풍류 소리가 귀에 쟁쟁했다.

잠시 후 할미가 말했다.

"하늘나라가 인간 세상과 어떻게 다르던고?"

숙향이 놀라 묻기를,

"제가 꿈에서 하늘나라에 간 것을 어떻게 아시나이까?"

하니 할미가 웃으면서 말했다.

"낭자가 파랑새를 따라갔던가? 파랑새가 내게 말하기에 알았나이다."

숙향이 크게 놀라 꿈 이야기를 하니, 할미가 말했다.

"그런 귀한 광경을 보고 그저 버려둘 수는 없으니, 낭자가 그 광경을 수놓아 후세에 전하소서."

숙향이 할미의 말을 매우 옳게 여겨 그 광경을 수놓으니, 할미가 보고 크게 놀라며 말했다.

"낭자는 진실로 고금에 다시없는 사람이로다. 세상에 이 그림을 알아보는 사람이 있는지 한번 이 수를 팔아보사이다."

"이 경치는 만금보다 비싸고 정성은 천금으로도 살 수 없지만, 세상 사람 가운데 누가 이 그림의 가치를 알아보리오? 오십 금이라도 주는 사람이 있으면 팔아오소서."

이에 할미가 웃으면서 말하기를,

"두어 자 비단 조각을 누가 오십 금이나 주고 사리오? 어찌 되었건 한번 팔아보사이다."

하고 시장에 나가 사람들에게 그림을 보여주었으나, 아무도 그 그림을 알아보는 사람이 없었다. 그런데 그때 장사 땅에 사는 조장이라는 사람이 지나가다가 그 수를 보고 물었다.

"이 수를 놓은 비단이 어디에서 났는고?"

"어린 딸이 수놓은 것인데, 왜 묻나이까?"

조장이 또 물었다.

"할미는 어디에 사는고?"

"저는 낙양 동촌 이화정에서 술을 파는 할미이옵니다."

조장이 또 수값을 물으니, 할미가 대답했다.

"그대 마음대로 주고 가져가소서."

"이 풍경은 만금을 준다 해도 싸고 정성은 천금도 싸지만, 내가 정성

값만 쳐주겠소."

조장이 천금을 주며 말하기를,

"세상 사람 가운데 이 그림의 뜻을 누가 알아보리오? 천상 요지연^瑤

_{池宴, 요지의 잔치}에서 서왕모가 상제께 반도를 진상하는 광경이니, 어찌 할

미 딸의 솜씨이겠는가? 이 세상에 기특한 사람이 태어난 것이 분명하

도다"

하며 수놓은 그림을 가져갔다.

할미가 집으로 돌아와 숙향에게 말하니, 숙향이 감탄하며 말하기를,

"인간 세상에도 물색^{物色}을 알아보는 사람이 있구나"

하니 할미가 금을 팔아 숙향의 의복과 살림살이를 장만했다.

한편 조장은 그 수를 얻은 후에 마음이 너무 기뻐 문장이 뛰어난 명

필을 찾아 그 그림의 뜻을 글로 지어서 제목을 삼고자 했다. 그래서 사

방을 돌아다녔지만, 명문장과 명필을 구할 수가 없었다.

그러던 어느 날, 낙양 북촌에 사는 이위공의 아들 이선이 비록 나이

어린 소년이지만, 재주가 이적선과 두목지*에 지지 않고 필법은 왕희

지와 조맹부보다 뛰어나다는 말을 듣고 예물을 갖추어 낙양 북촌을 찾

아갔다.

---

* 두목지(杜牧之): 중국 당나라 말기의 시인인 두목(杜牧, 803~852)의 자. 산문에도 뛰어났지만
시에 더 뛰어났으며, 특히 칠언절구를 잘했다.

이선의 탄생

각설却說. 화제를 돌릴 때 쓰는 말이라. 이때 낙양 북촌에 이정이라는 사람이 살고 있었는데, 젊어서부터 문장과 무예가 뛰어나 일찍 급제했으며, 뒤에 병부상서兵部尙書. 군사를 맡아보는 병부의 으뜸 벼슬가 되어 여러 번 나라에 큰 공을 세웠다. 황제께서 그를 아름답게 여기시어 위공魏公. 위나라의 공작(公 爵). 공작은 다섯 등급의 귀족 작위 중 첫째에 봉한 후 나라의 정사를 다 그에게 맡기 셨으나, 위공은 후세에 시비가 있을까 두려워 병을 핑계 대고 고향으 로 돌아왔다. 그러나 황제께서 위공의 충성과 재주를 아끼시어 끝내 위공의 벼슬을 갈지 않으시니, 위공은 천하의 병권兵權을 잡게 되었다. 그리하여 위공의 위엄이 사해에 떨치고 금은보화가 임금에 버금갈 만 큼 많았으나, 다만 슬하에 자식이 없어 매일 한탄했다.

무자년 7월 보름이었다. 위공이 부인 왕씨와 더불어 완월루에 올라 가 밝은 달을 구경하다가 부인에게 말했다.

"우리의 부귀는 조정에서 으뜸이요, 부인의 인물과 재주는 천하에 짝이 없을 정도로 뛰어나오. 그러나 우리 사이에 자식이 없으니, 후세에 누가 조상의 제사를 모시리오? 이제 내 벼슬이 두 부인을 얻을 만큼 충분하니, 아무나 자식 낳을 부인을 얻고자 하오. 부인은 원망하지 마시구려."

이에 왕씨가 슬퍼하며 말하기를,

"상서의 위엄으로 보아 두 부인이 아니라 열 부인인들 어찌 못 얻겠나이까? 그러나 첩이 자식을 못 낳는 것이 아니라 상서 때문에 자식을 낳지 못하는 것이라면 어찌하시겠습니까?"

하니 상서가 웃으면서 말했다.

"부인을 또 얻어서도 자식을 낳지 못한다면, 그때는 어쩔 수 없는 일이지요."

본래 왕씨 부인은 우승상 왕파의 딸이었다. 상서가 다른 부인을 얻으려 한다는 말을 듣고는 속이 상해 잠을 잘 수가 없었다. 다음날 아침 친정에 가서 부모님께 말하기를,

"제가 자식을 낳지 못한다고 해서 이상서가 다른 부인을 얻으려 하는데, 이를 어찌하면 좋겠나이까?"

하니 그 부친이 말했다.

"삼천 가지 불효 가운데 자식을 낳지 못하는 것이 가장 큰 죄라고 했다. 네가 박복하여 자식이 없는 것을 다른 사람을 탓해서 무엇하겠느냐?"

이에 모친이 말하기를,

"대성사大成寺 부처가 매우 영험하여 자식 없는 사람이 그곳에 가서 지성으로 빌면 혹 자식을 낳기도 한다는구나. 너도 거기 가서 지성으로 빌어보아라."

하니 왕씨가 즉시 목욕재계하고 대성사에 올라가 극진히 빌고 돌아왔다.

그날 밤 어떤 스님 한 분이 왕씨의 꿈에 나타나 이르기를,

"상서가 형벌을 좋아하여 죄 없는 백성을 많이 죽이기에 자식을 못 보게 했는데, 그대 정성이 지극하여 귀한 자식을 주노라. 여기 있지 말고 빨리 집으로 돌아가라"

했다. 왕씨가 꿈에서 깨어나 하느님께 축수를 드리고, 부모님께 하직 인사를 올린 후 집으로 돌아왔다.

집에 돌아오니 상서가 묻기를,

"부인은 무슨 일로 이렇게 여러 날 만에 오시오?"

하니 부인이 웃으면서 대답했다.

"상서께서 자식을 낳지 못한다고 저를 업신여기시기에 천상에 올라가 자식을 낳게 해달라고 빌고 왔나이다."

상서 또한 웃으면서 말하기를,

"천상에 올라가 빌어서 자식을 낳는다면, 천하에 자식 없는 사람이 어디 있겠소?"

하니 부인이 말하기를,

"계집이 자식을 못 낳는다고 쫓아낸다면, 세상에 자식 낳지 못한 계집이 지아비 데리고 살 사람이 몇이나 되겠소?"

하며 서로 희롱했다.

그날 밤 상서의 꿈에 홍포관대紅袍冠帶. 삼품 이상 벼슬아치의 공식 예복를 입은 젊은 선관이 옥홀玉笏. 임금님 알현할 때 손에 쥐던 옥패을 쥐고 오색구름 속에서 내려와 상서에게 두 번 절하고 말하기를,

"저는 옥황상제를 모시던 태을선군이온데, 상제께 죄를 짓고 인간 세상에 귀양 오게 되었나이다. 어디로 가야 할지 몰라 방황하던 차에 대성사 부처님께서 이리로 가라 하시기에 왔사오니, 어여삐 여기소서"

하고 부인의 침실로 들어갔다.

상서가 꿈에서 깨자마자 곧바로 부인에게 달려가 물었다.

"부인이 천상에 가서 빌었다더니, 대성사에 가서 빌었소이까?"

부인이 크게 놀라 말하기를,

"어떻게 아셨나이까?"

하니 상서가 꿈 이야기를 자세히 들려주었다. 부인이 신기하게 여겨 대성사에 가서 빌던 일과 꿈에 부처님께서 이르던 말을 다 전하니, 상서 또한 매우 신기하게 생각했으며, 과연 그달부터 부인에게 태기가 있었다.

어느덧 세월이 흘러 기축년 4월 초파일이 되었다. 상서는 서울에 가고 부인 혼자 집에 있는데, 오색구름이 온 집 안을 둘러싸며 기이한 향내가 진동했다. 부인이 매우 이상하게 여겨 시녀에게 집 안을 깨끗이 청소하라고 명했다. 그날 오후 부인이 피곤하여 침실에 들어가 졸고 있는데, 창밖에 학 우는 소리가 들리면서 두 선녀가 들어와 이르기를,

"시간이 다 되었으니, 부인께서는 잠깐 편하게 누우소서"

하고 부인의 옷을 벗겼다.

이윽고 부인이 자리에 누워 옥동자를 낳으니, 두 선녀가 옥병에 담긴 향기로운 물로 아기를 씻겨 누이고 바삐 가려 했다. 이에 부인이 묻기를,

"그대들은 누구이신데 수고를 아끼지 않으시고, 이렇듯 급히 가시려 하나이까? 이름을 알려주시면 고마운 마음을 전하고자 하나이다"

하니 그 선녀가 대답했다.

"우리는 해산을 맡은 선녀이옵니다. 상제의 명을 받들어 아기 낳는 것을 돌보러 왔는데, 곧 이 아기의 부인 될 사람이 남양 땅에서 태어나기에 바삐 가나이다."

부인이 사례하며 말하기를,

"선녀들께서 저를 위해 더러운 인간 세상에 내려오셨으니, 매우 감사하나이다. 그런데 이 아기의 부인 될 사람은 이름이 무엇이며, 누구 집 딸이옵니까?"

하니 그 선녀가 대답하기를,

"전생의 이름은 월궁소아요, 이승의 이름은 남양 땅 김상서의 딸 숙향이로소이다."

하고 문득 간데없었다. 부인이 즉시 시녀에게 붓과 먹을 가져오게 하여 선녀의 말을 기록한 후 잘 보관해두었다.

이날 위공은 궁궐에서 당직을 마치고 숙소에 나와 자는데, 꿈에서 벼락이 부인을 쳤다. 상서가 놀라 깨어나서 조회에 들어가 황제께 꿈이야기를 하고 집으로 돌아오려는데, 황제께서 물으셨다.

"경의 부인이 잉태했느냐?"

위공이 아뢰기를,

"예, 태기가 있사옵니다"

하니 임금께서 크게 기뻐하며 말씀하셨다.

"밤에 천문을 보니, 태을성이 낙양 북촌에 떨어지기에 틀림없이 기이한 사람이 태어나리라 하였는데, 과연 그대의 집에 태어났도다. 귀하게 길러 사직社稷. 국가 또는 조정을 평안케 하라."

위공이 은혜에 사례하고 집으로 돌아오니, 과연 부인이 옥동자를 낳았다고 아뢰었다. 마음이 더할 나위 없이 즐거워 달려가 아기를 보니, 꿈속에서 보았던 선관의 얼굴과 똑같은지라. 아기의 이름을 선이라 하고, 자는 태을이라 하더라.

다음날 상서가 득남한 사실을 글로 아뢰니, 임금께서 크게 기뻐하시며 많은 상을 하사하시고, 또 위공 부부의 가자*를 올려주셨다.

이선이 한 살 때부터 걷기 시작하고 두 살 때에는 말을 배웠는데, 말주변이 소진**과 장의***만큼이나 뛰어났다. 네 살 때에는 글을 배워

---

* 가자(加資): 관원들의 임기가 찼거나 근무 성적이 좋은 경우 품계를 올려주던 일.
** 소진(蘇秦): 중국 전국시대의 유세가로, 진(秦)에 맞서 6국의 합종을 주창하여 성공했고 이로써 6국의 재상이 되었다.

모르는 것이 없었으며, 다섯 살 때에는 처음 본 글도 또렷하게 외웠고, 일곱 살 때에는 천하의 문장가나 명필도 이선을 따를 수 없었다. 그리하여 사람들이 모두 일컫기를,

"두목지가 세상에 다시 태어났다"

하더라.

이선은 자라면서 늘 장난처럼 말하기를,

"내 아내 될 여자는 월궁선녀뿐이로다"

했다.

하루는 이선이 위공에게 아뢰었다.

"과거시험을 본다는 소식이 있사오니, 소자도 보고자 하나이다."

이에 공이 말하기를,

"네 재주는 이적선 못지않으니, 과거를 보면 반드시 급제할 것이로다. 그러나 사람이 너무 일찍 성공하면 단명하기 쉽고, 또 네가 벼슬을 하게 되면 자주 보기 어려운지라. 우리는 네가 그리워서 견디기 힘들 것이니, 조금만 기다리거라"

하니 과거를 보러 가지 못했다.

*** 장의(張儀): 중국 전국시대 위(魏)나라의 정치가로, 연횡책을 주창하여 진나라의 재상이 되었다.

요지연을 수놓은 비단을 얻다

  3월 보름날이었다. 이선은 그사이 심심하여 근처 산수를 자주 구경하러 다녔는데, 대성사에 올라갔다가 몸이 피곤하여 난간에 기대어 잠깐 졸았다. 그런데 꿈에 한 부처가 나타나 이르기를,

  "오늘 서왕모가 요지에서 잔치를 여니, 그대도 나를 따라가서 구경이나 하자꾸나"

하거늘 이선이 매우 기뻐 그 부처를 따라갔다. 한 곳에 다다르니 기이하고 화려한 전각과 찬란하게 빛나는 구름이 사방에 둘려 있고, 아름다운 향내가 가득한 그 사이를 수많은 선녀들이 분주하게 오가고 있었다.

  이선이 그 광경을 보고 어리둥절해하는데, 부처가 손으로 가리키며 말했다.

  "북쪽 옥륜대玉輪臺 위에 높이 앉아 계신 분이 옥황상제이시고, 그 뒤에는 삼태칠성이 모든 별을 거느렸으며, 동쪽에는 석가여래가 모든 부처를 거느리고 차례로 앉아 계시도다. 내가 먼저 들어갈 테니, 그대는

내 뒤를 좇아서 상제를 뵈온 후에 차례로 좌우에 있는 선관들에게 인사를 드리시게."

이선이 말하기를,

"너무 으리으리하여 동서를 구분하지 못하겠나이다"

하니 부처가 웃고 소매 안에서 대추 같은 과일을 꺼내주며 말했다.

"이것을 먹으면 저절로 알게 되리라."

이선이 그것을 받아먹으니, 전생의 일이 어제 일처럼 뚜렷하게 생각났다. 그 자리에 있는 모든 선관들은 예전에 자기와 친했던 벗들이었다. 이선이 반가운 마음을 이기지 못하여 부처에게 사례하고, 부처의 뒤를 따라 안으로 들어갔다. 이선이 먼저 상제께 큰절을 하고, 이어서 모든 선관들에게 차례로 인사하니 다들 반가워했다.

인사를 마친 후 상제께서 이선에게 말씀하시기를,

"태을아, 인간 세상의 재미가 어떠하며, 소아는 만나보았느냐?"

하시니 이선이 아무 대답도 못 하고 땅에 엎드려 사죄했다.

이에 상제께서 한 선녀에게 반도 두 개와 계수나무 꽃 한 송이를 바치라 하시니, 이선이 땅에 엎드려 두 손으로 그것을 받으면서 선녀의 얼굴을 살짝 쳐다보았다. 그 순간 선녀가 부끄러워 돌아섰는데, 선녀의 손에 낀 옥가락지의 진주가 계수나무 꽃에 걸려 땅에 떨어졌다. 이선이 먼저 그 진주를 주워서 희롱하려는데, 그때 대성사 중들이 저녁공양을 하기 위해 종을 쳤다.

이선이 종소리에 놀라 잠에서 깨어나니, 요지의 풍경이 눈에 선하고 천상의 풍류 소리가 귀에 쟁쟁하며, 손에는 진주가 쥐어져 있었다. 그 일이 너무 신기하여 즉시 꿈속에서 일어났던 일을 기록하고, 부처님께 하직한 후 집으로 돌아왔다. 그후로 이선은 부귀공명에 뜻이 없고, 오로지 소아만 생각하며 지내더라.

그러던 어느 날, 심부름하는 아이가 이선에게 아뢰었다.

"장사 땅에 사는 조장이라는 사람이 예단禮緞. 남의 집을 방문할 때 가지고 가는 선물용 비단을 가지고 와서 뵙고자 하나이다."

이선이 즉시 모셔오라고 하니 조장이 들어와 절하고 말하기를,

"제가 우연히 명화를 수놓은 비단을 얻었는데, 그 그림에 맞춤한 제목을 지어 붙이고자 널리 문장가와 명필을 구하러 다녔나이다. 공자보다 뛰어난 사람이 없다고 하여 천 리를 마다하지 않고 여기까지 왔사오니, 부디 수고를 아끼지 마소서"

하고 수놓은 비단을 꺼내놓았다.

이선이 그 비단을 보니, 자기가 꿈에 보았던 요지의 풍경이 분명하게 그려져 있는지라. 크게 놀라 말하기를,

"그대는 이 그림을 어디서 얻었는가?"

조장이 의심하며 생각하기를,

'그 할미가 이 댁 것을 훔친 것인가?'

하고 이선에게 물었다.

"공자께서는 어찌 이 그림을 보시고 그토록 놀라시나이까?"

이선이 말하기를,

"그림이 너무나 뛰어나기에 놀랐노라. 이런 그림은 선비에게는 마땅하지만, 그대에게는 별 소용이 없는 것이라. 내게 좋은 족자가 하나 있는데, 이 그림과 바꾸는 게 어떻겠는가? 아니면 내가 후한 값을 쳐줄 테니, 이 그림을 나에게 파시게"

하니 조장이 말했다.

"저는 이익을 추구하는 장사꾼이옵니다. 제가 천금을 주고 이 그림을 샀으니, 공자께서 그 두 배를 주시면 팔겠나이다."

이선은 즉시 조장에게 이천 금을 주고 그림을 산 후, 요지연 꿈을 꾸고 지은 글을 금자金字로 써서 족자를 만들어 자는 방에 걸어두었다. 이선이 아침저녁으로 그 족자를 바라보니, 몸은 비록 인간 세상에 있으

나 마음은 요지에 있는 듯한지라. 더이상 속세에는 뜻이 없고, 오로지 소아만 찾으려 하더라.

이선을 시험하는 술 파는 할미

하루는 이선이 스스로 깨달아 생각하기를,

'나는 꿈에서 요지를 다녀왔지만, 이 수를 놓은 사람은 어떤 사람이기에 인간 세상에 있으면서 천상의 일을 이렇듯 또렷이 그렸는가? 범상치 않은 사람임이 틀림없으니, 내 기어이 찾아보리라. 조장이 이 그림을 낙양 동촌 이화정에서 술 파는 할미에게 샀다고 했으니, 우선 거기 가서 물어보자'

하고 즉시 이화정으로 갔다.

이때 숙향은 이화정 누각 위에서 수를 놓고 있었는데, 파랑새 한 마리가 석류꽃을 입에 물고 숙향 앞에 앉았다가 북쪽으로 날아갔다. 숙향이 이상하게 생각하여 새가 날아가는 쪽을 보려고 북쪽 주렴을 들고 얼핏 바라보니, 푸른 비단적삼을 입고 머리에 두건을 쓴 한 소년이 흰 노새를 타고 이화정을 향해 오고 있었다. 숙향이 자세히 살펴보니, 요지에서 반도를 받던 선관과 흡사했다. 반갑고도 놀라운 마음에 주렴을 내리고 가만히 앉아 있었다.

이윽고 그 소년이 이화정 문밖에 이르러 묻기를,

"주인 계시오?"

하거늘 할미가 나가보니 북촌 이상서 댁 아들이었다. 할미가 반기며 이선을 사랑방으로 모신 후에 말하기를,

"낭군郎君. 남의 아들을 높여 이르는 말께서 이렇게 누추한 데를 오시니 매우 감사하나이다"

하니 이생이 말하기를,

"마침 지나가다가 할미 집 술이 매우 좋다고 하기에 들렀으니, 한 잔 술을 아끼지 말라"

했다. 할미가 웃으면서 말하기를,

"저희 집 술이 바야흐로 잘 익었으되 늙은이가 벗이 없어 혼자 마시지 못했는데, 오늘 천행天幸. 하늘이 준 행운으로 낭군께서 오셨으니 종일토록 드사이다"

하고 안으로 들어갔다.

잠시 후 할미가 자개소반에 오색 그릇을 얹어놓고, 인간 세상에서는 볼 수 없는 온갖 음식을 내왔다. 이생은 이 그릇과 음식이 모두 기이하기에 할미가 술 취하기를 기다렸다가 물어보려 했다.

이윽고 할미가 얼큰하게 술에 취하자 웃으면서 이생에게 말했다.

"낭군은 이상서 댁의 귀공자라, 고량진미膏粱珍味. 기름진 고기와 맛있는 음식에 파묻혀 계신 탓에 이런 촌가의 음식을 먹어보지 못했을 것이옵니다. 거친 음식이지만 맛이라도 보시기 바라나이다."

이생이 말하기를,

"인간 세상에서 보지 못하던 음식을 먹기가 미안하니, 어떤 음식인지 알고나 먹세."

하니 할미가 대답했다.

"늙은이가 할 일이 없어 엊그제 남의 집에서 빌려온 것이니, 제가

어찌 다 알겠나이까?"

"옛글에 이르기를 '이름 모르는 음식은 먹지 말라' 했으니, 그 근본을 알고나 먹겠네."

이에 할미가 웃으며 마지못해 말했다.

"저 유리잔에 담은 것은 야광초夜光草, 어두운 밤에도 빛이 난다는 전설상의 신기한 풀로 동해 용궁에서 얻어왔고, 저 산호그릇에 담은 것은 금강초金剛草로 영주산瀛州山, 삼신산의 하나로, 중국의 진시황과 한무제가 불사약을 구하러 사신을 보냈다는 선경 구루선佝僂仙, 등이 굽었다는 신선의 이름에게 얻어왔으며, 호박그릇에 담은 것은 신광초神光草로 천태산 마고할미에게 얻어왔고, 대모玳瑁, 바다거북의 일종, 또는 그 거북의 껍데기그릇에 들어 있는 것은 천광초天光草로 만수산萬壽山, 중국 북경 근처에 있는 산. 여기서는 신선이 산다는 전설상의 산 지원선*에게 얻어왔으며, 만호그릇에 들어 있는 것은 반도로 요지의 서왕모에게 얻어왔나이다. 음식이 비록 거칠고 변변찮지만 먹어도 몸에 해롭지는 않을 것이니, 조금도 의심하지 마소서."

이 말을 듣고 이생이 더욱 이상하게 여겨 말했다.

"할미의 말은 비록 화려하나 진실하지 않은 듯하노라. 할미는 인간 세상의 사람이요, 용궁과 영주산, 만수산과 천태산, 요지는 모두 선경이라. 진시황秦始皇과 한무제漢武帝의 위엄으로도 그런 곳을 보지 못했는데, 할미의 힘으로 어떻게 그런 곳에 갈 수 있으리오?"

이에 할미가 크게 웃으면서 말했다.

"제가 비록 나이가 많아 기력은 없으나, 사해팔방을 마음대로 다닐 수 있나이다. 어찌 낭군처럼 남의 인도를 받고 다니겠나이까?"

"내게는 천 리를 가는 노새가 있어 가고자 하는 곳을 내 마음대로 다니며, 남의 인도를 받고 다니지 않노라."

* 신선의 이름이나, 어떤 신선인지는 확인하기 어려움.

할미가 크게 웃으면서 말했다.

"낭군께서는 그런 노새를 두고도 요지에 가실 때는 어찌하여 대성사 부처를 따라가셨나이까?"

이생이 그제야 비로소 할미가 보통 사람이 아닌 줄을 분명하게 알고, 즉시 자리에서 일어나 공손히 절하며 말했다.

"할머니의 말씀이 지극히 옳소이다. 그런데 제가 꿈에서 요지에 간 것을 어떻게 아시나이까?"

할미가 웃으면서 말했다.

"상제께서 주신 반도와 계수나무 꽃은 어찌했으며, 월궁소아는 만나보셨나이까?"

"꿈은 허황된 것인지라, 아무것도 모르나이다."

"그때의 일을 허황되다고 하시니 그렇다고도 할 수 있지만, 조장에게 사신 수놓은 비단도 꿈이었나이까?"

이생이 더욱 놀라 또 일어나 두 번 절하고 공손히 물었다.

"인간 세상의 불미한 사람이 존귀한 분을 몰라보고 여러 번 잘못을 범했으니, 진심으로 사죄드리옵나이다. 소아가 인간 세상에 내려왔다고 하여 소아를 찾고자 여기까지 왔사오니, 할머니께서는 저를 속이지 마시고 소아가 있는 곳을 가르쳐주소서."

이에 할미가 가만히 있다가 이마를 찡그리며 말했다.

"소아가 있는 곳은 알고 있나이다. 그런데 낭군께서는 소아를 찾아 무엇하려 하시나이까?"

"소아는 하늘이 정해주신 배필이옵니다. 부디 만나게 해주소서."

"낭군께서는 소아를 배필로 삼으시려거든 아예 찾지 마소서."

"소아에게 무슨 허물이 있나이까?"

"낭군은 상서 댁 귀공자로 가문과 부귀가 천하에 으뜸이니, 부마駙馬. 임금의 사위가 안 되시면 반드시 공후公侯. 지체 높은 신분의 아름다운 사위가 되실 것이옵니다. 어찌 소아 같은 것을 배필로 삼으려 하시나이까?"

이생이 더욱 궁금하여 묻기를,

"소아에게 무슨 허물이 있나이까? 말씀해주소서"

하니 할미가 웃으면서 말했다.

"소아가 천상에서 죄를 짓고 인간 세상에 내려와 상민의 자식이 되었는데, 다섯 살 때 난리 중에 부모를 잃고 빌어먹는 거지가 되어 정처 없이 돌아다녔나이다. 그러다가 도적의 칼을 맞아 한 팔을 잃었으며, 포진물에 빠졌다가 길 가는 행인에게 구제되었지만 두 눈이 먼 청맹과니가 되었고, 갈대밭에서 화재를 만나 불에 데어 한 다리를 절게 되었나이다. 또 그뒤에 후토부인이 덧내어 두 귀마저 먹었는데, 낭군께서는 어찌 구태여 그런 병자를 배필로 삼으려 하시나이까? 제게는 낭군의 말씀이 진실로 헛되게 들리나이다."

이생이 묻기를,

"소아가 전생에 무슨 죄를 지었기에 그렇게 되었나이까?"

하니 할미가 대답했다.

"소아는 전생에 월궁선녀로서 옥황상제를 가까이 모시고 있었는데, 태을선군에게 금단金丹. 신선이 만든다는 장생불사의 영약(靈藥) 두 개를 훔쳐다준 죄로 인간 세상에 귀양 왔다고 하더이다."

이생이 할미의 말을 듣고 길게 탄식하며 말했다.

"인연이 정해졌으면 어찌 빈부를 가리며, 설사 병자가 되었던들 어떻게 버릴 수 있겠나이까?"

"낭군께서 비록 지성으로 찾으신다고 해도, 상서께서 절대로 그런 병자를 며느리로 삼지 않을 것입니다. 그러니 수고롭게 찾지 마소서."

이에 이생이 하늘을 우러르며 맹세했다.

"부모님께서 비록 부마를 삼으려고 하실지라도 저는 결코 소아가 아니면 장가가지 않을 것이니, 할머니께서는 하해河海. 큰 강과 바다 같은 은혜를 베푸시어 소아 있는 곳만 가르쳐주소서. 그러면 죽은 뒤에라도 반드시 그 은혜를 갚겠나이다"

하니 할미가 말했다.

"저도 소아와 이별한 지 오래되어 지금은 어디 있는지 자세히 모르옵니다. 먼저 남양 땅 김전의 집에 가보고, 그곳에 없으면 남군 땅 장 승상 댁을 찾아가소서. 인간 세상에서 소아의 이름은 숙향이오니, 아무튼 정성껏 찾아보소서."

숙향의 흔적을 찾아서

이생은 할미에게 두 번 절하여 하직하고, 즉시 집으로 돌아와 부모님께 거짓으로 말하기를,

"형초 땅에 뛰어난 문장가가 태어났다 하여 천하의 이름난 선비들이 모인다 하오니, 소자도 가보고 오겠나이다"

하고 황금 백 냥을 허리에 둘러찬 후 천 리 노새를 몰아 곧바로 남양 땅으로 갔다. 김전의 집을 찾아가니, 한 노인이 나와 맞았다. 이생이 말하기를,

"나는 낙양 북촌 이위공의 아들인데, 김전을 보러 왔노라"

하니 그 노인이 말하기를,

"김전은 운수선생의 자제분이온데, 황제께서 어진 사람의 자손을 쓰시고자 하여 김전을 낙양 수령으로 삼으셨나이다. 그래서 지금 여기에 계시지 않사온데, 공자께서는 무슨 일로 찾아왔나이까?"

했다.

"이 집에 숙향이 있다는 말을 듣고 찾아왔노라."

"숙향은 김전의 딸이온데, 다섯 살 때 난리를 만나 반야산에서 잃었나이다. 그후로 아직까지 숙향의 생사를 모르나이다."

"그대는 누구인가?"

"소인은 이 집을 지키는 종이옵니다."

이생이 어쩔 수 없이 그 집에서 나와 남군 땅으로 갔다. 장승상 댁을 찾아 들어가니, 승상이 즉시 나와 맞으며 물었다.

"공자는 어디 사시는 분인데, 무슨 일로 누추한 이곳까지 오셨나이까?"

이생이 두 번 절하며 말하기를,

"소자는 낙양 북촌 이위공의 아들이온데, 남양 땅 김전의 딸 숙향과 전생연분이 있다고 하옵나이다. 숙향이 승상 댁에 있다는 말을 듣고 구혼하고자 왔사오니, 허락해주소서"

하니 승상이 눈물을 흘리며 말했다.

"과연 숙향이 다섯 살 때 어떤 사슴이 업어다가 우리 집 동산에 두고 가니, 우리가 자식이 없어 숙향을 데려다가 십 년을 친자식같이 길렀나이다. 그런데 가운이 불행한 탓인지 사향이란 종년이 숙향을 모함하여 내쫓으니, 그때 숙향이 포진물로 갔다고 하더이다. 뒤늦게 사람을 보내 찾아보았지만, 지금까지 우리도 숙향을 찾지 못해 슬퍼하고 있나이다."

"분명히 숙향이 이곳에 있다고 하여 천 리를 마다하지 않고 찾아왔사옵니다. 소자가 비록 미천하오나 존경하는 어르신을 저버리지 않으오리니, 원컨대 제 구혼을 거절하지 마소서."

"숙향이 비록 친딸이라 해도 내 힘으로는 감히 위공과 혼사를 바라지도 못할 터인데, 하물며 버려진 아이를 주워다 길러 위공의 며느리가 되게 한다면 제게는 더없는 영광일 것이옵니다. 또 공자의 풍모와 태도를 보니, 짐짓 숙향의 짝이 될 듯하옵나이다. 그런데 우리가 박복하여 숙향을 잃었으니, 아무리 애달파도 이미 속절없는 일이옵니다."

이생이 또 묻기를,

"숙향이 병자라서 빨리 걷지 못한다고 들었나이다. 사향이 아무리 구박할지라도 저 혼자 어디로 갈 수 있겠나이까?"

하니 승상이 말하기를,

"부인이 숙향을 잃고 너무 슬퍼하여 숙향을 그린 그림을 천금에 사서 부인에게 드렸더니, 그것을 벽에 걸어두고 숙향이 살아 있는 것처럼 밤낮으로 보고 있나이다. 공자가 이 늙은이의 말을 믿지 못하겠거든, 지금 바로 나와 함께 부인의 방에 들어가 보사이다"

하고 이생의 손을 잡고 부인의 침실로 들어갔다. 이생이 방 안을 둘러보니, 과연 한 여자아이가 모란꽃을 손에 쥐고 서 있는 그림이 벽에 걸려 있었다. 그 그림을 자세히 보니, 그림 속의 아이는 바로 꿈속 요지에서 보았던 선녀와 같았다.

이생이 반가운 마음을 이기지 못해 말했다.

"제가 듣기에 숙향은 병자라 했나이다. 그런데 이 그림에는 병든 모습이 전혀 없사오니, 어찌 된 일이옵니까?"

"숙향은 본래 병이 없사옵니다. 저 그림은 숙향이 열 살 되기 전에 그린 것인데, 그후에는 얼굴이 더욱 아름다워졌나이다."

"숙향을 찾아 수천 리 밖에서 왔다가 끝내 얼굴도 못 보고 그냥 가게 되었으니, 저 그림을 제게 파소서."

"공자의 정성이 참으로 지극하오니, 부인만 아니라면 저 그림을 그냥이라도 드릴 것이옵니다. 그러나 저 그림마저 없으면 부인은 반드시 죽을 것이니, 제가 어찌 팔 수 있겠나이까?"

이생이 어쩔 수 없이 장승상을 하직하고 돌아오는 길에 포진물가에 들러 숙향을 찾아보았다. 그러나 숙향을 아는 사람이 아무도 없는데, 문득 한 노인이 나타나 말했다.

"삼 년 전에 이러이러하게 생긴 아이가 승상 댁에서 나와 이 물가에서 울며 이르기를 '승상 댁에서 사향의 모함으로 인해 악명을 뒤집어 쓰고 비명非命에 가노라' 하고, 이 물에 빠져 죽었나이다."

이생이 참담한 마음을 이기지 못해 가져온 금을 팔아 향촉香燭, 향과 초과 제물을 갖추고 제문을 지어 제사를 올리니, 문득 물 위에서 피리 소리가 들려왔다. 이생이 눈을 들어 보니, 푸른 옷을 입은 동자童子가 작은 배 한 척을 타고 옥피리를 불면서 오고 있었다. 이생이 갈 길을 물으려 하는데, 그 동자가 다가와 말했다.

"공자께서는 숙향을 보시려거든 제 배에 오르소서."

이생이 매우 기뻐 노새와 함께 배에 오르니, 동자가 피리 불기를 그치고 말했다.

"저는 이 물을 지키는 신령이옵니다. 예전에 숙향이 이 물에 빠졌을 때 우리가 구해 저 길로 보냈으니, 공자는 저 길로 찾아가보소서."

이생은 동자에게 사례한 후 배에서 내려 노새를 타고 동자가 가르쳐준 길로 나아갔다. 그러나 그 앞에는 아득한 들판에 티끌만 자욱할 뿐, 인적이라고는 찾아볼 수 없었다. 이생이 어찌할 바를 몰라 방황하고 있는데, 문득 한 중이 지나가다가 이생을 보고 물었다.

"공자는 어디서 오시며, 어디로 향하시는가?"

이생이 매우 반가워 돌아갈 길을 물으니, 그 중이 대답했다.

"이 앞으로 가다보면 노끈으로 만든 감투를 쓴 할아비가 바위 위에 앉아 있을 것이니, 거기 가서 물어보소서. 그는 바로 화덕진군인데, 공자가 지성으로 물으면 길을 가르쳐줄 것이요, 보고 싶은 사람도 보게 되리이다."

이생이 그 중을 이별하고 노새를 재촉하여 가다보니, 과연 감투를 쓴 노인이 큰 소나무 아래에 있는 넓은 바위에 앉아 졸고 있었다. 이생이 반가워 그 앞으로 나아가 두 번 절했으나, 노인은 본 체도 하지 않

왔다. 이생이 무릎을 꿇고 다시 아뢰기를,

"지나가는 나그네이온데, 갈 길을 묻고자 하나이다"

하니 그 노인이 그제야 잠깐 눈을 뜨고 말했다.

"무슨 일로 곤하게 자는 어른을 깨우느냐? 내 귀가 먹었으니 크게 말하거라."

이생이 다시 큰 소리로 아뢰기를,

"소자는 낙양 북촌 이위공의 아들 이선이라고 하옵니다. 남양 땅에 사는 김전의 딸 숙향과 전생연분이 있다 하여 천 리를 마다하지 않고 찾아왔으나, 숙향의 종적을 전혀 알 수 없었나이다. 그런데 오다가 들자오니, 노선생께서 아신다 하기에 묻나이다. 저를 어여삐 여기시어 부디 숙향이 있는 곳을 가르쳐주소서"

하니 노인이 눈썹을 찡그리며 말했다.

"내가 이곳에 머문 지 수천 년이 넘었으나, 너도 예전에 본 일이 없고 숙향이란 이름도 듣지 못했노라. 그런데 너는 어디서 미친 중놈의 말을 듣고 이 깊은 갈대밭에 들어와 어른의 단잠을 깨우고, 또 모르는 일을 성가시게 묻느냐?"

이생이 다시 절하고 말하기를,

"포진강을 지키는 신령이 이리 가라고 지시하기에 왔사오니, 제발 속이지 마소서"

하니 노인이 잠깐 웃다가 다시 성내며 말했다.

"예전에 어떤 아이가 포진강에 빠져 죽었다는 말은 들었노라. 포진 용왕이 내게 가라고 한 것은 그대의 제사를 받아먹고 그냥 있기에는 염치없어서 한 말이니, 그대가 속은 것이로다."

"과연 말씀대로 숙향이 물에 빠졌을 때 용왕이 구하여 이리로 보냈다 하더이다."

"그러면 예전에 여기 와서 불에 타 죽은 아이인가보다. 그대가 정보고 싶으면 저 잿더미를 뒤져서 불에 탄 뼈라도 보고 가거라."

이생이 가서 재를 뒤져보니, 과연 여자의 의복이 탄 재는 분명히 있었지만 뼈가 탄 것은 찾을 수 없었다. 다시 돌아와 노인에게 말하기를,

"진실로 숙향이 불에 타 죽었다면, 어찌 의복이 탄 재만 있고 뼈가 탄 재는 없나이까? 저를 어여삐 여기서서 속이지 말고 바로 가르쳐주소서"

하니 그 노인이 한참 졸다가 말하기를,

"그대가 하도 간절히 청하니, 내가 잠을 자 꿈속에서 숙향이 있는 곳을 알아보리라. 그사이에 그대는 내 발바닥을 두 손으로 문질러라"

하고 바위에 누웠다.

이생이 시키는 대로 노인의 발을 문지르고 있으니, 한참 후에 노인이 깨어나 앉으며 말했다.

"그대를 위해 삼신산三神山. 중국 전설에 나오는 봉래산, 방장산, 영주산을 통틀어 이르는 말 십주十洲. 바다 가운데 있는, 신선이 산다는 열 개의 주(洲)와 사해팔방을 다 돌아다녀도 숙향을 찾을 수 없었노라. 그래서 후토부인에게 가서 물으니, '천태산 마고할미가 낙양 동촌 이화정으로 데려갔다' 하거늘, 그곳을 찾아가니 숙향이 누각에서 비단수를 놓고 있는지라. 내가 불꽃을 내리쳐 수놓은 봉황의 날개 끝을 조금 태우고 왔으니, 그대는 마고할미를 찾아가 숙향의 종적을 물어보아라. 만약 마고할미가 발뺌하거든 '봉황 수놓은 것을 보자' 하여, 봉황의 날개 끝이 탔으면 내가 다녀간 줄 알라."

이생이 말하기를,

"이화정의 할미가 처음에 남양 땅 김전의 집에 가보라 하여, 제가 거기에 갔다가 남군 땅 장승상 댁을 들러서 여기까지 왔나이다. 다시 생각하셔서 확실히 가르쳐주옵소서. 만일 숙향이 이화정에 있었다면, 할미가 어찌 나를 그토록 속이오리까?"

하니 노인이 웃으면서 말했다.

"그 할미는 마고할미로, 수만 년이 넘도록 천태산을 도맡아 다스리는 선녀라네. 그런데 이번에 천명을 받고 숙향을 위해 인간 세상에 잠시 내려온 것이니, 마고할미는 숙향과 그대의 인연을 맺어준 뒤 다시 천태산으로 돌아갈 것이네. 그대를 잠시 속인 것은 그대의 정성을 시험하려 한 것이니, 너무 소란 피우지 말게. 그대의 부모가 알면 큰 난리가 날 것이니, 그대는 삼가 조심하라."

이생이 너무 고마워 다시 일어나 하직하려고 한즉 노인은 벌써 간곳없었다.

이생이 공중을 향해 무수히 절을 한 뒤 나귀를 재촉하여 집으로 돌아오니, 상서 부부가 기뻐하며 말하기를,

"너는 그사이 어디 가서 그토록 오래 있었느냐?"

하니 이생이 땅에 엎드려 대답했다.

"벗을 보러 갔나이다."

원앙새가 푸른 물에 노닐다

각설이라. 이때 할미가 이생을 보낸 뒤 낭자에게 말하기를,

"그 소년의 얼굴을 보았나이까?"

하거늘 숙향이 말하기를,

"보지 못했나이다"

하니 할미가 말했다.

"그 소년은 전생에서는 상제 앞에서 별들을 다스리던 태을선군이요, 이승에서는 이위공 댁 귀공자이오니, 앞으로 낭자의 배필이 될 사람입니다. 그러나 전생에 지은 죄로 눈에 알이 박히고, 코끝이 한쪽으로 삐뚤어졌으며, 한쪽 콧구멍이 막혀 코찡찡이가 되었고, 또 한 팔은 부러지고 한 다리를 저는 병자가 되어 추하기 그지없나이다"

하였다.

이에 숙향이 말하기를,

"진실로 그 소년이 태을선군이라면 두 눈이 먼 청맹과니인들 무슨 상관이 있으리오. 다만 태을이 분명한지 어떻게 알 수 있으리오?"

하니 할미가 대답했다.

"그 소년의 말을 들으니, 대성사 부처를 따라 요지에 가서 반도와 계수나무 꽃을 받은 일이 있고, 또 조장에게 판 수를 얻었노라 하니, 분명 태을인가 하나이다."

"세상일은 알 수 없으니, 할머니께서는 자세히 살펴보소서. 태을선군이 아니라면 죽어도 다른 데로는 시집가지 않고, 늙어 죽을 때까지 규중閨中. 부녀자가 거처하는 방에서 혼자 살겠나이다."

"낭자가 그런 마음 두신 줄을 아옵기에 그의 정성을 보려고 '남양 땅과 남군 땅에 가서 찾아보라' 했으니, 태을이 분명하다면 반드시 그곳에 다녀오리이다."

"그것은 믿지 마소서. 그 소년이 태을이라면 반드시 내 옥가락지의 진주를 가졌을 것이니, 그것을 본 후에야 내 몸을 허락하리다."

이에 할미가 말하기를,

"낭자의 말이 옳도다"

하고 마음속으로 매우 기뻐했다.

하루는 숙향이 누각 위에서 봉황을 수놓고 있는데, 문득 난데없는 불이 바람을 타고 공중에서 내려와 봉황의 날개 끝을 조금 태워먹었다. 숙향이 놀라 할미에게 보이니, 할미가 말했다.

"이것은 난데없는 불이니, 반드시 화덕진군의 조화라. 훗날 그 연고를 저절로 알게 되리라."

한편 이생은 집에 돌아와 사흘 동안 목욕재계하고 조장에게 산 그림 족자와 황금 천 냥을 가지고 할미 집으로 갔다. 마침 할미가 밖에 나왔다가 이생을 초당으로 모시고 들어가 자리에 앉힌 후에 말했다.

"지난번에 공자와 함께 마신 술이 엊그제 깼으나, 늙은이가 벗이 없어 혼자 먹지 못했나이다. 오늘 또 공자를 만났사오니, 취하도록 마셔 보사이다."

이생이 두 번 절하고 말했다.

"지난번에 할머니의 술을 많이 얻어먹고 술값을 갚지 못했나이다. 진작에 술값을 보낼 것이로되, 할머니의 거짓말을 곧이듣고 남양 땅과 남군 땅, 포진물과 갈대밭을 두루 다니다가 엊그제 돌아왔나이다. 이제야 비로소 황금 천 냥을 가지고 왔으니, 비록 약소하오나 정표로 삼으소서."

할미가 말하기를,

"주시는 것이니 사양하지 않겠나이다. 그러나 내 집이 비록 가난할지라도 술독 아래에 술이 샘처럼 솟아나는 연못이 있고, 술독 위에는 술을 관장하는 별이 빛나고 있으니, 술동이에는 항상 술이 가득합니다. 그런데 무슨 술값을 받겠나이까? 공자는 무슨 일로 그리 먼 땅까지 가셨나이까?"

하니 이생이 눈물을 흘리며 말했다.

"숙향 낭자를 위해 갔나이다."

"공자는 진실로 믿을 만한 분이로소이다. 그런 병자를 위해 천 리를 마다하지 않고 갔다 오셨으니, 숙향이 알면 매우 감격하리이다."

"숙향 낭자를 만나보았다면 혹 감격하겠지만, 끝내 못 만났으니 낭자가 어찌 알겠나이까?"

이에 할미가 짐짓 놀라는 체하며 말하기를,

"그러면 숙향이 죽었나이까? 아니면 벌써 다른 데로 시집갔나이까?"

하니 이생이 말했다.

"숙향 낭자의 종적을 찾아 두루 다니다가 마침내 갈대밭에 가서 화덕진군을 만났나이다. 그런데 화덕진군이 말하기를 '낙양 동촌 이화정에 사는 마고할미가 숙향을 데려갔으며, 지금 숙향이 누각 위에서 수놓고 있기에 불꽃을 날려 봉황의 날개 끝을 태웠으니, 빨리 가서 보아라' 했나이다. 동촌 이화정이 여기 말고는 없으니, 할머니께서 숙향을 이 집에 두고 저를 속이신 것이 틀림없는가 하나이다."

"화덕진군은 천상 남문 밖에서 불을 다스리는 신선이니 공자께서 보실 리 없을 것이요. 마고할미는 천태산에서 선약을 도맡아 다스리는 선녀이니 인간 세상에 내려왔다는 말은 가당치도 않나이다. 그러니 마고할미가 숙향을 데려갔다는 말은 더욱 빨간 거짓말이로소이다."

"화덕진군이 말씀하시기를, '수놓은 봉황의 날개 끝을 태운 것으로 증거를 삼으라' 했으니, 할머니께서는 속이지 마소서."

"진실로 그렇다면 숙향이 이화정에 살고 있는가 하나이다. 그러나 숙향이 여기 있다면 공자께서 이토록 지성으로 찾고 있는데, 제가 어찌 잠시라도 숨겨두겠나이까?"

이에 이생이 술도 먹지 않고 눈물을 흘리며 말하기를,

"삼신산과 사해팔방을 다 돌아봐도 숙향을 못 만나면 이선은 그저 죽을 따름입니다"

하고 자리에서 일어나 가려 하니, 할미가 위로하며 말했다.

"공자는 상서 댁의 귀공자이옵니다. 아름다운 배필을 구하여 향기로운 방에서 추월춘풍秋月春風. 가을 달과 봄바람. 곧 흘러가는 세월에 원앙금침鴛鴦衾枕. 원앙을 수놓은 이불과 베개으로 한가롭게 지내실 것이어늘, 무슨 까닭으로 병든 숙향을 찾으려 하시나이까? 공자가 자기 몸 괴로운 줄 깨닫지 못하오니, 제가 도리어 민망하나이다."

"제가 부귀를 싫어하거나 배필을 못 얻어 이러는 것이 아니옵니다. 전생의 일을 모를 때는 무심했는데, 알게 된 뒤에는 숙향 때문에 먹고 자는 것마저 편하지 않았나이다. 또 숙향이 나 때문에 인간 세상에 내려와 병자가 되어 고생한다고 하니, 제 간장이 비록 무쇳덩어리라 할지라도 어찌 불쌍하지 않겠나이까? 숙향을 만나지 못하면 저는 결단코 남은 목숨 버려서라도 인간 세상에 머물지 않을 것이옵니다."

"너무 근심하지 마소서. 지성이면 감천이라 하오니, 어떻게든 두루 다니며 찾아보리다."

이에 이생이 사례하며 말하기를,

"제 목숨이 할머니의 손에 달려 있사오니, 부디 어여삐 여기소서"
하고 하직한 후 집으로 돌아와 조장에게 산 그림 족자만 바라보며 한
숨짓고 슬퍼했다.

하루는 이생이 문밖에 나와 배회하고 있는데, 할미가 나귀를 타고
지나가는지라. 반가운 마음에 손을 흔들어 할미를 불러 조용한 별당으
로 모시고 들어갔다. 다과를 정성스럽게 차려 대접한 후에 할미에게
묻기를,

"할머니는 어디 가시는 길이옵니까?"
하니 할미가 말하기를,

"마침 공자를 만나러 오는 길이었나이다. 숙향이라는 이름을 가진
사람이 세 명 있으니, 공자께서 마음대로 선택하소서"
했다.

이생이 반가워하며 묻기를,

"어디 사는 누구이며, 나이는 각각 몇 살이나 되나이까?"
하니 할미가 대답했다.

"하나는 간의태부 진담의 딸로 열여덟 살이요, 하나는 병부상서 왕
건의 딸로 열네 살이며, 하나는 빌어먹는 아이로 열여섯 살인데 자기
어버이가 누군지 자세히 모르더이다. 제가 공자를 위해 세 곳에 기별
하니, 두 곳에서는 기꺼이 응답했나이다. 그러나 빌어먹는 아이는 응
답하지 않고 이르기를 '내 배필이 될 분은 요지에서 옥가락지의 진주
를 가진 사람이니, 그 진주를 보고 난 뒤에야 몸을 허락하리라' 하더
이다."

이에 이생이 듣고 크게 기뻐하며 말하기를,

"그 아이가 바로 월궁소아로소이다. 요지에 갔을 때 제게 반도를 주

던 선녀의 진주를 얻어왔나이다"

하고 방 안으로 들어가 제비 알만한 진주를 두 손으로 받들고 나와 할미에게 공손히 드리면서 말했다.

"할머니는 저를 위해 이것을 그 아이에게 가져다주고, 날짜를 잡아 기별해주소서. 혼사에 쓸 것은 제가 다 마련하리다."

할미가 응답하고 돌아와 숙향에게 진주를 보여주니, 숙향이 보고 눈물을 흘리며 말했다.

"이것은 본래 내 진주가 분명하오니, 이제는 할머니 마음대로 하소서."

다음날 할미가 이생에게 가서 말했다.

"어제 주신 진주가 그 아이의 것이 분명하다 하여 그 아이를 데려다가 집에 두었나이다. 그러나 얼굴이 너무 추하고 몹쓸 병이 들어 공자의 배필로 삼기에는 불가능할 듯하옵니다. 공자께서 지금은 연분이 중하다고 하시어 혼사를 추진하고 계시지만, 그 아이를 보시면 눈앞에 두시지 못할 것이옵니다. 그렇게 되면 그 아이는 다른 데로 시집가지도 못하고, 젊은것이 평생 혼자 늙으면서 도리어 공자를 원망할 것이니, 일이 참으로 난처하나이다."

이생이 말하기를,

"할머니께서는 무슨 말씀을 그토록 심하게 하시나이까? 숙향 낭자가 병든 것도 모두 저 때문에 그리된 것인데, 제가 어찌 숙향 낭자를 박대하오리까?"

하니 할미가 말했다.

"그 아이가 또 말하기를 '혼례의 예를 갖추지 않으면 결혼할 수 없다' 하더이다."

"배필을 맞이하면서 어찌 예를 갖추지 않겠습니까?"

"그러면 공자의 부모님께 말씀드리고 혼례를 행하려 하시나이까?"

이에 이생이 말하기를,

"우리 부모님께서 너무 걱정하실까봐 지금은 아뢰지 못하오나, 고모님께 말씀드려 예법에 따라 혼례를 행하리다"

하니 할미가 허락하며 말했다.

"그러면 이달 14일에 신부 집에 예물을 보내고, 15일에 혼례를 행하사이다."

이생이 우선 황금 오백 냥을 주며 말하기를,

"할머니께서 가난하여 혼사에 쓸 비용이 없을 것이니, 우선 이것을 가져다가 보태어 쓰소서"

하니 할미가 웃으면서 말하기를,

"내가 비록 가난하지만 이번 혼례 비용은 알아서 마련할 터이니, 이것은 두었다가 공자의 살림살이에 보태소서"

하고 가져가지 않더라.

한편 이생의 고모는 좌복야左僕射, 삼사(三司)에 속한 정이품 벼슬 여홍의 부인이라. 어린 나이에 일찍 과부가 되었으며, 자식이 없는 탓에 이생을 친아들처럼 사랑했다. 이생이 고모 댁에 가니 여부인이 말하기를,

"밤에 이상한 꿈을 꾸어서 너를 불러 물어보고자 했는데, 마침 잘 왔도다"

하거늘 이생이 묻기를,

"무슨 꿈이었나이까?"

하니 여부인이 대답했다.

"꿈에서 용을 타고 광한전에 올라가니 한 선녀가 이르기를 '내가 사랑하는 소아를 그대에게 주나니, 며느리로 삼으라' 하거늘, 깨어보니 남가일몽이라. 아무래도 네가 아름다운 아내를 얻을 것 같구나."

이생이 고모에게 숙향의 일과 할미의 말을 자세히 아뢰니, 여부인이 탄식하며 말했다.

"네 부친의 성품이 남달라서 결코 의지할 데 없는 미천한 사람을 며느리로 삼을 리 없으니, 이 일을 어찌하리오?"

이에 이생이 아뢰기를,

"제가 비록 죽을지언정 숙향을 버리고 다른 데로는 장가들지 않겠나이다"

하니 여부인이 말했다.

"네가 과거에 급제하여 벼슬이 높아지면 두 부인을 얻어도 될 것이다. 지금 상서가 서울에 가고 없으니, 이번 혼인은 내가 주관하고 다음 혼인은 네 부친이 주관하면 되리라."

"고모님께서 제 소원을 풀어주소서."

"네 집에서 알면 틀림없이 이 혼사를 막을 것이니, 너는 집에 들어갔다가 보름날 나와서 할미 집으로 가거라. 신부 집에 갈 예물은 내가 잘 차려서 보내마."

이에 이생이 기쁜 마음으로 돌아와 보름날이 되기를 기다리더라.

이때 여부인이 생각하기를,

'숙향이 늙은 할미 집에 있다 하니, 살림살이가 변변치 못하리라'

하고 예물을 잔뜩 준비해 보냈다.

이윽고 신부 집에 예물을 싣고 갔던 하인이 돌아오니 여부인이 묻기를,

"그 집이 상민의 집이라 하던데, 살림살이가 어떻더냐?"

하니 종들이 여쭙기를,

"소인들이 두루 혼사를 많이 구경했지만, 그 집처럼 살림살이가 거룩한 집은 처음 보았나이다"

하니 여부인이 매우 기뻐하더라.

어느덧 보름날이 되었다. 이생이 고모님께 하직인사를 올리고 새신랑의 차림새를 갖추어 할미 집에 가니, 구름 같은 차일이 하늘 높이 솟

아 있고 안개 같은 병풍이 겹겹이 둘려 있었다. 사방에는 장막과 깔개 등이 화려하게 빛났으며, 색색의 그림으로 수놓은 휘장과 기구 등 온 갖 것이 인간 세상에서는 보지 못하던 것들이었다. 좌우에 서 있는 손 님들 역시 모두 요지연에서 본 선관과 선녀 같았다.

이생이 허리를 굽혀 맞절하면서 낭자를 바라보니, 과연 요지에서 반 도를 주던 선녀가 분명했다. 이생이 매우 기뻐하며 숙향과 사랑을 나 누니, 원앙새가 푸른 물에 노닐고 비취새가 연리지에 깃들이는 것 같 더라.

다음날 이생이 돌아와 고모님을 뵙고 인사를 올리니, 여부인이 크게 기뻐하며 말했다.

"낭자가 병자라 하더니, 어떻더냐? 즉시 낭자를 불러다 보고 싶지만 네 부친이 아직 모르고 있으니, 다음에 기별하여 데려오너라."

이생이 말하기를,

"고모님께서 낭자를 보고자 하시거든 제가 갖고 있는 그림 족자를 보소서"

하고 숙향의 그림이 담긴 족자를 갖다드리니, 여부인이 보고 크게 기 뻐하며 말하기를,

"이 낭자가 바로 내가 꿈에서 보았던 소아로다"

하고 상서가 돌아온 뒤에 잘 타일러서 숙향을 데려오려 하시더라.

숙향을 죽이라

이때 상서는 서울에서 황제를 모시고 변방의 일을 의논하고 있었다. 그러던 어느 날, 상서의 부인이 아들의 기색이 예전과 다르고, 또 자주 어딘가를 출입하는 것을 보고 이상히 여겨 종들에게 물었다. 종들이 부인에게 거짓말하지 못하고 사실대로 아뢰니, 부인이 크게 놀라 즉시 상서에게 기별했다. 상서가 그 이야기를 듣고 매우 놀라 생각했다.

'이번 혼사는 누님이 주관한 것이요, 또 선이 그 계집을 좋아한다 하니 달리 방도가 없도다. 그 여자는 의지할 데 없는 고아라 하니, 낙양 수령에게 몰래 기별하여 처리하게 하리라.'

한편 이생은 고모 댁에 가고 없었는데, 저녁 까치가 낭자의 창문 앞에 와서 울고 갔다. 낭자가 크게 놀라 말하기를,

"예전에도 까치가 저렇게 울고 갔을 때 생각지 못한 변고를 당했는데, 또 무슨 변이 생기려는가?"

하고 근심했다.

과연 그날 한밤중에 사령들이 들이닥쳐 낭자를 잡아가더니 관아의

뜰에 무릎을 꿇리고 부사府使. 지방 수령가 말했다.

"너는 누구인데 상서 댁의 귀공자를 유혹했느냐? 상서께서 내게 기별하여 너를 죽이라 하시니, 너는 조금도 나를 원망하지 말라."

그리고 낭자를 결박하여 곤장을 치려 하니, 숙향이 통곡하며 말했다.

"저는 어려서 난리 중에 부모를 잃고 정처 없이 떠돌다가 마침 이화정 할미에게 의탁하게 되었나이다. 요 근래 상서 댁 이공자께서 구혼하셨는데, 저는 상민의 집에 의탁한 몸이라 감히 사대부가의 명령을 거역할 수 없었나이다. 그리하여 마침내 이생의 배필이 되었사오니, 이는 첩의 죄가 아니로소이다."

이에 부사가 말하기를,

"네 죄가 아닌 줄은 나도 안다. 그러나 상서께서 명하신 것이니, 나도 어쩔 수 없도다"

하고 사령들에게 빨리 숙향을 치라고 명했다.

부사의 명을 받고 집장사령執杖使令. 장형(杖刑)을 집행하던 사람이 매를 들어 숙향을 치려 했으나, 팔이 아프고 매가 무거워 감히 매를 들지 못했다. 부사가 다른 사령에게 매를 치라고 명했으나, 모두 한결같았다.

이에 부사가 말했다.

"죄 없는 사람을 죽이려 하니 이런 일이 일어나는구나. 그러나 상서의 명을 누가 감히 거역하리오. 듣지 않을 수 없으니, 저 아이를 꽁꽁 묶어 깊은 물속에 던져넣어라."

이때 부사의 아내인 장부인의 꿈에 숙향이 나타나 대성통곡하며 말하기를,

"부친이 저를 죽이려 하시는데, 모친께서는 어찌 저를 구해주지 않나이까?"

하니 부인이 놀라 꿈에서 깨어 시녀에게 물었다.

"지금 사또께서는 어디 계시느냐?"

시녀가 대답하기를,

"동헌 안뜰에 나가 이상서의 명으로 그 댁 며느리를 죽이려 하는데, 사령들이 아무리 매를 치려 해도 칠 수가 없어 물속에 던져넣으라 하시더이다"

하니 부인이 크게 놀라 즉시 부사를 청하여 울며 말했다.

"숙향을 이별한 지 십 년이 넘었으되 한 번도 꿈에 보이지 않았나이다. 그런데 아까 잠깐 잠든 사이에 숙향이 와서 이리이리 말하니 이상하옵니다. 그 집은 무슨 일로 며느리를 죽이려 하시며, 그 며느리는 누구 집 자손이고, 나이는 얼마나 먹었으며, 이름은 무엇이라 하더이까?"

이에 부사가 말하기를,

"이선은 재주가 천하에 비길 데 없고, 위공이 가장 사랑하는 아들이랍니다. 그런데 맏누이인 여부인이 위공에게 말하지도 않고 이선을 그 여자에게 장가보냈다고 하더이다. 이선이 그 여자에게 미혹되어 학업을 전폐했지만, 위공은 맏누이가 한 일이라 잘못했다고 탓할 수도 없고, 공후의 딸을 며느리로 맞이하려 했는데 이선을 두 번 장가보낼 수도 없는지라. 죄 없는 그 여자를 죽이라 하니, 불쌍한 줄은 알지만 어떻게 이상서의 명을 듣지 않을 수 있겠소. 이런 까닭에 그 여자를 죽이려는 것이오"

하니 장부인이 말했다.

"이선의 아내라 하오니, 저도 좀 보고 싶나이다. 아직 살려두었다가 내일 안뜰에 나가실 때 저도 한번 그 여자를 볼 수 있게 해주소서."

부인의 말에 김전은 즉시 사령에게 분부했다.

"그 여자를 아직 죽이지 말고, 옥에 가두어두거라."

낭자가 옥으로 들어가니, 옥 안에 있던 사람들이 모두 보고 불쌍하게 여겨 탄식하며 말했다.

"어여쁘구나, 젊은 처자야. 내일이면 죽겠구나."

낭자가 묻기를,

"여기는 어느 고을이나이까?"

하니 모두 이르기를,

"낙양 고을이로소이다"

했다.

낭자가 감옥에 갇혀 죽게 된 것을 낭군에게 전하고자 했으나, 붓과 먹이 없는지라. 천지가 아득하여 매우 슬퍼하고 있는데, 날이 새자마자 파랑새 한 마리가 날아와 낭자의 무릎 위에 앉아 울었다. 낭자가 즉시 비단 적삼을 찢고 손가락을 깨물어 피로 글을 써서 파랑새의 다리에 매어주니, 그 새가 두 번 울고 날아갔다.

이때 이생은 고모 댁에서 자고 있었는데, 공연히 마음이 답답하고 괴로워 잠을 이룰 수가 없었다. 그래서 고모님께 가니, 부인이 묻기를,

"네가 오늘 무엇을 잃었느냐? 아니면 낭자가 그리워서 그러느냐? 어찌 얼굴에 수심이 가득하고, 넋을 잃은 것처럼 보이느냐? 매우 이상하구나"

했다. 이생이 말하기를,

"특별히 잃은 것도 없고, 또 하루 만에 낭자가 얼마나 보고 싶겠나이까? 그러나 저도 모르게 저절로 그러하나이다"

하는데, 문득 파랑새가 날아와 이생의 앞에 앉았다. 놀라서 보니 다리에 피 묻은 비단조각이 매여 있었다. 이생이 그 비단조각을 끌러서 보니 거기에는 이렇게 쓰여 있었다.

숙향은 전생에 지은 죄를 이승에 와서도 갚기 어렵도다. 금석金石 같은 인연이 변하여 바람이 되었구나. 향기로운 꽃이 속절없이 낙양

옥중에서 흙이 되리로다. 슬프다! 낭군을 다시 못 보고 죽게 되니, 저승에 가더라도 눈을 감지 못하리로다.

이생이 대성통곡하며 그 글을 고모님께 드린 후, 낙양 옥중으로 가서 낭자와 함께 죽으려 하니 여부인이 말하기를,

"아직 내막을 자세히 알 수 없으니, 너무 서둘지 말거라."

하고 할미 집에 사람을 보내 사정을 알아오라 하는 한편, 원통이라는 하인을 불러 분부했다.

"너는 관아에 가서 무슨 일이 일어났는지 빨리 알아보아라."

원통은 본래 낙양 고을 아전이었던지라, 급히 관아로 달려가 사정을 알아보고 돌아와서 부인에게 아뢰었다.

"상서께서 이미 낙양 수령에게 '숙향 아씨를 죽이라'고 기별을 했더이다."

그 말을 듣고 부인은 크게 화를 내며 말하기를,

"내가 몸소 서울에 올라가 상서에게 말하리라. 상서가 듣지 않으면 궁중으로 들어가 황후께 그 사연을 자세히 아뢰어 황제께서 아시게 하리라."

하고 즉시 행장行裝. 여행할 때 쓰는 물건과 차림을 차려 서울로 떠나면서 이선에게 말했다.

"어떻게든 일이 잘되도록 할 터이니, 너는 너무 염려하지 마라."

이생은 집으로 돌아와 머리를 싸매고 누워, 낭자가 죽으면 자기도 함께 죽으리라 했다.

이날 김전이 동헌 안뜰에 나가 낭자를 불러들이니, 낭자가 연약한 몸에 큰칼을 메고 옥 같은 귀밑에 진주 같은 눈물을 흘리며 사람들에게 붙들려 들어왔다. 그 모습에 상하 관속官屬. 관아의 아전과 하인들이 숙향을 불쌍히 여겨 한결같이 눈물을 흘렸다. 김전이 숙향에게 묻기를,

"네 본래 고향은 어디며, 이름은 무엇이고, 누구의 자손이며, 나이는 얼마나 되었느냐?"

하니 낭자가 겨우 정신을 차려 말했다.

"다섯 살에 부모를 잃고 빌어먹으면서 정처 없이 떠돌아다닌지라, 고향과 부모의 성명은 알 수 없나이다. 다만 예전에 들으니 김상서의 딸이라 하오며, 이름은 숙향이옵고, 나이는 열여섯 살이로소이다."

장부인이 듣고 눈물을 머금은 채 김전에게 아뢰기를,

"저 낭자의 얼굴이 잃어버린 우리 딸과 비슷하고 이름과 나이도 같나이다. 다만 김상서의 딸이라고는 하나, 그 근본을 자세히 알기 어려울 듯하나이다. 그러나 저 낭자가 너무 불쌍하오니, 상서께 다시 기별하여 달리 처리하게 하소서"

하니 김전이 옳게 여겨 낭자를 다시 옥에 가두고, 그 사연을 상서에게 보고했다.

장부인은 낭자를 본 뒤에 숙향이 더욱 생각나서 말하기를,

"내 딸도 어디 가서 저렇게 되었는가? 이미 죽어서 흙이 되었는가?"

하고 목 놓아 통곡했다. 한참을 통곡하던 장부인은 김전에게 청하여 낭자의 목에 씌운 칼을 벗기고, 시녀에게 낭자를 깨끗이 씻기도록 했다. 또한 이후로 먹을 것을 자주 옥중에 넣어주면서 말하기를,

"너무 염려하지 마라"

하며 위로했다.

여부인이 상서를 꾸짖다

이때 상서가 김전의 서찰을 보고 크게 화가 나서 김전을 계양桂陽 태수太守로 보내버리고, 다른 사람을 낙양 수령으로 보내 기어이 낭자를 죽이려 했다. 그런데 문득 여부인이 오신다 하는지라. 상서가 놀라며 반갑게 맞아들이니, 부인이 벌컥 화를 내며 말했다.

"그대가 이제 벼슬과 위엄이 높다 하여 부모와 누이도 버리려 하는가?"

이에 상서가 황공하여 머리를 조아리며 말하기를,

"그것이 무슨 말씀이십니까?"

하니 부인이 말했다.

"상서는 재상이 되어 천하를 다스리면서 인륜 가운데 무엇을 으뜸으로 삼는가?"

"오륜五倫, 유학에서 사람이 지켜야 할 다섯 가지 도리을 으뜸으로 삼나이다."

"그러면 상서와 나의 관계도 오륜에 드는가?"

"형은 아우를 사랑하고 아우는 동생을 공경한다 했으니, 어찌 오륜에 들지 않으리이까?"

"상서가 비록 벼슬이 높으나 내게는 다섯째 아우이고, 부모님께서 모두 돌아가시어 계시지 않으니 내가 또한 어버이 버금이라. 그런데 상서는 나 보기를 길 가는 사람 보듯 하니, 살아서 쓸데가 없도다. 차라리 상서의 마음이나 시원하도록 여기서 죽으리라."

이에 상서가 대경실색大驚失色. 크게 놀라 얼굴빛이 하얗게 변함하여 관을 벗고 땅에 내려와 사죄하며 말했다.

"이 아우가 무슨 죄를 지었는지 알지 못하오니, 원컨대 어서 말씀해 주소서."

"선이 비록 상서의 아들이나 어려서부터 내가 양자로 삼아 길렀으니, 내 자식이나 다름없는지라. 지난번에 이러이러한 꿈을 꾸고 선을 불러 꿈 이야기를 하니, 저도 그러한 일이 있었다면서, '이 사람을 배필로 삼지 못하면 맹세코 이 세상에서 살지 못하리라' 했네. 내가 생각하기를, '선이 급제하여 벼슬을 하면 두 부인을 둘 수 있으리라. 또한 이 사람은 하늘이 정해주신 배필이니, 제 소원을 들어주지 않을 수 없겠구나' 하여 혼인을 주관한 것이오. 그런데 상서가 그토록 이 일을 분하게 여겨 기어이 낭자를 죽이려 하니, 그것이 무슨 도리요? 내가 비록 잘못했을지라도 내게 조용히 말해서 일을 처리하는 것이 옳을 것이오. 그런데 나를 속이고 몰래 낙양 수령에게 기별하여 죄 없는 사람을 마음대로 죽이려 했으니, 그것이 말이 되는 일인가? 대장부가 떳떳하고 정당하게 천하를 다스려야 하거늘, 어찌 그토록 무례한 일을 하여 후세에 시빗거리가 되려고 하는가?"

여부인이 상서를 심하게 꾸짖으니 상서가 아무 말도 못 하고 가만히 생각하다가 여쭙기를,

"누님께서 주관하신 줄 몰랐나이다. 예전에 양왕梁王이 구혼하여 허락했는데, 요즘 '선이 부모 모르게 미천한 사람을 얻었다' 하여 조정

에 시비가 들끓기에 낙양 수령에게 기별했나이다"

하니 여부인이 말했다.

"부부의 인연은 하늘이 정한 것이며, 애정에는 천하고 귀한 것이 없는지라. 옛날 송나라 황제도 정궁正宮을 폐하고 후궁後宮을 맞이하여 죽을 때까지 사랑한 일이 있소. 내가 비록 그대 모르게 주관했으나, 그 낭자는 첩과는 다르오. 또한 선이 급제하여 벼슬이 높아지면 두 부인을 얻는 것이 어렵지 않을 것이니, 그때 상서가 원하는 가문을 골라 며느리를 구해도 될 것이오. 그러니 더이상 죄 없는 낭자를 죽이려 하지 마시오."

상서는 본래 충효忠孝를 겸비한 사람이었다. 속으로는 탐탁지 않았지만, 맏누이의 말씀이라 거역하지 못하고 말하기를,

"그렇게 하오리다"

하고 새로 보낸 낙양 수령을 불러 분부했다.

"그 여자를 반드시 죽이려 했는데, 우리 누님이 하도 말리시니 그럴 수가 없도다. 그 여자를 죽이지 말고 놓아주되, 멀리 보내 그 근처에 얼씬거리지 못하게 하라."

여황후呂皇后는 여부인의 시누이였다. 부인이 서울에 왔다는 말을 들으시고 반가운 마음에 즉시 여부인을 궁궐로 불러들여 한 달 이상 머물게 하셨다. 여부인이 낙양으로 돌아가지 못하고 이선에게 낭자가 풀려날 것이라는 소식만 전하니, 이선이 듣고 크게 기뻐했다.

어디로 가서 의탁하오리까

이때 상서가 생각하기를,

'선이 낙양에 있으면 그 여자를 잊지 못할 것이니, 이곳으로 데려오리라'

하고 하인을 보내 즉시 서울로 데려오라고 명했다. 이선이 낭자를 다시 못 보고 서울로 가게 되니, 슬픈 마음을 금할 수 없는지라. 모친을 하직하면서 눈물 흘리니, 부인이 말했다.

"너는 부모 몰래 네 멋대로 미천한 사람을 얻더니, 이제는 부친이 부르시는데도 가지 않으려 하느냐?"

이에 이생이 그제야 숙향을 얻게 된 사연을 다 아뢰기를,

"김낭자가 비록 죽기를 면했으나, 소자가 없으면 의탁할 곳이 없나이다. 모친께서 이 자식을 생각하시어 김낭자를 어여삐 여겨주소서"

하니 부인이 눈물을 흘리며 말했다.

"진실로 네 말과 같다면 그 낭자는 하늘이 정해주신 배필이니, 우리도 마음대로 할 수 없으리라. 그러나 아직 네 부친의 생각을 모르니,

너는 염려 말고 서울에 가서 빨리 급제하여 벼슬을 하거라. 그때 가서 네 마음대로 할지언정 우리가 어찌겠느냐?"

이생이 할미라도 보고 가려 했으나, 상서께서 보낸 하인이 상서의 말씀을 전하여 말하기를,

"부디 곧바로 데려오도록 하거라"

하니 이생이 부친의 뜻을 거역하지 못하여 할미에게 편지만 써 보내고, 곧바로 서울로 올라갔다.

이생이 서울에 이르러 상서께 절을 올리니, 상서가 크게 화를 내며 꾸짖었다.

"혼인은 인륜지대사人倫之大事라. 우리가 알아서 네 배필을 정해줄 것인데, 네가 우리도 모르게 멋대로 미천한 여자를 얻었다 하니, 너는 죽어 마땅하리라. 그러나 누님의 낯을 보아 이번에는 용서하노니, 급제하기 전에는 절대로 내 눈에 띄지 말고 태학*에 가서 공부하거라."

이에 이생이 울면서 사죄하고 태학으로 갔는데, 상서는 여부인 때문에 숙향을 죽이지 못한 것을 못내 한탄하더라.

이때 김전은 계양 태수로 옮겨가고, 새 사또가 부임하여 즉시 낭자를 불러올려 말하기를,

"너는 누구인데 상서 댁 귀공자를 유혹하여 학업을 전폐케 했느냐? 마땅히 죽일 것이로되 특별히 용서하여 풀어주노니, 이 근처에 있지 말고 멀리 가거라"

하고 분부하여 내쫓았다.

숙향이 옥에서 풀려나 관문 밖으로 나오니, 할미가 울면서 기다리고 있었다. 집으로 돌아와 이선의 편지를 내보이니, 그 편지에 이렇게 쓰여 있었다.

---

* 태학(太學): 중앙 귀족의 자제에게 유학을 가르치던 최고의 교육기관.

이선은 삼가 두 번 절하고 낭자께 글월을 올리니 살펴보소서. 낭자가 전생과 이승에서 모두 저 때문에 괴로움을 심하게 겪으시니, 부끄러운 마음을 이루 말로 다 일컫기 어렵나이다. 그런데 또 부친께서 서울로 부르시니 다시 낭자를 보지 못하고 가옵니다. 흥진비래 興盡悲來, 즐거운 일이 다하면 슬픈 일이 닥쳐옴하고 고진감래苦盡甘來, 고생 끝에 즐거움이 옴라 했나이다. 이제 낭자의 괴로운 액운도 머지않아 끝날 것이니, 크게 염려하지 마소서. 제가 급제하여 빨리 내려갈 터이니, 어떤 일이 있더라도 천금 같은 몸을 잘 간직하시기 바라나이다. 낭자께서는 오로지 조만간 다시 저를 만나 부귀영화를 누리고, 평생 소원인 부모님을 만나 실컷 회포를 푼 다음, 한날한시에 같이 죽어 함께 즐길 것을 생각하소서. 부디 귀중한 몸을 가벼이 여기지 마시기를 간절히 바라나이다.

낭자가 편지를 다 읽고 통곡하며 말하기를,

"이제 낭군께서는 서울에 가시고 관아에서는 이 땅에 있지 말라 하니, 어디로 가서 이 한 몸을 의탁하오리까?"

하니 할미가 말하기를,

"이곳에 오래 있으면 화를 당할 것이니, 다른 곳으로 옮기리라"

하고 즉시 집을 헐어 다른 곳으로 가서 살았다.

이화정 할미, 하늘로 돌아가다

하루는 할미가 크게 슬퍼하여 낭자가 물었다.

"무슨 일로 그렇게 슬퍼하시나이까?"

할미가 대답하기를,

"나는 본시 천태산 마고선녀로, 월궁항아의 명을 받아 낭자를 구하러 인간 세상에 내려왔나이다. 예전에 낭자가 요지연에 갔을 때도 내가 파랑새 되어 낭자를 인도했고, 낭군과 혼례를 올릴 때도 삼신산 선관들을 모두 청하여 잔치를 성대하게 치렀으며, 낙양 옥중에 갇혀 있을 때도 파랑새가 되어 낭자의 서찰을 이랑李郎에게 전하는 등 온갖 일을 돌보았나이다. 그러나 이제는 낭자의 고난이 다 끝나가고, 나 또한 낭자와 함께 살 인연이 다 되었기에 슬퍼하나이다"

하니 낭자가 이 말을 듣고 급히 마루에서 내려와 두 번 절하고 말했다.

"인간 세상의 무지한 눈이 어찌 할머니가 선녀이신 줄을 아오리까? 저는 전생의 죄가 무거워 어려서 부모를 여의고, 천신만고 끝에 할머니를 만나게 된 것이옵니다. 할머니께서 저를 친자식보다 더 사랑하시기에 저도 할머니가 전생의 부모인가 싶어 오로지 마음속으로 '낭군을 만나 좋은 시절을 보게 되거든 할머니의 큰 은혜를 만분의 일이라도 갚으리라' 바랐나이다. 낭군도 아직 오지 않으셨는데 할머니조차 저를 버리고 가려 하시니, 저는 누구에게 의탁하오리까?"

이에 할미가 위로하며 말했다.

"우리의 인연이 다한 것은 하늘이 정하신 운명이오니, 너무 한탄하지 마소서. 저도 낭자가 낭군을 모시고 함께 노니는 모습을 보려 했는데, 하늘의 명을 어떻게 어길 수 있으리오? 낭군을 만나 부귀영화를 누리시고 또 부모를 만날 날도 멀지 않았으니, 너무 염려하지 마소서."

"어려서 부모를 잃어버린 탓에 부모님의 얼굴과 성명을 기억하지 못하오니, 부모님을 만난다 한들 어떻게 알아보리이까?"

"예전에 낭자를 죽이려 한 낙양 수령 김전이 낭자의 부친이로소이다."

낭자가 크게 놀라 말하기를,

"그러면 어찌하여 그때 말씀해주시지 않았나이까?"

하니 할미가 말했다.

"아직 서로 만나보실 때가 아닌데, 내가 어찌 하늘의 명을 어길 수 있겠나이까? 그러나 부사가 낭자를 물속에 던져넣으라고 할 때도 내가 낭자의 넋을 인도하여 그대 모친의 꿈속에 나타나게 했고, 낭자를 매로 치려 할 때도 사령의 팔에 올라앉아 매질을 못 하게 했나이다."

"할머니의 은혜는 이승에서는 다 갚지 못할 것이니, 저승에 가서라도 꼭 갚겠나이다. 그러나 이제 할머니마저 가버리시면 제가 의탁할 곳이 없나이다. 부모님을 찾아가 의탁하고자 하오니, 길이라도 가르쳐주소서."

"이제 낭자의 부친은 계양 태수가 되어 갔나이다. 이곳에서 계양까지 삼천오백 리나 되기에 낭자 혼자 가기 어렵고, 낭군을 만나야만 어렵지 않게 갈 수 있나이다. 또 지금 혼자 가시면 낭군과 영영 헤어져 생전에 다시 못 만날 것이옵니다. 낭자의 액운이 다 끝나서 조만간 좋은 시절을 만나 부귀영화도 누리실 것이니, 너무 근심하지 마소서. 또한 저 개를 두고 가오니, 나를 본 듯이 여기소서. 저 개가 낭자의 어려운 일을 돌보리이다."

"할머니가 가시는 곳은 어디며, 여기서 얼마나 멀고, 또 언제 가시려하나이까?"

"내가 사는 천태산은 이곳에서 오만팔천 리요. 이제 곧 떠나려 하나이다."

이에 낭자가 낙담하여 울며 말하기를,

"가시는 곳이 가까우면 따라가고 싶지만 길이 너무 멀어 따라가지도 못하니, 하루만 더 머물러 회포나 풀고 가소서"

하니 할미가 길게 탄식하며 말했다.

"내가 낭자를 데려갈 수 있다면 차마 어찌 버리고 가리오. 내 생각에 낭군이 오실 날이 멀지 않은지라. 좀더 머물러 있다가 낭군을 보고 가고픈 마음이 굴뚝같사옵니다. 그러나 정해진 때가 다 되어 급히 가오니, 내가 시키는 대로 하소서. 내가 입고 있는 옷을 여기에 두고 가오니, 관과 널을 갖추어 옷을 그 안에 넣고, 저 개를 따라가서 개가 발로 땅을 파헤치는 곳에 묻으소서. 그리고 내가 떠난 뒤에 혹시라도 어려운 일이 생기거든 내 무덤으로 찾아오소서. 내 영혼이라도 낭자를 돌보리이다."

할미가 입고 있던 적삼을 벗어주고 두어 걸음 걷더니, 문득 간곳없더라. 낭자가 망극하여 할미의 적삼을 끌어안고 미친 듯이 눈물을 흘리며 통곡하니, 눈에서 피눈물이 흘러내렸다.

다음날 낭자가 할미의 말대로 적삼을 잘 개어서 관에 넣어 안장하려고 개를 부르니, 그 개가 낭자의 치마를 물어 당기며 자리에 앉혔다.

낭자가 직접 따라가서 어디에 안장하는가 보려 했지만 개가 만류하는 듯하는지라. 어쩔 수 없이 안장하러 가는 사람들에게 부탁하기를,

"할머니께서 돌아가실 때 유언하시기를 '저 개가 파헤치는 곳에 묻으라' 했으니, 부디 그렇게 해주소서"

하니 그 사람들이 개를 따라갔다.

개가 낙양 북촌 이상서 댁 동산 서쪽 언덕에 가서 땅을 파거늘, 사람들이 이상히 여기며 그곳에 안장하고 돌아와 낭자에게 그대로 일러주었다. 그 말을 듣고 낭자가 울며 말하기를,

"할머니가 죽어서도 나를 잊지 못해 낭군이 왕래하는 모습이나마 보시려고 거기에 묻히셨도다"

하고 아침저녁으로 제사를 극진히 지내더라.

할미가 떠나간 이후 낭자는 개를 벗 삼아 근근이 지내고 있었다. 그러던 어느 날 밤, 낭자가 달은 밝은데 잠이 오지 않아 창가에 기대어 앉아 있으니, 외롭고 슬픈 마음을 이길 수 없었다. 그리하여 자신의 외로운 마음을 글로 써서 책상에 올려놓고 잠깐 졸았는데, 깨어나보니 글도 없고 개도 없었다. 낭자가 더욱 망극하여 울며 말하기를,

"너무하구나, 내 팔자야. 사람은커녕 개조차 없으니, 무섭고 쓸쓸한 이 밤을 어떻게 보내리오"

하며 무수히 통곡하다가 기절하더라.

숙향을 도와주는 청삽사리

각설이라. 이때 이생은 태학에 들어온 뒤로 낭자의 소식을 몰라 밤낮으로 매우 걱정하고 있었다. 그러던 어느 날, 낭자의 옥 같은 얼굴이 눈에 선하여 잠을 이루지 못하고 뜰에 나가 배회하는데, 멀리서 청사자처럼 생긴 것이 자기를 향해 울며 달려왔다. 이생이 혼자 생각하기를,

'이상하도다. 저것은 낭자 집의 청삽사리 같기는 한데, 어떻게 수천 리 밖에서, 그것도 서울의 억만 가구 가운데 내가 있는 곳을 찾아오리오?'

하고 있었더니, 그것이 점점 가까이 다가와 꼬리를 치며 반겨했다. 자세히 살펴보니 과연 낭자 집의 개였다. 이생이 너무 반가워 개를 어루만지며 말하기를,

"너는 짐승이라도 여기까지 와서 나를 보는데, 나는 사람이면서도 낭자에게 가보지 못하니 내가 너만 못하도다"

하며 무수히 탄식하고 있는데, 그 개가 입에서 무엇인가를 토해냈다.

이생이 놀라 즉시 주워서 보니, 낭자의 글씨가 분명했다. 펼쳐서 읽어
보니 그 글에 이렇게 쓰여 있었다.

　　슬프다, 숙향아. 너무하구나, 내 팔자야. 다섯 살에 부모를 여의고
십 년이 넘도록 동서를 모르고 구걸하러 다니니, 남이 천하게 여기
는도다. 십 년을 남의 집에서 하녀처럼 지내더니, 참소讒訴. 남을 헐뜯어 죄
를 꾸며서 고해 바침는 무슨 일인고? 악명을 씻지 못해 그토록 고생했던
가? 월하月下. 남녀의 인연을 맺어주는 월하노인의 연분으로 낭군을 만나 백 년을
의탁하려 했더니, 원앙금침이 따뜻해지기도 전에 이별은 무슨 일인
고? 오작교 끊어져 만날 길이 아득하니, 소식조차 누가 전할꼬? 혈
혈단신孑孑單身. 의지할 데 없는 홑몸 이내 몸이 할머니께 의지하여 근근이 살
아왔는데, 할머니마저 죽었으니 이제 누구에게 의탁할꼬? 슬프다,
숙향아. 너무하구나, 내 팔자야. 천하는 넓고 크다던데, 어찌하여 조
그만 이내 몸 의탁할 곳이 없는가? 살아생전에 낭군을 다시 볼 길
없으니, 저승에 가도 눈을 감지 못하리로다.

이생이 다 읽은 후 생각하기를,
'낭자가 의탁할 곳이 없으니, 이제 죽으려 하는구나'
하고 통곡하며 울었다. 한참을 울다가 청삽사리에게 자기 밥을 먹인
후, 편지를 써서 목에 걸어주고 경계하여 말하기를,
"이제 할미마저 죽었으니, 낭자가 의탁할 곳이 없는지라. 오로지 네
게 의지하여 살고 있으니, 너는 빨리 돌아가 낭자를 편안히 모셔라"
하니 그 개가 머리털을 흔들며 고개를 조아리고 가더라.
　　한편 낭자는 혼자 앉아 울고 있는데, 날은 점점 어두워가고 인적은
커녕 새소리마저 들리지 않았다. 낭자가 무서움과 고단함을 이기지 못
해 스스로 죽으려고 비단수건을 손에 감싸쥐고 창가에 기대어 앉아 있

는데, 문득 밖에서 이상한 소리가 들렸다. 낭자가 더욱 두려워 울음을 그치고 살펴보니, 사자 같은 얼굴을 한 것이 나무 끄는 소리를 내면서 점점 다가오고 있었다. 두려운 마음에 창문을 닫고 방 안에 가만히 숨어 있으니, 그것이 발로 방문을 후볐다. 그제야 그것이 삽사리인 줄 알고 반갑게 내달아 개의 등을 쓸며 말하기를,

"너조차 나를 버리고 어디에 갔더냐?"

하니 그 개가 목을 늘여 낭자의 팔에 얹었다. 낭자가 보니, 개의 목 아래에 편지가 하나 매달려 있는지라. 즉시 끌러보니 과연 낭군의 서간이었다. 반갑게 펼쳐보니 그 편지에 이렇게 쓰여 있었다.

이선은 삼가 두 번 절하고 김낭자께 몇 자 글월을 올리나이다. 낭자가 전생과 이승에서 겪은 고행이 모두 저의 죄로소이다. 그러나 이제 와서 지난 일을 말한들 무슨 소용이 있겠나이까? 낭자를 한 번 이별한 후에 은하수가 가로막고 파랑새마저 끊어지니, 소식을 전할 길이 전혀 없었나이다. 다만 서산에 지는 해와 동쪽에 뜨는 달에 속절없이 넋과 간장을 썩일 뿐이었는데, 너무나 뜻밖에도 청삽사리가 소식을 전했나이다. 낭자의 글씨를 보니 반가움이 예전보다 더욱 컸사오나, 할머니가 죽었다 하니 다시 간장이 타는 듯했나이다. 지금 낭자는 누구에게 의탁하고 계시나이까? 낭자가 얼마나 고통스럽게 지낼지는 여기서도 보이는 듯하니, 태산이 기울고 무너지는 듯 가슴이 저려옵니다. 종이를 바라보며 붓을 드니, 정신이 어지럽고 눈물이 쏟아져 한 글자도 쓰기 어렵나이다. 그러나 고진감래요 흥진비래라 했으니, 조금만 참고 계시옵소서. 조만간 과거시험을 본다는 소식이 있나이다. 천행으로 급제하오면, 제 평생 소원을 이룰 뿐만 아니라 낭자의 슬픈 한도 위로할 수 있으리라. 그러니 천금 같은 몸을 가볍게 버리지 마시고, 제가 돌아갈 날을 잠깐만 참고 기다리소서.

그리하여 한날한시에 죽어 같은 곳에서 노닐기를 축원하나이다.

낭자가 편지를 다 읽은 후 개를 위로하며 말하기를,

"서울이 여기서 수천 리나 떨어져 있는데, 네가 어찌 잘 찾아갔더냐? 네가 갈 줄 알았다면, 내 가슴에 맺힌 온갖 회포를 다 적어 보냈으리라. 너는 낭군을 보고 왔으나, 나는 무슨 죄로 보지 못하는가?"

하며 목 놓아 통곡하더라.

그 다음날, 삽사리가 땅을 깊게 파고 집 안의 물건을 물어다 묻으니, 낭자가 이상히 여겨 생각하기를,

'이 개는 비상한 짐승이니, 틀림없이 무슨 일이 일어나리라'

하고 개와 함께 의복과 그릇 등을 모두 땅에 묻었다.

그로부터 사흘이 지난 뒤였다. 서너 사람이 오더니, 가만히 집 안을 엿보다 갔다. 낭자는 이상히 여겼지만 영문을 모르고 있는데, 어떤 아이가 소를 타고 지나가며 이르기를,

"그놈들이 오늘 밤 이 집에 와서 도적질을 할까 싶나이다"

하는지라. 낭자가 아이를 불러 그 까닭을 물으니, 아이가 대답했다.

"제가 이쪽으로 오다가 들으니, 어떤 사람들이 가면서 말하기를 '이 집에 보배가 많다더라. 오늘 밤 모두 도적질하여 나누어 갖고, 여자는 데려다 계집을 삼자' 하더이다."

낭자는 그 말을 듣고 더럭 겁이 났지만, 어찌할 바를 몰랐다. 그사이에 날은 점점 어두워지니, 낭자가 더욱 겁이 나서 개에게 경계하여 말하기를,

"오늘 밤 도적들이 우리 집에 와서 물건을 훔치고 나를 겁탈하겠다는구나. 더러운 욕을 보느니 차라리 할머니 무덤 곁에서 죽자꾸나. 그러니 너는 나를 할머니 무덤으로 안내하거라"

하니 그 개가 머리를 조아려 응답하는지라. 낭자가 죽을 때 입으려고

옷 두어 가지를 보따리에 싸 메고 나왔는데, 그 개가 땅에 엎드린 채 전혀 움직이지 않았다. 날이 완전히 어두워진 뒤에야 비로소 그 개가 일어나더니, 낭자가 멘 보따리를 물어 당겼다.

낭자가 말하기를,

"이것을 버리고 가자는 것이냐?"

하고 보따리를 내려놓으니, 개가 물어다 제 등에 얹었다. 낭자가 기특하게 생각하여 노끈으로 옷 보따리를 개 등에 묶은 뒤 막대기를 짚고 개를 따라갔다.

개가 한 동산 아래에 이르러 앉았는데, 바로 그곳에 무덤이 하나 있었다. 낭자가 생각하기를,

'이것은 틀림없이 할머니 산소로다'

하고 무덤을 두드리며 통곡하니, 그 소리가 구슬프고 처절하여 하늘까지 사무치더라.

하늘이 정해준 인연

　화설이라. 이때 낙양 북촌 이상서의 부인이 완월루에 올라 밝은 달을 구경하고 있었는데, 고요한 밤중에 바람결을 따라 애절히 원망하고 슬퍼하는 곡성이 들려왔다. 부인이 이상히 여겨 말하기를,

　"이렇게 깊은 밤에 어떤 여자가 이리 구슬피 우는가?"

하고 하인에게 울음소리가 나는 곳을 찾아가보라고 했다. 마침 이생의 유부乳父. 젖어미의 남편가 부인 앞에 있다가 분부를 듣고 가보니, 어떤 젊은 여자가 혼자 앉아 울고 있었다. 유부가 절을 하고 묻기를,

　"그대는 누구인데, 이 동산에 와서 울고 있나이까?"

하니 낭자가 처음에는 겁탈하려는 사람으로 여겨 고개를 숙이고 울기만 했다. 그러다 가만히 보니 나이 많은 노인이기에 울음을 그치고 지금까지의 사연을 대강 말해주었다. 그 사람이 숙향의 말을 듣고 놀라 땅에 엎드려 절하고 말했다.

　"소인은 이공자의 유부이옵니다. 아까 대부인께서 곡성을 들으시고, 가서 알아보라 하시기에 왔사온데, 낭자일 줄은 천만뜻밖이로소이

다. 이 산중에 계시지 말고, 소인의 집으로 가사이다."

낭자가 말하기를,

"그대가 공자의 유부라 하니, 낭군을 본 듯하여 이제 죽어도 눈을 감을 수 있으리라. 그러나 상서께서 나를 죽이고자 하시는데, 내가 그대 집에 가면 나 때문에 그대가 죄를 면치 못할 것이라. 내가 죽는 것은 상관없지만, 어떻게 그대의 집에 갈 수 있겠는가?"

하니 유부가 땅에 엎드려 말하기를,

"낭자의 말씀이 옳사오니, 돌아가 부인께 아뢴 후 다시 오겠나이다"

하고 빨리 달려내려갔다.

이때 삽사리가 옷 보따리를 낭자 앞에 놓고 입으라는 시늉을 하거늘 낭자가 울며 말하기를,

"네가 이 옷을 입으라고 하니, 틀림없이 내가 죽을 줄을 아는 것이로다. 내가 묻힐 곳을 파주면 들어가 죽을 것이니, 너는 다시 흙으로 덮거라"

하되 그 개가 구덩이 팔 기미가 전혀 없더라.

낭자가 생각하기를,

'상서께서 내가 여기에 온 것을 알면 반드시 죽이리라. 이는 상서께 누가 될 것이요, 나 또한 남의 손에 죽느니 차라리 자결하는 것이 나으리라'

하고 비단수건으로 목을 매려 하니, 그 개가 수건을 물어뜯고 못 하게 하는지라. 낭자가 개에게 말하기를,

"너는 내가 묻힐 곳을 파라고 해도 파지 않고, 또 죽지도 못하게 하는구나. 행여 내가 낭군을 다시 보게 되리라 하거든 할머니 산소에 올라갔다가 내려와서 산소를 향해 세 번 절하거라. 그러면 죽지 말라는 뜻으로 알고 네 뜻에 따라 죽지 않으마"

하니 그 개가 즉시 할미 무덤에 올라갔다가 내려와서 세 번 절했다. 이

에 낭자가 말하기를,

"네가 비록 짐승이지만 아주 비상하니, 네 뜻대로 하자꾸나"

하며 하염없이 눈물을 흘렸다.

그사이에 유부는 제집에 가서 할미에게 낭자의 말을 자세하게 이르며 말하기를,

"내가 부인께 아뢰러 가는 사이에 행여 낭자가 죽을지도 모르니, 바삐 가서 지키라"

하고 부인께 돌아가 낭자의 말을 자세하게 여쭈었다. 부인이 듣고 크게 놀라 말하기를,

"아뿔싸, 내가 잊었도다"

하고 상서에게 달려가 아뢰기를,

"선을 낳을 때 해산을 도우러 왔던 선녀의 말을 기록해놓았는데, 한번 보소서"

하고 적은 것을 내놓으니, 그 글에 쓰여 있기를,

"이 아기의 배필은 남양 땅 김전의 딸 숙향이라"

했더라.

상서가 그 글을 보고 말하기를,

"이것이 어찌 된 말씀이오?"

하니 부인이 대답하기를,

"이 여자의 이름이 숙향이라 하오니, 이는 하늘이 정해준 인연인가 하옵니다. 아무튼 데려다 근본을 자세히 들은 후에 선이 돌아와 처리하게 하소서"

하고 즉시 시녀 열 명과 가마를 보내 낭자를 데려오게 했다.

이때 낭자는 무덤 곁에서 혼자 울고 있는데, 한 할미가 와서 절하고 말했다.

"소인은 낭군의 유모이옵니다. 아까 할아비가 와서 말하기를 '낭자

께서 여기 와 계시니, 급히 가서 모시라' 하옵기로, 빨리 온다고 왔으나 늦었나이다. 얼마 전에 낭군이 배필을 얻으신다고 했으나, 여부인께서 주관하심에 가서 뵙지 못했나이다. 그후 낙양 옥중에서 고생하시다가 풀려나셨다는 말씀을 들었으되, 낭자께서 어디에 계신 줄 몰라 항상 할아비와 함께 탄식하며 지냈나이다."

이에 낭자가 울며 말하기를,

"그대가 낭군의 유모라 하니, 낭군을 본 듯 반갑도다"

하고 지금까지 고생한 일을 대강 말하니, 유모가 듣고 통곡하더라.

이윽고 유부가 하녀들과 함께 가마를 메고 오더니, 낭자에게 부인의 말씀을 전하며 가마에 오르라 청했다.

낭자가 이를 굳게 사양하며 말하기를,

"상서께서 비록 죽이실지라도, 부인께서 부르시는데 가지 않으면 죽기가 두려워 시부모님의 명령을 어기는 짓인지라. 가긴 가겠지만 천한 몸이 가마를 타는 것은 더욱 감당하기 어려우니, 걸어가리이다"

하니 유부가 여쭈었다.

"부인의 명령이 있었사오니, 걸어가시면 소인들이 죄를 면치 못할 것이옵니다. 어서 가마에 오르소서."

낭자가 더이상 사양하지 못하고 가마에 오르니, 좌우로 향내가 가득하고 등촉이 휘황찬란했다.

낭자가 가마를 타고 두려워하며 중문에 다다르니, 시녀가 나와 부인의 말씀을 아뢰었다.

"바로 완월루로 모셔라."

이에 종들이 가마를 누각 아래에 내려놓았다. 낭자가 시녀의 촛불을 따라 누각 위로 올라가니, 상서와 부인이 함께 앉아 계셨다. 또한 그 좌우로 향촉을 든 시녀 수십 명이 늘어서 있으니, 밝기가 대낮 같았다.

낭자가 멀리서 큰절을 올리자 상서와 부인이 말했다.

"가까이 다가오라."

낭자가 가까이 가니 상서가 크게 놀라며 말하기를,

"저렇듯 곱고 아름다우니, 선이 어찌 미혹되지 않았으랴"

했다. 부인 또한 눈물을 흘리며 말하기를,

"어여쁘도다! 홍안박명紅顏薄命. 예쁜 여자는 팔자가 사나움이라더니, 수심이 가득해도 저렇듯 고운데, 마음이 평안하면 양태진*이나 조비연**이라도 미치지 못하리로다"

하며 낭자에게 물었다.

"네 집은 어디며, 부모는 누구이고, 나이는 몇이나 되었느냐?"

낭자가 절을 하고 바르게 고쳐 앉으며 여쭈었다.

"다섯 살 때 부모님을 난리 중에 잃고 길거리를 방황했는데 어떤 짐승이 업어다 남군 땅 장승상 댁에 내려놓았나이다. 마침 그 집에 자식이 없어 저를 친자식처럼 십 년을 기르셨으니, 고향은 물론 부모님의 성명도 모르옵나이다."

상서가 또 묻기를,

"장승상이라 하면 남군 땅 장송밖에는 없는데, 거기 있다가 어찌하여 이화정 할미의 집으로 왔느냐?"

하니 낭자가 대답했다.

"승상 댁에 있던 사향이란 종이 승상 부인의 봉채를 훔쳐다 첩의 화장그릇에 넣어놓고 첩이 훔친 것처럼 모함했나이다. 그 일로 인해 승상 댁에서 쫓겨나 포진물에 빠져 죽으려 했는데, 마침 연꽃을 따는 아이들이 구해주며 동쪽으로 가라 했나이다. 동쪽으로 가다 또 갈대밭에서 화재를 만나 거의 죽게 되었사온데, 화덕진군이라는 노인이 구하여

* 양태진(楊太眞): 중국 당나라 현종(玄宗)의 비(妃)였던 양귀비(楊貴妃)의 이름.
** 조비연(趙飛燕): 한나라 성양후(成陽侯) 조림(趙臨)의 딸. 절세미인이었으며, 가무를 배워 몸이 가볍기가 나는 제비 같았으므로 비연이라 했다.

살아나게 된 것을 이화정 할미가 지나가다 보고 데려갔나이다."

"장승상 댁에서 할미 집까지 며칠 만에 왔느냐?"

"갈대밭에서 하룻밤 자고, 그 이튿날 바로 왔나이다."

"장승상 댁에서 여기까지는 삼천삼백오십 리나 되니, 비록 천리마千
里馬를 탔을지라도 쉽게 오기 어려우리라. 그런데 이틀 만에 왔다고 하
니, 참으로 이상하도다."

상서와 낭자의 문답이 끝난 뒤에 부인이 물었다.

"네 이름은 무엇이며, 몇 년 몇 월에 태어났느냐?"

"이름은 숙향이옵고, 나이는 열여섯 살이오며, 기축년 4월 초파일
해시亥時, 밤 아홉시에서 열한시 사이에 났사옵니다."

"부모님 성명도 모르면서 생월생시는 어찌 그렇게 자세히 아느냐?"

"어렸을 때 부모님께서 제게 비단주머니를 채워주셨는데, 자란 후
에 보니 생월생시를 적어넣었더이다."

숙향이 주머니를 끌러 부인에게 드렸다. 부인이 비단주머니를 풀어
보니, 붉은 비단조각에 '이름은 숙향이요, 자는 월궁선이며, 기축년 4월
초파일 해시생이라'는 글씨가 금자金字로 쓰여 있었다.

부인이 크게 기뻐하며 말하기를,

"네가 내 아들과 나이가 같고, 이름도 선녀가 일러준 것과 같되, 다
만 부모가 누구인지 모른다고 하니, 참으로 답답하구나"

하니 상서가 말하기를,

"이 글을 금자로 썼으니, 틀림없이 성은 김씨인가 하노라"

했다. 낭자가 말하기를,

"제가 자란 후에 우연히 듣자오니, 지난번에 낙양 수령으로 계시던
김전이 제 부친이라 하더이다. 그러나 제가 어찌 그것을 자세히 알 수
있사오리까?"

하니 상서가 말했다.

"만일 그렇다면 오죽 좋으랴."

이에 부인이 묻기를,

"그 사람이 어떤 사람이나이까?"

하니 상서가 말했다.

"김전은 이부상서 운수선생의 아들이라. 가문이 어찌 거룩하지 않으리오."

부인이 말하기를,

"시간이 지나면 자연 알게 되리이다"

하고 낭자에게 이선의 처소인 봉황당鳳凰堂에 가 있으라고 했다. 낭자가 봉황당으로 내려가니, 낭군이 부리던 시녀 여남은 명이 낭자를 매우 공경하면서 극진하게 모시더라.

다음날 부인이 낭자를 불러 물었다.

"네가 살던 집에 두고 온 것은 없느냐?"

"제가 입던 의복과 쓰던 그릇을 다 묻고 왔사온데, 도적들이 가져가지 않았으면 아직 있을 것이옵니다."

"그러면 네가 하인들을 거느리고 가서 묻은 곳을 가르쳐주어라."

이에 낭자가 말하기를,

"소녀가 가지 않아도 개만 데리고 가면, 개가 다 가르쳐줄 것이옵니다"

하니 상서와 부인이며 상하 노복들이 다 기이하게 여기더라.

이날 하인들이 그 개를 데리고 가서 묻은 것을 찾아가지고 오니, 그릇이 모두 인간 세상에서 볼 수 없는 보물이었다. 게다가 하인이 와서 개가 묻은 곳을 파던 상황을 자세히 아뢰니, 상서 부부와 상하 노복들이 모두 낭자가 보통 사람이 아닌 줄 알고 각별히 대하더라.

낭자는 진실로 신선이로다

하루는 부인이 낭자에게 묻기를,

"너는 여자의 일 가운데 무슨 일을 배웠느냐?"

하거늘 낭자가 대답했다.

"어려서 부모를 잃고 사방으로 구걸하며 다녔으니, 무슨 일을 배웠겠나이까? 그러하오나 어떤 일이든 한 번 보면 그대로 할 수 있나이다."

이에 부인이 낭자가 어찌하는가 보려고 비단 한 필을 내주며 말했다.

"상서의 관대冠帶, 벼슬아치의 공복가 더러워졌으나 내가 눈이 어두워 잘 짓지 못하니, 네가 저 관대를 본으로 삼아 그대로 지으라. 곧 상서께서 서울에 올라가셔야 하느니라."

낭자가 그 비단을 가지고 방으로 돌아와 보니, 비단이 거칠고 보잘 것없는지라. 생각하기를,

'이 비단으로 차마 어떻게 관대를 지으리오. 부인께서 틀림없이 내 재주를 시험하시는 것이로다'

하고 손수 짠 비단을 꺼내 이틀 만에 관대를 지어내니, 시녀가 보고 부

인께 아뢰었다.

"낭자가 벌써 관대를 다 지었나이다."

이에 부인이 웃으면서 말하기를,

"관대는 예사 옷과 다르니라. 내가 어렸을 때 바느질 솜씨가 남보다 빨랐으되 밤낮으로 지어도 닷새가 걸렸도다. 그런데 아무리 재주가 뛰어날지라도 이틀이 채 못 되어 관대를 지을 수가 있겠느냐? 아마 거짓으로 짓는 체했으리라"

하고 낭자를 불러 물으시니, 낭자가 대답하기를,

"제가 이번에 관대를 처음 짓는 것이라, 짓는 시늉만 냈사옵니다. 제도制度와 솜씨가 어떠하올는지 모르겠나이다"

하고 관대를 부인께 드렸다.

부인이 관대를 보고 대경실색하여 칭찬했다.

"제도와 솜씨가 이전의 관대보다 열 배나 나을 뿐만 아니라, 비단도 내가 준 것이 아니로구나."

낭자가 말하기를,

"부인께서 주신 비단은 곱지 않았는데, 마침 제가 예전에 할미 집에서 손수 짠 비단이 있었나이다. 다행히 그 비단이 부인께서 주신 비단과 같은 색깔이어서 바꾸어 지었나이다"

하니 부인이 크게 칭찬하고 상서께 갖다드리라 했다.

상서가 관대를 입고 말하기를,

"부인이 나이 든 후로는 마땅한 관대를 못 얻어 입었는데, 이 관대는 평소 부인의 솜씨보다 더욱 뛰어나니, 내가 늙어서야 호사하는구려"

하니 부인이 말하기를,

"비단도 낭자가 짠 솜씨요, 관대도 낭자의 솜씨로소이다"

했다. 상서가 크게 놀라 칭찬하기를,

"낭자의 재주는 참으로 기특하도다"

하고 낭자에게 큰 상을 내리니, 부인이 더욱 기뻐했다.

하루는 황제께서 승정원承政院. 왕명의 출납을 맡아보던 관아 관리를 보내어 상서에게 빨리 상경하라고 재촉하셨다. 상서가 상경하기 위해 행장을 차리다가 흉배胸背. 문무관이 입는 관복의 가슴과 등에 붙이던 학, 범을 수놓은 네모난 장식를 보고 말하기를,

"이런 좋은 관대에 흉배가 낡아 전혀 어울리지 않으니, 아무 데라도 가서 빨리 흉배를 사오너라"

하니 부인이 말했다.

"아무리 많은 돈을 준다고 한들 상서의 품위에 달 흉배를 쉽게 살 수 있나이까?"

마침 낭자가 곁에서 모시고 있다가 말하기를,

"상서의 품위에는 무슨 흉배를 붙이시나이까?"

하니 부인이 대답하기를,

"상서는 일품이기 때문에 백학을 붙이노라"

했다.

"소녀가 수를 조금 놓을 줄 아오니, 한번 놓아보겠나이다."

"흉배는 보통 수놓기와는 다르고 또 행차가 임박했으니, 네 재주가 아무리 비상할지라도 미처 놓기 어려우리라."

낭자가 방으로 들어가 생각하기를,

'흉배 수놓기가 얼마나 어려우리오?'

하고 밤새워 수를 놓았다.

다음날 아침 낭자가 흉배를 드리니, 상서와 부인이 보고 대경실색하며 말하기를,

"낭자는 진실로 신선이로다"

하고 못내 칭찬하시더라.

상서가 궁궐에 들어가 황제를 뵈니, 황제께서 무척 반기셨다. 그런

데 문득 상서의 관대와 흉배를 보시고 말씀하시기를,

"경卿의 관대와 흉배를 어디서 얻어왔느냐?"

하시니 상서가 아뢰었다.

"신의 며느리 솜씨로소이다."

"그러면 경의 아들이 죽었느냐?"

"살아 있나이다."

"짐이 경의 관대를 보니, 비단무늬는 은하수 물결을 향하였고 흉배는 짝 잃은 학의 형상을 하고 있으니, 큰 바다 가운데 학이 홀로 외로워하는 형상이라. 경의 아들이 살아 있다면, 그대 며느리가 무엇 때문에 남편을 잃고 외로워하는 형상을 수에 담았겠느냐?"

이에 상서가 크게 놀라 땅에 엎드려 아뢰기를,

"성상聖上, 살아 있는 임금을 높여 이르는 말께서는 진실로 해와 달의 정기를 가지셨나이다. 소신은 눈이 있어도 며느리가 천신天神인 줄 알지 못했나이다"

하고 이선이 낭자를 얻게 된 사연을 자세하게 아뢰었다.

그 말을 듣고 황제께서 말씀하시기를,

"이 수놓은 사람의 절행節行, 절개를 지키는 행실은 고금에 없으리니, 이는 그대의 충효가 지극하기에 하늘이 어진 사람을 내려주신 것이로다"

하고 상을 많이 하사하시더라.

상서가 하직인사를 올리고 집에 돌아와 황제께서 하신 말씀을 자세히 이야기하고, 하사받은 보배를 모두 낭자에게 주었다.

이후로 상서와 부인이 낭자를 더욱 사랑하니, 집 안의 모든 사람들이 마음속으로 공경하여 감복하지 않은 사람이 없더라.

이선과 숙향, 다시 만나다

차설이라. 이때 이생이 태학에서 삽사리를 보낸 후에 낭자의 소식을 몰라 더욱 애태우고 있었다. 그런데 마침 태사관太史官. 천문(天文)을 관장하는 태사국의 관리이 황제께 아뢰었다.

"요사이 천문을 보니, 태을성이 태학에 비쳤나이다. 틀림없이 기이한 사람이 태학에 있는가 하나이다."

이에 황제께서 즉시 과거시험을 시행하여 어진 사람을 뽑으라는 조서를 내리시니, 천하의 선비들이 구름 모이듯 서울로 몰려들었다. 이선도 행장을 꾸려 시험장에 들어가니, 시제試題. 시험 제목가 걸려 있는데,

"큰 길거리에서 동요 부르는 소리가 들린다"

했다.

이선은 시험지를 펼쳐놓고 잠시 시제의 뜻을 생각한 후에, 용무늬가 새겨진 벼루에 진홍색 먹을 갈아 족제비털로 만든 붓을 흠뻑 적셔 조맹부의 필법과 왕희지의 문체로 일필휘지一筆揮之. 단숨에 내리 쏨하니, 용사비등龍蛇飛騰. 용이 살아 움직이는 것같이 필력이 활기 있음하고 문불가점文不加點. 글이 완벽하

여 점 하나 더할 것이 없음이라. 이선이 제일 먼저 답안을 올리니, 황제께서 친히 살펴보시고 크게 칭찬하시기를,

"글자마다 비점批點. 시가나 문장 따위를 비평하여 아주 잘된 곳에 찍는 점이요, 구절마다 관주貫珠. 글이나 시문을 하나하나 따져보면서 잘된 곳에 치던 동그라미로다"

하시고 이선의 답안을 장원으로 뽑으셨다. 이어 봉해진 이름을 뜯어보시니,

"낙양 북촌 이정의 아들 선이라"

했더라.

황제께서 더욱 기특하게 여겨 이선을 당상으로 올라오라 하시니, 이선이 시위해 있던 시험관을 따라 당상에 올라가서 땅에 엎드려 황제께 사은했다.

황제께서 이선을 보시니, 인물은 관옥冠玉. 관의 앞을 꾸미는 옥. 또는 남자의 아름다운 얼굴을 비유적으로 이르는 말 같고 풍채는 두목지와 같았다. 두 눈썹 사이에는 강산의 정기가 모여 있고, 가슴에는 천지의 조화를 품었으며, 두 눈의 정기가 찬란하여 북두성과 견우성이 비치는 듯했다. 재주는 주나라의 강태공姜太公. 중국 주나라의 정치가이나 한나라의 장자방, 제갈공명諸葛孔明. 제갈량. 중국 삼국시대에 유비를 도와 공을 세운 정치가도 미치지 못할 듯했다.

황제께서 매우 기뻐하시며 어주御酒. 임금이 신하에게 내리는 술 삼 배를 권하신 후에 궁궐에서 행하는 풍류와 놀이를 베풀어주시고, 어사화御賜花. 문무과의 급제자에게 임금이 내리던 종이꽃를 내리시며 즉시 한림학사翰林學士. 한림원에 소속되어 임금의 조서를 짓는 일을 맡음를 제수하셨다. 또 천 리를 가는 노새를 하사하시어 타고 가라 하시니, 이선이 황제의 은혜에 사례하여 큰절을 올리고 궁궐을 나왔다. 이선이 여부인을 모시고 풍악을 울리며 서울을 떠나니, 장안 백성과 행인들이 모두 나와 구경하느라 길을 메우더라.

이선이 낙양 땅에 들어서면서 여부인에게 아뢰기를,

"제가 이렇게 장원급제하게 된 것은 대성사 부처님 덕인가 하오니,

가는 길에 부처님께 들러 사례하고 가겠나이다. 고모님은 먼저 가셔서 잔치에 쓸 물건들을 준비해주소서"

하니 여부인이 허락하고 먼저 가셨다.

이선은 먼저 대성사로 들어가 부처님을 배알拜謁, 높은 어른을 만나뵘하고, 즉시 이화정으로 향했다. 이화정에 가보니, 사람은커녕 집이 완전히 쑥밭이 되어 있었다. 이선이 통곡하며 말하기를,

"낭자가 나를 위해 고생하다가 죽었으니, 장원급제한 것이 무슨 소용이 있으리오. 부모님을 뵈온 후에 낭자의 무덤을 찾아가 함께 죽으리라"

하고 집으로 향했다.

이선이 집에 이르자, 상서와 부인이 중문에 나와 반갑게 맞이했다. 그러나 이선이 조금도 기뻐하지 않거늘, 상서가 이상히 여겨 물었다.

"네가 젊은 나이에 급제하여 가문의 영예를 드높인지라. 즐거워해야 마땅한데, 무엇이 부족하여 눈에 눈물자국이 보이고 얼굴에 수심이 가득 차 있느냐?"

이선이 아무런 대답도 하지 않고 하늘을 우러러 탄식만 하자, 부인이 이선의 마음을 알고 말했다.

"너는 낭자가 죽었는가 싶어 시름에 빠졌느냐? 내가 네 뜻을 알고 오래전에 낭자를 데려왔으니, 근심하지 말라"

하니 이선이 믿지 않고 아뢰기를,

"먼 길을 달려오다가 도중에 술을 많이 마신 탓에 피곤하여 그러하나이다"

하고 관대도 벗지 않고 난간에 기대어 누웠다.

이에 부인이 시녀에게 명하기를,

"낭자를 바삐 모셔오너라"

했다.

낭자가 부인의 명을 받고 즉시 나와 학사의 소매를 붙들고 슬퍼하니, 학사가 뜻밖에 낭자를 보고 꿈인가 생시인가 의심했다. 학사가 미친 듯 취한 듯 정신을 못 차리고, 다만 낭자의 고운 손을 꼭 잡은 채 흐느껴 우니, 낭자가 목소리를 가다듬고 위로하며 말했다.

"먼 길을 오시느라 피곤하실 터이니, 침실로 들어가소서."

숙향의 말에 학사가 겨우 정신을 차리고 이리저리 둘러보니, 분명히 자기 집이요, 좌우에 늘어선 사람들은 모두 일가친척들과 자기가 부리던 하인들이 분명했다. 학사가 비로소 꿈이 아닌 것을 알고 낭자에게 사례하여 말하기를,

"제가 급제하여 벼슬을 하게 된 것은 다행이나, 낭자가 걱정되어 밤낮으로 간장을 썩였나이다. 돌아오는 길에 이화정에 들렀는데, 인적은커녕 새소리도 들리지 아니하여 남은 간장마저 거의 끊어지고 말았나이다. 그런데 이렇듯 낭자를 다시 만나보게 되었으니, 이제 무슨 부족함이 있으리오"

하고 하염없이 슬퍼했다.

이를 지켜보던 사람들이 모두 이르기를,

"연분이 저러하거든 상서께서 어찌 말릴 수 있으리오"

하더라.

이윽고 학사가 낭자에게 그사이 고생한 일을 물으니, 낭자가 한숨짓고 말하기를,

"오늘은 즐거운 날이니, 첩이 고생한 일은 훗날 조용히 말씀드리오리다"

하고 학사의 관대를 갈아입혔다. 학사가 옷을 갈아입고 다시 안으로 들어가 상서와 부인께 인사를 올리니, 두 분이 못내 기뻐했다.

이윽고 상서 댁에서 사흘 동안 잔치를 벌이고, 다시 고모 댁에서 사흘 동안 잔치를 벌여 이선의 장원급제를 축하하니, 멀고 가까운 친척

과 마을 사람들이 모두 칭찬하더라.

하루는 상서가 학사를 불러 말했다.

"요즘 낭자를 집에 두고 보니, 행동거지와 예의범절이 극진하여 조금도 부족함이 없더구나. 그러나 네가 남모르게 아내를 얻었으니 사람들의 시비가 있을 듯하고, 또 예전에 양왕이 구혼하기에 허락했도다. 이제 네가 급제했으니, 양왕이 틀림없이 혼인을 재촉할 것이로다. 이 일을 어찌하면 좋겠느냐?"

이에 학사가 말하기를,

"그 문제는 쉽게 해결할 수 있나이다. 제게 묘책이 있으니, 너무 걱정하지 마십시오. 제가 알아서 하겠나이다"

하고 즉시 상경하여 황제를 찾아뵙고 낭자를 얻게 된 사연을 자세히 아뢰었다. 황제께서는 이미 낭자의 일을 다 알고 계신지라, 학사의 말을 들으시고 여러 신하들에게 이르시기를,

"숙향의 절행은 비록 옛사람이라도 미치지 못할 것이니, 특별히 정렬부인에 봉하라"

하셨다.

이부상서가 여쭙기를,

"무릇 아내의 벼슬은 남편의 작위를 따르옵니다. 지금 이선이 오품인데 그 아내에게 일품을 봉하시는 것은 관례에 어긋날까 하나이다"

하니 황제께서 하교하시기를,

"그러면 천하에 지아비 없이 홀로 사는 여자는 비록 절행이 있어도 벼슬을 못 한단 말이냐?"

하시고 특별히 명령을 내리시어 이선을 간의태부에 봉하고, 그 부인을 정렬부인에 봉하셨다.

조정의 모든 신하들이 당혹스러웠지만 황제의 엄명인지라, 감히 말을 못 했다. 이런 까닭에 이선의 명망은 더욱 높아지고, 또 간의태부와

옥당*의 한림학사를 겸하게 되었으니, 조정에서 공경하지 않는 사람이 없더라.

이때 양왕이 상서에게 사람을 보내 혼사를 재촉했다. 상서가 민망하여 어찌할 바를 모르는데, 학사가 아뢰었다.

"제가 이 일을 없었던 것으로 하오리니, 아버님께서는 염려 마소서."

---

* 옥당(玉堂): 궁중의 경서, 문서 따위를 관리하고 임금의 자문에 응하는 일을 맡아보던 관아인 홍문관(弘文館)을 일컫는다.

은혜를 갚는 정렬부인

이때 형초 땅에 몇 년 동안 계속 흉년이 들어 도적들이 들끓었다. 황제께서 이를 크게 근심하시니, 학사가 앞으로 나아가 아뢰었다.

"하늘의 뜻은 인심에 따라 변하는 것이옵니다. 형초의 관원들이 어질지 못하여 백성들을 돌보지 않은 탓에 천변天變이 자주 일어나고, 굶주림과 추위를 이기지 못한 백성들이 도적으로 변하여 난을 일으키는 것이옵니다. 소신이 비록 재주는 없사오나 형초를 다스리게 하오시면, 직접 가서 백성들을 위로하고 도적들을 평정하겠나이다."

이에 황제께서 크게 기뻐하시고, 즉시 이선을 형주 자사에 제수하며 이르셨다.

"그대가 형초 땅을 맡아서 다스리되, 군수와 현령들의 능력을 살펴보고 그대 마음대로 처리하라."

자사가 명을 받들어 은혜에 사례하고 집으로 돌아와 그 사연을 부모님께 여쭈니, 상서가 말했다.

"대장부로 태어나면 부모 섬길 날은 적고 임금 섬길 날은 많다고 하더구나. 이번 길은 네가 공명을 위해 가는 것이니 한스러울 것은 없도다. 그러나 그곳이 여기서 천 리나 떨어져 있고 도적이 들끓는다 하니, 매우 걱정스럽구나."

이에 자사가 여쭙기를,

"이번 길은 위로는 나라를 위해 백성들을 보호하고, 아래로는 양왕의 혼사를 거절코자 하는 것이니, 근심하지 마소서"

하고 부인에게 말했다.

"제가 먼저 갈 테니, 부인은 뒤좇아오소서."

정렬부인이 묻기를,

"형초에서 남군 고을이 얼마나 떨어져 있나이까?"

하니 자사가 대답했다.

"남군은 형주에 소속되어 있는 고을이니, 가는 길에 있소이다."

부인이 또 묻기를,

"그러면 첩이 가는 길에 옛날 은혜를 갚을 곳이 많은데, 어찌하오리까?"

하니 자사가 대답하기를,

"그 일은 부인의 소견대로 하소서"

하고 즉시 부모님께 하직인사를 올리고 형주로 떠났다.

이선이 형주 자사가 되어 온다는 소식을 들은 형초 땅의 도적들은 서로 말하기를,

"새 자사가 오면 우리를 모두 죽일 것인가?"

하고 두려워하더라.

자사는 형주에 부임한 즉시 각 고을을 순행巡行. 여러 곳을 단속하기 위해 돌아다님하여 수령들의 능력에 따라 내쫓거나 벼슬을 올려주고, 백성들에게 창고의 곡식을 골고루 나눠주어 농업에 힘쓰게 했다. 그러자 도적이 변하여 양민이 되고, 백성들이 평안하게 살아갈 수 있는지라. 민심이

크게 다스려져서 자사를 기리는 소리가 멀고 가까운 곳에 진동하더라.

이때 상서가 서울에서 돌아와 낭자를 불러 말했다.

"선이 형초에 가서 도적들을 잘 다스려 양민으로 만들었다고 하는구나. 이제는 위험할 일도 없고 또 선이 기다릴 것이니, 어서 행장을 차려 형주로 가거라."

정렬부인은 즉시 시녀들에게 제물을 갖추게 한 후, 할미 산소에 가서 제사를 올렸다. 제를 마치고 나서 삽사리에게 음식을 많이 먹이고 등을 어루만지며 말하기를,

"나의 삽사리야, 네가 아니었다면 난 이미 이 땅의 흙이 되었으리라"

하고 옛일을 생각하며 슬퍼하니, 문득 그 개가 발로 땅을 긁으며 울었다. 부인이 땅을 살펴보니 땅바닥에 이렇게 쓰여 있었다.

"인연이 다 되어 저는 여기서 이별하나이다."

부인이 놀라 말하기를,

"너와 함께 고생하다가 이제사 귀하게 되어 마땅히 네 은혜를 갚으려 했는데, 너조차 가려 하니 슬픈 마음을 참기 어렵구나. 가기는 언제 가려느냐?"

하니 그 개가 입으로 할미 산소를 가리키면서 부인에게 절하고 서너 걸음 가더니, 갑자기 우레 같은 소리를 지르며 검은 구름에 휩싸여 순식간에 어디론가 사라져버렸다.

이에 부인이 눈물을 머금고 말하기를,

"하늘 개조차 내게 와서 고생했도다"

하고 그 개가 서 있던 자리에 의복을 갖추어 묻은 후 제사 지냈다.

정렬부인이 상서 부부께 하직인사를 올리고 길을 떠나면서 하인들에게 분부했다.

"가는 길에 제사를 올릴 곳이 많으니 제물을 갖추어서 가되, 지나는 곳마다 고을 이름을 다 이르도록 하거라."

정렬부인의 행차가 갈대밭에 이르자, 부인은 화덕진군의 은혜를 생각하고 제문을 지어 몸소 제사를 올렸다. 제를 마친 후 보니, 술잔에 부었던 술은 사라져버리고 거위 알만한 구슬이 담겨 있는지라. 부인이 그 기이한 구슬을 품 안에 넣고 갔다.

한 물가에 다다르자 부인이 하인에게 묻기를,

"이 물이 포진물이냐?"

하니 하인이 여쭙기를,

"이 물 이름은 양진으로 포진물과 이어져 있긴 하되, 여기서 포진까지는 수로로 천여 리나 되옵나이다."

했다.

"그러면 이 물길로 포진에 갈 수 있느냐?"

"갈 수는 있으나 수로가 매우 험하여 쉽지 않으며, 흔히 이 물을 건너 육로로 가나이다."

하인의 말에 부인이 매우 서운하게 여기셨다.

부인이 배를 타고 물을 반쯤 건넜는데, 문득 동풍이 크게 일어나 사공이 미처 노를 잡지 못하고 놓쳐버렸다. 바람이 점점 크게 불면서 물결이 하늘 높이 치솟자, 배가 화살처럼 빠르게 서쪽으로 휩쓸려갔다. 배를 탄 사람들이 모두 넋을 잃고 죽기만을 기다리고 있는데, 한참 지난 후에야 바람이 잦아들고 물결이 잠잠해지면서 날이 어두워지기 시작했다. 사람들이 배가 고파 먹을 것을 찾았지만, 이 배는 관선官船이기 때문에 불과 솥을 싣지 못해 밥을 지어먹을 수가 없었다. 배를 물가에 대어 먹을 것을 구해보고자 했으나, 물가마저 보이지 않았다.

정렬부인이 어찌할 바를 모르고 민망해하고 있는데, 문득 물 위에서 피리 소리가 들렸다. 부인이 주렴을 걷고 보니, 연엽주를 탄 두 계집아이가 옥피리를 불며 오고 있는지라. 자세히 보니 포진물에 빠졌을 때 구해준 선녀 같았다. 부인이 매우 반가워하며 길을 물으려 하는데, 그

배가 나는 듯이 지나가면서 한 계집아이가 글을 읊어 말했다.

"작년 이날 이 물에 와서 숙향 낭자를 만났는데, 금년 오늘은 숙향 부인을 만났도다. 반가운 마음이야 옛날보다 열 배는 더하지만, 잡인 이 많아 바른말을 못 하리로다. 어디 가서 화덕진군의 구슬을 얻어 주 린 사람들을 구할까?"

부인은 그 아이들의 얼굴을 보고 말소리도 다 들었으나, 곁에 있던 시녀와 배 안의 사람들에게는 오직 피리 부는 소리만 들렸다.

부인이 아이의 말을 듣고 생각하기를,

'화덕진군에게 제사를 올릴 때 얻은 구슬이 화주火珠. 불을 때지 않아도 쌀을 저절로 익힌다는 신이한 구슬인 모양이로다'

하고 쌀을 씻어 그릇에 담고 그 위에 구슬을 얹으니, 쌀이 저절로 익어 밥이 되었다. 배 안의 사람들이 모두 신기하게 여겨 말하기를,

"우리 정렬부인은 신선이시다"

하고 칭찬하더라.

이윽고 배가 포진에 다다르니, 사공이 놀라 말했다.

"여기서 양진까지는 일천구백 리라. 비록 순풍을 만난다 해도 오기 어려우며, 수로가 매우 험하여 백 척 가운데 한 척도 무사히 도달하기 어렵도다. 그런데 오늘 새벽에 배를 타고 오후에 여기에 이르렀으니, 이런 이상한 일은 난생처음이도다."

부인이 제물을 갖추고 제문을 지어 용왕께 몸소 제사를 올리니, 물 속에서 오색구름이 일어나 배를 감쌌다. 이윽고 구름이 걷힌 뒤에 보 니, 제물은 하나도 없고 제물 담았던 그릇에 금은보화가 가득 담겨 있 었으며, 술잔에는 오리 알만한 구슬이 불빛처럼 빛나고 있었다.

부인이 생각하기를,

'분명 용왕 부인이 제물을 받아서 먹었도다'

하고 보배를 다 거두어 뭍에 내렸다.

소첩이 바로 숙향이로소이다

부인이 땅에 내리니, 하인이 아뢰었다.

"이 땅은 형주에 소속된 남군이라는 고을이니, 이 고을에 숙소를 마련하겠나이다."

이에 부인이 물었다.

"이곳에 장승상 댁이 있다고 하는데, 그 댁이 어디 있느냐?"

"저기 앞에 보이는 동산이 바로 장승상 댁이옵니다."

"내가 몸이 피곤하여 멀리 가지 못하니, 이 고을 수령에게 기별하여 위의威儀. 예법에 맞는 몸가짐를 차려오너라. 또한 숙소는 장승상 댁으로 잡아라."

하인이 즉시 남군 태수에게 가 기별하니, 남군 태수 한복이 정렬부인의 행차가 온다는 기별을 받고 크게 놀라 즉시 위의를 차려 장승상 댁 앞으로 갔다. 부인이 도착해서 보니, 오색 갑옷을 입은 날랜 군사 삼천 명과 칠보단장을 하고 향촉을 든 시녀 이십여 명이 전후좌우에 즐비하게 늘어서 있었다. 이에 정렬부인은 황금으로 장식한 가마를 타고 풍악을 울리며 장승상 댁으로 들어갔다.

때는 봄철이라. 자사 부인이 온다는 말을 듣고 장승상이 크게 놀라 영춘당에 비단깔개를 깔고 정렬부인을 맞이하니, 남군 일대가 들썩이고 구경거리를 보러 온 사람들이 태산같이 모여들더라.

이때 승상 부인이 시녀 춘홍을 통해 정렬부인에게 말하기를,

"누추한 곳에 귀한 행차께서 오시니, 주인에게 광채가 찬란하옵나이다. 즉시 나아가 뵙고자 하오나, 오늘 마침 제사를 지낼 일이 있사옵니다. 부디 내일 나가 뵙기를 청하나이다"

하니 정렬부인이 대답했다.

"지나다가 귀한 땅에서 좋은 경치를 보는 것도 다행이온데, 먼저 안부를 물으시니 너무 황송하나이다. 같은 부인이라 허물이 없사오리니, 내일 돌아갈 때 뵙겠나이다."

춘홍이 돌아가 승상 부인께 정렬부인의 말씀을 전하니, 승상 부인이 춘홍에게 물었다.

"그 부인의 용모가 어떠하시더냐?"

춘홍이 여쭙기를,

"여러 시녀들이 모시고 있고, 또 시녀들을 통해 말씀을 전했는지라, 그 부인을 보지 못했기에 용모가 어떠한지는 알 수 없나이다. 다만 그 부인이 영춘당에 들르셔서 읊은 풍월을 모든 시녀들이 외우니, 그 부인께서 글을 잘 짓는가 싶나이다"

하거늘 부인이 말하기를,

"네가 그 글을 외울 수 있겠느냐?"

하니 춘홍이 즉시 풍월을 외웠다.

"작년 영춘당에서 봄을 맞이하매 저 옥계玉階, 섬돌의 꽃이 더디 취함을 비웃더니, 금년에 또 영춘당에서 봄을 만나니 저 옥계의 꽃이 다시 만남을 반겨 웃는도다. 꽃은 반가움을 이기지 못해 웃되, 나는 옛일이

새로이 떠올라 마음이 절로 슬퍼지는구나."

부인이 그 글의 내용이 이상하여 승상께 아뢰니 승상이 놀라 말하기를,

"어와, 이상하도다. 그 부인이 영춘당에 처음 와서 옛날에도 왔던 것처럼 글을 지었으니, 그 뜻을 알 수 없도다. 다만 글의 품격으로 보아 정렬부인은 글재주가 뛰어난 분이 틀림없도다"

하고 기록하시더라.

정렬부인이 시녀와 함께 밤이 깊도록 앉아 담소하다가 피곤하여 얼핏 잠이 들었다. 꿈속에서 승상 부인의 방에 들어가보니, 방 안에 자신의 그림이 걸려 있고 상에는 온갖 음식이 푸짐하게 차려져 있었다. 또한 승상 부인이 그림 앞에서 울며 말하기를,

"숙향아, 슬프다. 네가 살았던들 귀한 가문에 시집가서 자사 부인같이 되었으리라"

하거늘 정렬부인이 그 말을 듣고 깨어보니 한갓 꿈인지라. 생각하기를,

'승상 부인과 나는 보통 인연이 아니로다. 내가 옛날 사향에게 구박을 받고 쫓겨나 바로 오늘 포진물에 가서 빠졌는데, 부인이 나를 위해 제사 지내시는구나'

하고 감격스러운 마음과 슬픈 회포를 이기지 못하더라.

다음날 아침, 날이 밝아오면서 승상 부인이 나온다 하니, 정렬부인이 의복과 행장을 성대하게 갖추고 나가 맞이했다. 승상 부인이 보고 말하기를,

"우리는 대국 대승상의 부인이 되었어도 이렇듯 화려한 행장을 보지 못했는데, 오늘 손님 덕분에 귀한 광경을 구경하게 되어 매우 다행이로소이다"

하고 잔치를 베풀어주는데, 음식이 모두 꿈에 보았던 제물이었다.

정렬부인이 감격해서 말하기를,

"먼 길을 급히 오느라 몸이 피곤하여 관아의 객사까지 가지 못하고 부득이 승상 댁에 머물게 되었나이다. 그런데 뜻밖에도 귀한 경치를 구경하고 또 이렇듯 부인께서 관대히 대해주시니, 매우 감격스럽나이다"

하니 승상 부인이 묻기를,

"그대 연세는 얼마나 되셨나이까?"

했다. 정렬부인이 대답하기를,

"올해 스물이 되었나이다"

하니 승상 부인이 탄식하며 눈물을 흘렸다.

정렬부인이 놀라 묻기를,

"무슨 일이 있었기에 그토록 슬퍼하시나이까?"

하니 승상 부인이 대답했다.

"우리가 전생에 죄를 많이 지어 자식을 두지 못했는데, 뒤늦게 남의 딸을 얻어 수양으로 길렀나이다. 그런데 불행히도 오 년 전에 죽은지라, 어젯밤에 그 제사를 지냈던 것이옵니다. 부인의 연세가 죽은 자식과 동갑이기에 자식이 생각나서 '저도 아직 살아 있으면 부인같이 될는가?' 하여, 저절로 슬퍼하게 되었나이다."

승상 부인이 말을 채 마치기도 전에 갑자기 까치 한 마리가 난간에 날아와 우니, 정렬부인이 말했다.

"예전에도 저 까치가 울어 아무런 잘못이 없는 숙향을 죽게 했는데, 또 무슨 일로 여기 와서 우는가?"

이에 승상 부인이 크게 놀라며 말하기를,

"그대는 여기에 와보지도 않고, 어떻게 숙향의 일을 그렇게 자세히 아시나이까?"

하니 정렬부인이 말했다.

"어떤 사람이 수놓은 족자를 팔기에 사두었는데, 족자의 제목이 '숙향'이라 하여 숙향의 일을 대강 알게 되었나이다."

승상 부인이 묻기를,

"혹시 그 족자를 가지고 오셨나이까?"

하니 정렬부인이 즉시 시녀에게 명하여 족자를 가져오게 했다. 그 족자에는 사슴이 숙향을 업어다 장승상 댁 동산에 내려놓았던 일, 숙향이 모란 덤불 밑에 앉아 졸고 있는데 승상이 보시고 부인을 불러와 보인 일, 부인이 사랑하여 애지중지 기르던 일, 영춘당에서 잔치할 때 까치가 날아와 울기에 근심하던 일, 사향의 모함으로 숙향이 부인 앞에서 죽으려 했던 일, 숙향이 제 방으로 들어가 울며 피로 글을 쓰던 일, 사향이 구박하여 내쫓던 일, 포진물에 가서 빠졌던 일 등이 차례로 그려져 있었다.

승상 부인이 그 그림을 보니, 그때의 일이 어제인 듯 눈에 선한지라. 자기도 모르게 통곡하며 울거늘, 정렬부인이 말했다.

"예전부터 이 그림을 익히 보아온 탓에 이 집 이름이 영춘당인 것을 알고, 또 까치가 와서 울기에 저도 모르게 우연히 나온 말이옵니다. 그런데 부인께서 너무 슬퍼하시니, 제가 도리어 불안하나이다."

이에 승상 부인이 흐느끼며 아무 말도 못 하다가 한참 후에 말하기를,

"이 족자에 우리 집에서 일어났던 일이 역력히 그려져 있으니, 어찌 속일 말씀이 조금이나마 있으리오"

하고 숙향을 얻어 애지중지 기르던 일, 사향이 숙향을 모함하다 벼락 맞아 죽은 일, 사람을 보내 포진물에 가서 숙향을 찾던 일, 숙향이 죽었다고 통곡하니 승상이 부인을 염려하여 그림을 구해온 일 등을 낱낱이 말했다.

정렬부인이 다 듣고 말하기를,

"비록 친자식이라도 죽은 지 일 년이 넘으면 저절로 잊게 되거늘, 부인께서는 어찌 남의 자식을 잊지 못하고 그토록 오랫동안 슬퍼하시

나이까?"

"이승에서는커녕 저승에 가서도 숙향을 다시 만나보지 못하면, 비록 천만년이 지나도 생전에 그리던 마음을 삭이지 못할 것이외다. 그런데 천만뜻밖에 부인의 족자를 보니 실제 숙향을 본 듯하온지라. 이제 죽더라도 눈을 감을 수 있을 듯하니, 저 족자를 제게 팔고 가소서."

"주인께서 가지고자 하시니 그저 드릴 수도 있사오나, 자사가 저 족자를 사랑하여 값을 후하게 주고 사왔나이다. 아무런 까닭 없이 드리고 가는 것이 이상하오니, 값을 후하게 주시면 팔고 가겠나이다."

"저희 집이 가난하여 값을 후하게 주기는 어렵나이다. 그러나 숙향이 자라면 주려고 황금 만 냥과 노비 삼천 명을 두었는데, 이제는 숙향이 죽었사오니 자식 없는 사람이 누구에게 주오리까? 그것을 드릴 테니 족자를 주고 가소서."

"숙향을 그린 그림이 있다고 하오니, 숙향의 얼굴이 어떠한지 보고 싶나이다."

"제 침실에 걸려 있으니, 함께 가서 보사이다."

정렬부인이 승상 부인을 따라 들어가보니, 자기 얼굴을 그린 그림을 벽에 걸어놓고 그 앞에 비단휘장을 둘렀으며 탁상 위에는 온갖 음식을 실제 먹는 것처럼 벌여놓았더라.

이에 정렬부인이 앞으로 나서며 말하기를,

"부인께서 지금까지 숙향을 생각하시는 것은 저 아이의 용모를 잊지 못하심이니, 첩이 비록 어여쁘지는 않으오나 숙향과 비교하여 어떤지 한번 보소서"

하고 화관을 벗어 아이의 차림새를 한 채 비단휘장을 걷고 들어가 그림 옆에 섰다. 그러자 함께 있던 사람들이 모두 그 모습을 보고 대경실색하며 말했다.

"숙향씨의 그림이 변하여 부인이 되었거나, 아니면 부인이 변하여 그림이 되었도다."

승상 부인도 황홀하여 어찌할 바를 모르고 눈물만 흘리거늘, 정렬부인이 당 아래로 내려와서 두 번 절하고 말하기를,

"부인께서 지금까지 첩을 잊지 못하고 이토록 지극하게 생각하시는 줄 제가 어찌 알았겠나이까?"

하고 자기가 자던 방을 가리키며 말하기를,

"소첩이 바로 숙향이로소이다. 저 창문 앞에 피로 쓴 글씨를 보셨나이까?"

하니 승상 부인이 너무 놀라고 기뻐 기절했다.

이윽고 승상 부인이 깨어나더니 숙향을 끌어안고 구르며 말하기를,

"내 딸아, 나는 네가 죽은 줄만 알았구나. 그런데 네가 이렇듯 귀하게 되어 나를 찾아올 줄 어찌 생각이나 했겠느냐?"

하며 대성통곡했다. 승상도 이 말을 듣고 허겁지겁 달려들어와 숙향을 붙들고 크게 울었다.

정렬부인이 말하기를,

"너무 슬퍼하지 마소서. 제가 두 분을 모시고 낙봉연樂逢宴. 헤어졌던 사람이 다시 만난 것을 축하하기 위해 벌이는 잔치을 하려고 왔사오니, 오늘은 마음껏 즐기며 노소서"

하고 시녀에게 명하여 두 분이 입으실 옷을 한 벌씩 드렸다. 그리고 온갖 진기한 음식을 마련한 뒤 이웃에 사는 부인들을 모두 청하여 사흘 동안 잔치를 벌이니, 이 말을 들은 사람 가운데 칭찬하지 않는 이가 없었다. 모두 일컫기를,

"승상이 자식 없다 하더니 자식 있는 사람보다 더욱 호강하는구나"

하더라.

정렬부인이 승상 댁에서 한 달을 머문 뒤에 하직인사를 올리고 아뢰기를,

"여기서 형주가 멀지 않다고 하오니, 자사가 하인을 보내거든 부디 다녀가시옵소서"

하니 승상 부부가 응낙했다.

정렬부인이 떠나기에 앞서 가져온 보배를 두 분께 듬뿍 드리고 하직하니, 승상 부부가 이별을 매우 슬퍼하더라.

이날 정렬부인이 남군 땅을 떠나 장사 땅에 이르자, 어느 산에 붉고 푸른 새들이 수없이 모여 있었다. 그 새들은 사람이 가도 피하지 않으니, 하인들이 활을 쏘아 잡으려 했다.

부인이 하인들을 말리며 말하기를,

"저 짐승들을 다치게 하지 말라"

하고 장사 고을 관아에 기별하여 백미 열 가마를 가져오게 했다. 하인들이 백미를 가져오자, 부인이 골짜기 입구에 밥을 지어놓고 말하기를,

"너희들이 나를 살려주었으니, 이 밥을 실컷 먹어라"

하니 온갖 날짐승들이 일시에 날아와서 소리치며 그 밥을 쪼아 먹었다. 밥을 다 먹은 새들이 부인을 자주 돌아보며 날아가니 부인이 말하기를,

"이제 나를 구해준 은혜를 다 갚았도다. 그러나 아직 부모님을 만나지 못했으니, 부모님의 은덕은 어느 시절에 갚으리오?"

하고 슬퍼했다.

정렬부인의 행차가 한 곳에 이르니 하인이 여쭈었다.

"이 땅은 계양 고을이로소이다."

부인이 매우 기뻐하며 말하기를,

"할머니께서 돌아가실 때 '계양 태수 김전이 네 부모라' 하셨는데, 이제야 내가 부모님을 만나 뵙게 되었도다"

하고 마음을 졸였다.

이때 계양 태수가 자사 부인의 행차가 온다는 말을 듣고 마중을 나

와 명첩名帖을 드렸다. 부인이 그 성명을 보니,

"계양 태수 유도라"

하는지라. 부인이 놀라 하인에게 묻기를,

"내가 이전에 듣기로는 계양 태수는 김전이라 했는데, 어찌 그 성명이 다르냐? 천하에 계양이란 고을이 여기 말고 또 있느냐?"

하니 하인이 대답하기를,

"얼마 전까지만 해도 이 고을의 태수는 김전이었나이다. 그런데 새로 오신 자사께서 백성을 잘 다스렸다 하여 김전의 벼슬을 높여 양양 태수로 보내시니, 유도는 그때 이 고을에 왔나이다"

했다. 부인이 매우 서운해하며 묻기를,

"여기서 양양은 얼마나 되느냐?"

하니 하인이 대답했다.

"삼백 리쯤 되나이다."

부인이 다시 하인들에게 분부하기를,

"형주 가는 길에 양양을 지나가거라"

하니 하인이 또 여쭈었다.

"그것은 가장 멀리 돌아가는 길이나이다."

부인은 돌아서라도 가고 싶었으나, 자사 부인의 행차가 직로로 가지 않으면 하인들과 고을에 폐가 될 뿐만 아니라, 남의 시비를 면하지 못할까 싶어 난처해하더라.

옥가락지와 비단주머니

　각설이라. 이때 김전이 이위공의 며느리를 죽이지 못한 탓에 벌을
받아 계양 태수로 좌천되었는데, 이선이 자사로 내려와 각 관아를 순
행하면서 군수와 현령들의 능력을 보고 벼슬을 높이거나 파직시켰다.
계양 태수인 김전은 정사를 잘하여 백성들의 칭송이 자자했다. 이에
자사가 김전의 벼슬을 높여 양양 태수로 보내시니, 양양은 형주에 버
금가는 고을이었다.

　하루는 김전이 형주 자사를 뵙고 돌아오다가 반하물가에 이르렀는
데, 어떤 노인이 바위 위에 걸터앉아 있었다. 그 노인이 김전의 행차가
지나가는데도 전혀 움직이지 않으니, 하인들이 그 노인을 잡아오려 했
다. 김전은 그 노인이 보통 사람이 아닌 줄 알고 하인들을 꾸짖어 물리
친 후, 말에서 내려 노인에게 다가가 절을 했다. 그러나 노인이 본 척
도 하지 않고 더욱 교만히 굴거늘, 김전이 수상히 여겨 생각하기를,

　'내가 철갑을 두른 기마병 삼천 명을 거느리고 가는지라. 보통 사람
이라면 틀림없이 두려워할 터인데 더욱 교만히 구니, 진실로 신기한

사람이로다'

하고 다시 공손하게 절을 했다. 그러나 그 노인은 답례는커녕 한 발을 다리 위에 얹고 한 팔을 베고 누우며 말하기를,

"가는 길이나 가거라. 내가 언제 네게 절을 받자고 하더냐?"

했다. 김전이 대답하기를,

"지나가다가 노인장의 나이를 생각해서 인사를 올리는 것이나이다"

하니 그 노인이 말하기를,

"나이 많은 사람을 공경하고 위할 생각이라면 절이나 하고 가거라. 네가 '사위 덕에 벼슬했노라' 하고, 오라는 말도 하지 않았는데 감히 당돌하게 와서 말을 거니, 이는 어른을 무시하는 처사가 아니겠는가?"

했다. 김전이 화가 나서 말하기를,

"내가 나이 많은 노인을 공경하여 절을 올리거늘, 기뻐하기는커녕 도리어 사위 덕에 벼슬했다며 욕을 하느냐? 나는 본래 자식 없는 사람인데, 어떻게 사위가 있겠느냐?"

하니 노인 또한 화를 내며 말했다.

"네가 자식이 없다면 숙향은 어디에서 나왔느냐? 하늘에서 떨어지고 땅에서 솟았느냐? 아니면 돌구멍에서 삐져나오고 털 돋친 짐승이 낳았느냐? 네가 모르는 숙향을 누가 낳았단 말이냐?"

김전이 이 말을 듣고 크게 놀라 다시 두 번 절하고 땅에 엎드려 애걸하며 말하기를,

"보잘것없는 인생이 눈이 있어도 망울이 없어 실례를 범했나이다. 제 잘못을 용서해주소서"

하니 비로소 노인의 표정이 부드러워졌다.

김전이 다시 무릎을 꿇고 말하기를,

"제가 전생에 죄를 많이 지어 자식이 없다가 늦게야 딸자식을 하나 낳아 이름은 숙향이라 하고 자는 월궁선이라 하였나이다. 그런데 다섯

살 때 난리가 일어나 반야산 바위틈에 두었다가 끝내 찾지 못해 죽은 줄로 알고 있나이다. 바라옵건대 노인께서 숙향의 거처를 아시거든 밝게 가르쳐주시길 바라나이다"

하니 노인이 말하기를,

"숙향의 이야기는 얼핏 들어 알고 있지만, 배가 고파 말하기가 힘들도다"

했다. 김전이 즉시 하인에게 명하여 주막에 가서 술과 음식을 갖추어오라 하니, 그 노인이 또 화를 내며 말했다.

"하인이 가져온 음식을 먹으면 하인의 정성이니, 하인의 딸이 간 곳을 말하리라."

이에 김전이 어쩔 수 없이 몸소 주막에 가서 타고 간 말을 주고 삶은 돼지 한 마리와 좋은 술 백 대야를 가져다드리니, 노인이 조금도 사양하지 않고 다 먹었다.

그 노인이 얼큰하게 취한 후에 말하기를,

"내가 술에 취해 말을 못 하겠으니, 네가 숙향이 간 곳을 알고 싶거든 데려온 하인들을 다 보내고 내가 술이 깰 때까지 기다리거라"

하고 즉시 눈을 감더니, 잠이 깊이 들었는지 우레같이 코를 골았다.

김전은 어쩔 수 없이 거느리고 온 모든 하인과 군졸들을 주점에 가서 기다리게 하고, 혼자 팔짱을 끼고 그 자리에 공손히 서 있었다. 그런데 갑자기 날이 어두워지면서 큰 소낙비가 퍼붓듯이 오더니 물이 어깨까지 차올랐다. 그래도 김전이 조금도 움직이지 않고 서 있으니, 얼마 후에 비가 그쳤다. 그러나 또다시 찬바람이 불면서 눈이 담아 붓듯이 내려 또 어깨까지 차올랐다. 김전이 추워서 정신을 차릴 수 없었지만 꼼짝 않고 서 있으니, 그제야 노인이 잠에서 깨어 일어나 앉으며 말했다.

"내가 그대 하는 거동을 보려고 그렇게 곤욕을 겪게 했는데, 과연 정성이 지극하도다."

노인이 소매 안에서 붉은 부채를 꺼내 두어 번 부치니, 한 길이나 쌓인 눈이 순식간에 사라지고 다시 여름이 되었다.

김전이 그 노인이 보통 사람이 아닌 것을 확실히 알고 더욱 공경하여 말하기를,

"이제 숙향이 간 곳을 가르쳐주소서"

하니 노인이 대답했다.

"숙향이 다닌 곳을 다 일러주면 네가 잘 찾아갈 수 있겠느냐?"

김전이 절하며 말했다.

"알려만 주시면 어디든지 찾아가겠나이다."

"네가 반야산 바위틈에 두고 가니, 도적들이 데려갔느니라."

"그러하오면 오랑캐 땅에 살고 있나이까?"

"도적이 데려다가 유곡역 마을에 두고 가니, 봉황이 인도하여 명사계 후토부인의 궁으로 갔는데, 거기 가서 찾아보겠느냐?"

"그러면 죽었나이까?"

"후토부인이 흰 사슴에 태워 남군 땅 장승상 댁 동산에 두었는데, 그 집에 자식이 없어 수양딸로 삼아 기른다 하니, 거기 가서 찾아보아라."

"틀림없이 거기 있으면 지금 바로 찾아가리이다."

"그뒤에 사향이란 종년이 모함하여 내쫓으니, 갈 곳이 없어 포진물에 빠져 용궁에 갔다 하니, 거기 가서 찾아보아라."

"육지라면 시신이라도 찾아보겠지만 물속을 어떻게 찾아가오리까?"

"은하수에서 연꽃 따는 아이들이 연엽주에 태워다 북쪽으로 가는 길에 내려주었는데, 길을 잘못 들어 갈대밭에 가서 자다가 화재를 만나 불에 타 죽었다고 하더라. 거기에 가면 해골 탄 재라도 있을 것이니, 거기 가서 찾아보아라."

"틀림없이 거기서 죽었다면 재인들 어떻게 얻을 수 있으리이까?"

"거기서 화재를 만나 거의 죽게 되었는데, 화덕진군이 구해 마고할미에게 데려갔다 하니, 인간 세상에서 부지런히 찾아보면 만나지 않겠느냐?"

"인간 세상이 아주 넓은데 어디 가 찾아보오리까?"

이에 노인이 정색하며 말했다.

"네가 숙향을 꼭 찾으려는 것은 무엇 때문이냐?"

김전이 말하기를,

"제가 늦게야 딸자식을 하나 얻었는데, 사랑하는 마음이 부족하여 잃었사옵니다. 생각하면 천지가 망극하여 눈물로 세월을 보내옵더니, 오늘 하늘이 도우셔서 성인을 만나게 되었나이다. 천만 번 빌건대 숙향을 찾을 수 있게 도와주소서"

하니 노인이 화를 내며 말했다.

"네가 숙향을 그토록 애타게 찾으려 하면서 무슨 까닭으로 반야산에 버리고 갔으며, 낙양 옥중에 갇혔을 때는 만나보기는커녕 도리어 남의 말을 듣고 기어이 숙향을 죽이려 했느냐? 그래 놓고 이제 와서 어찌하여 늙은이에게 어린 자식이 보채듯 치근대며 찾아내라 하느냐?"

김전이 또 절을 하며 말하기를,

"반야산에서는 난리 중에 우리 부부가 다 죽게 되었기에 어쩔 수 없이 버리고 간 것이며, 낙양 옥중에서는 그 아이의 이름과 나이는 같았으나 내 자식이 분명한지 알지 못해 찾아보지 못했나이다. 그러나 사정이 어찌 되었건 제가 어질지 못해 일어난 일이오니, 제발 이제라도 분명히 가르쳐주소서. 그러면 제가 노인의 자식이 되어서라도 은혜를 갚겠나이다"

하며 애걸하니, 노인이 웃으면서 말했다.

"네가 잘못한 것이 아니라 하늘에서 이미 정하신 일이니라. 나는 이

물을 지키는 용왕인데, 옛날에 내 자식이 거북이가 되어 반하물에 갔다가 어부의 그물에 걸려 죽게 된 일이 있었도다. 그때 그대가 구해 내 자식이 살아났기에 나도 은혜를 갚으려고 여기에 온 것인데, 만일 그대의 정성이 지극하지 않았다면 가르쳐주지 않으려고 했느니라. 그대는 내 말을 자세히 들어보라. 숙향이 그사이에 다섯 번 죽을 액을 겪고 이제야 귀하게 되었으니, 조만간 숙향을 만나게 되리로다. 그러나 그대가 숙향이 고생한 일을 모르기 때문에 비록 숙향을 만나도 그대 자식인 줄 모르리라. 숙향을 만나거든 좀 전에 내가 한 말을 다 물어보아서 내 말과 같으면 그대 자식인 줄 알라."

이에 김전이 사례하여 말하기를,

"비록 숙향을 만나더라도 헤어진 지 오래되어 서로 알아보지 못할 텐데, 용왕님께서 알려주셔서 매우 감사하나이다. 감히 또 묻사온데, 지금 숙향이 자사 부인이 되었나이까? 분명히 말씀해주시옵소서"

하니 노인이 말하기를,

"그대가 자연 알 때가 있을 것이니, 다시 보자꾸나"

하고 문득 간곳없었다.

김전이 데리고 갔던 사람들과 함께 본관으로 돌아와 부인에게 용왕의 말을 자세히 이르니, 부인이 하느님께 빌며 말하기를,

"숙향을 다시 만나게 된다면 지금 죽은들 무슨 한이 있사오리이까? 다만 숙향이 자사 부인이 되어 온다고 한들 어찌 감히 내 자식이라 하리오?"

하며 슬픈 마음을 이기지 못하더라.

각설이라. 이때 정렬부인이 양양으로 가려고 했으나 상황이 불편하여 민망히 여겼는데, 밤에 달은 밝고 잠은 오지 않는지라. 창가에 기대어 길게 탄식하며 말했다.

"내 부모님도 저 달을 보고 계시리라. 그러나 우리 부모님은 내가

저 달을 보고 슬퍼하는 것을 어떻게 알리오?"

슬픈 마음을 금하지 못해 눈물을 흘리며 배회하고 있는데, 문득 한 선녀가 구름 속에서 내려와 말하기를,

"그동안 부인은 별고 없으셨나이까?"

했다. 정렬부인이 급히 일어나 답례하고 묻기를,

"날이 어두워 그대가 누구인지 잘 모르겠나이다"

하니 그 선녀가 말하기를,

"부인이 그사이에 나를 잊었도다. 나는 바로 천태산 마고할미로소이다. 여동빈, 적송자赤松子. 신농(神農) 때 비를 다스렸다는 신선의 이름, 이적선 등과 기약이 있어 가는 길에 부인을 잊지 못해 한 말씀 드리려 찾아왔나이다. 부인이 부모님을 보시려거든 바로 형초로 가소서. 조만간 부모님을 만나게 될 것이옵니다"

하고 문득 간곳없더라.

이에 부인이 눈물을 흘리며 말하기를,

"할머니께서 나를 잊지 않으시고 길을 가르쳐주셨으니, 어떤 시비가 일어날지라도 형초로 가서 부모님을 찾으리라"

하고 다음날 하인에게 양양으로 인도하라고 분부했다. 정렬부인은 지나는 고을마다 사또 부인들을 청해 이러저러한 말씀을 나누었는데, 어느덧 양양 땅에 이르게 되었다.

이때 자사 부인이 양양 땅에 왔다는 소식을 들은 김전이 부인에게 말하기를,

"자사 부인이 서울에서 형주로 가려면 처음에 양양으로 와야 빠를 터인데, 남군을 지나 계양으로 돌아서 가시니 이상하오이다. 예전에 반하 용왕이 말하기를 '숙향이 자사 부인이 되어 오리라' 했는데, 아무래도 숙향이 우리를 보러 오는 것이 아닌가 하오이다"

했다. 장부인이 탄식하며 말하기를,

"간밤에 꿈이 하도 수상하여 혹 반가운 일이 있을까 했는데, 저도 그 부인의 근본을 알아보겠나이다"

하고 먼저 사람을 보내 탐지하니, 자사 부인이 남군 땅 장승상의 딸이라고 하는지라. 김전 부부가 매우 서운해하더라.

이때 자사 부인이 도착했다며 온 고을이 요란하거늘, 장부인도 자사 부인의 행차를 구경하기 위해 큰길로 나가 자리를 잡았다. 잠시 후에 수놓은 갑옷을 입은 군사 만 명이 앞뒤에서 옹위하고, 녹의홍상綠衣紅裳, 연두저고리와 다홍치마에 칠보단장을 한 시녀 수백 명이 좌우에서 시위한 가운데 정렬부인이 금빛 찬란한 가마를 타고 천천히 들어오는데, 기이한 향내가 코를 찌르고 온갖 풍악 소리가 진동했다.

장부인이 그 광경을 보고 울며 말하기를,

"어떤 사람의 자식이 저렇듯 귀하게 되었는가? 우리 숙향이도 살아 있다면 저 부인같이 되었겠는가?"

하고 못내 슬퍼하더라.

이때 정렬부인이 객사로 들어가면서 하녀를 통해 양양 태수 부인에게 말씀을 전하기를,

"전에 뵈온 일은 없사오나, 달밤에 심심하오니 말씀이나 나누사이다. 같은 부인으로서 거리낄 것이 없을까 하나이다"

하니 장부인이 매우 감격하며 회답했다.

"마땅히 제가 먼저 문안인사라도 드리고자 했으나, 차마 황송하여 감히 뵙지 못했나이다. 그런데 자사 부인께서 이렇듯 먼저 물으시니 매우 감사하나이다."

장부인이 객사로 나아가니, 칠보단장을 한 정렬부인이 화관을 쓰고 황금으로 만든 의자에 앉아 있다가 급히 일어나 절한 후 동쪽 의자에 앉기를 청했다.

장부인이 극구 사양하며 말하기를,

"작은 고을 수령의 아내가 어떻게 감히 자사 부인과 마주 앉을 수 있겠나이까?"

했다. 정렬부인이 말하기를,

"주인과 손님 사이에 벼슬을 따지는 것은 사리에 맞지 않고, 또한 부인의 연세가 저보다 많지 않나이까?"

하니 장부인이 더이상 사양하지 못하고 동쪽 의자에 올라가 앉으며 물었다.

"부인의 연세가 얼마나 하시나이까?"

정렬부인이 대답하기를,

"스무 살이로소이다"

하니 장부인이 눈물을 흘리며 탄식했다.

정렬부인이 궁금해서 묻기를,

"어찌 그토록 슬퍼하시나이까?"

하니 장부인이 말하기를,

"제가 오직 딸 하나를 두었는데, 다섯 살 때 난리 중에 잃고 지금까지 생사를 모르나이다. 그런데 부인의 연세가 제 자식과 동갑이기에 잃어버린 딸이 생각나서 슬퍼하나이다"

했다. 정렬부인이 말하기를,

"저는 어려서 부모를 잃었는데, 우리 부모님도 저를 생각하고 부인처럼 슬퍼하시리이까?"

하고 눈물을 흘렸다.

이에 장부인이 묻기를,

"감히 묻나이다. 부인은 몇 살에 어디에서 무슨 일로 부모를 잃었으며, 누구의 집에서 성장하여 이렇듯 귀하게 되었나이까?"

하니 정렬부인이 대답했다.

"다섯 살에 부모를 잃고 길거리를 방황하다가 한 사슴이 업어다 남군 땅 장승상 댁 동산에 두고 갔는데, 마침 그 댁에 자식이 없어 저를 수양딸로 길렀나이다."

장부인은 자사 부인이 장승상 댁에서 자랐다는 말이 반하 용왕의 말과 일치하여 반가웠으나, 고생했다는 말을 하지 않는지라. 바로 내 딸이라는 말을 하지 못하고, 잔을 두 손으로 공손히 받들어 부인께 드렸다. 정렬부인 또한 자리에서 일어나 두 손으로 잔을 받는데, 장부인이 얼핏 보니 부인의 손에 옥가락지 한 짝이 끼워져 있었다. 그것은 분명 숙향과 이별할 때 자기가 채워준 것인지라. 장부인이 놀라 묻기를,

"부인께서 끼신 옥가락지가 본래 한 짝이었나이까?"

하니 정렬부인이 대답했다.

"부모님께서 첩을 반야산 바위틈에 두고 가실 때 제 옷고름에 채워주고 간 것입니다. 비록 한 짝이지만 부모님을 뵈온 듯이 항상 손에 끼고 있나이다."

장부인이 그제야 자사 부인이 숙향인 줄을 알고 즉시 시녀에게 명하여 자기의 화장그릇을 가져오라 했다.

하인이 간 사이에 장부인이 흐느껴 울면서 말하기를,

"태수가 어렸을 때 술과 음식을 준비해서 벗을 찾아가다가 반하물가에 이르렀는데, 어부들이 거북이를 잡아 구워 먹으려 했나이다. 그 거북이 불쌍하여 가지고 간 술과 음식을 거북과 바꾸어 물에 넣어주고 왔는데, 그후에 백운교를 건너다가 다리가 무너져 물에 빠져 죽게 된 것을 그 거북이 와서 구해주고 진주 한 쌍을 주고 갔나이다. 그 진주 속에 글자가 새겨져 있었으니, 하나는 목숨 수壽 자요 다른 하나는 복 복福 자이옵니다. 태수가 결혼할 때 그 진주를 제게 예물로 보내니, 우리 부모님이 신기하게 여겨 장인匠人을 불러 옥가락지 한 쌍을 만들어 주시기에 끼고 다녔나이다. 제가 늦게야 딸을 낳았는데, 잉태할 때 하늘에서 달이 앞에 떨어지고 해산할 때 향내가 진동하여, 태수가 이름

을 숙향이라 하고 자를 월궁선이라 했나이다. 숙향이 다섯 살 때 난리가 일어나 반야산으로 피란을 갔으나, 도적이 급하게 쫓아오기에 부득이 숙향을 반야산 바위틈에 숨기고 옥가락지 한 짝과 생월일시를 적어 숙향의 옷고름에 채우고 달아났는데, 그후 아직까지 숙향의 생사를 모르고 있나이다. 그런데 뜻밖에도 지금 부인께서 끼고 계신 옥가락지가 바로 내 자식 숙향에게 준 것이니, 제가 어찌 슬프지 아니하리이까?"
하고 하인이 가져온 화장그릇에서 옥가락지 한 짝을 꺼내드렸다.

정렬부인이 한참 동안 그 옥가락지를 본 후에 의자에서 내려와 앙천통곡 仰天痛哭. 하늘을 우러러 소리 높여 욺 하며 말하기를,

"엄마야, 엄마야! 내가 바로 그 숙향이로소이다"
하고 비단주머니에서 이름과 생월일시를 적은 것을 꺼내드리니, 바로 김전이 쓴 글씨인지라. 장부인이 숙향을 끌어안고 통곡하니, 좌우에 있던 삼천 명의 시녀와 수만 명의 병사들, 인근에 있던 모든 사람들이 기이하게 여기며 칭찬하지 않는 이가 없더라.

이때 김전은 바깥 막사에서 정렬부인의 행차에 필요한 물품 등을 점검하면서 혹 무슨 분부가 있을까 하여 대기하고 있었는데, 천만뜻밖에 정렬부인이 딸 숙향이라는 말을 들었는지라. 미친 듯 취한 듯 마음을 진정하지 못해 안으로 달려들어가 숙향을 끌어안고 대성통곡하며 말하기를,

"낙양 옥중에 갇혔을 때 네가 숙향인 줄 깨닫지 못한 것은 내가 현명하지 못한 것이요, 네가 이렇게 귀하게 되어 오늘 만나게 된 것은 너의 지극한 효성을 하늘이 알아주신 것이로다"
하며 기쁨을 금치 못하더라.

이날 정렬부인이 자사에게 부모님 만난 사연을 자세히 기별하니, 자사가 듣고 크게 기뻐하며 위의를 거룩하게 차리고 양양으로 왔다. 김전 부부에게 사위의 예를 올리고, 형초에 속한 관원 부인들과 인근 부

인들을 모두 초청하여 낙봉연을 베푸니, 이 이야기를 들은 사람 가운데 칭찬하지 않는 이가 없더라.

이때 양릉 땅에 사는 양회라는 사람은 벼슬이 간의태부였는데, 휴가를 내서 집에 왔다가 이 이야기를 들은지라. 기특하게 생각하여 서울에 올라가 황제께 아뢰니, 황제께서 위공을 불러 어떻게 된 일인지 물으셨다. 위공이 자초지종을 자세히 아뢰니, 황제께서 칭찬하며 말씀하시기를,

"이선이 형주 자사가 된 후로 도적이 교화되어 양민이 되었으니, 반드시 천하를 다스릴 재주를 지닌 것이라. 형주와 같은 지방에 두어서는 아니 되리라"

하시고 특지特旨, 임금의 특별한 명령를 내려 이선을 예부상서에, 김전을 형주 자사에 제수하셨다.

이선이 조서를 보고 김전에게 아뢰기를,

"황제께서 부르시기에 먼저 가옵니다. 제가 가서 대인大人, 남의 아버지를 높여 부르는 말을 하루빨리 서울로 오시게 할 것이니, 그간 평안히 계시옵소서"

하니 장부인이 숙향과 이별하게 된 것을 못내 아쉬워하고 정렬부인 또한 슬퍼하며 가지 않으려 하는지라. 김전이 위로하며 말하기를,

"우리가 이렇듯 영화를 누리게 된 것은 모두 너희들 덕이니, 서울에 가거든 우리도 빨리 서울로 올라갈 수 있도록 애써다오"

하고 또한 슬퍼했다.

정렬부인 역시 울면서 말하기를,

"아무리 벼슬이 귀하다 할지라도 부모님을 모시고 함께 사는 것만 못하나이다"

하고 가장 슬퍼하면서 하직하고 떠났다.

이때 이선이 서울에 올라가 황제를 찾아뵙기 전에 상소를 올려 아뢰

기를,

"신의 벼슬이 아비와 같으니, 벼슬을 내려주시옵소서"

하니 황제께서 조서를 내리시기를,

"위공이 나라에 세운 공이 아주 크니 위공은 위왕魏王에 봉하고, 이선은 병부상서 겸 초공楚公에 봉하노라"

하셨다. 위공 부자가 여러 번 상소하여 사양했으나, 황제께서 끝내 허락하지 않으셨다. 위공 부자가 마지못해 궁궐로 들어가 은혜에 감사드리니, 황제께서 두 부자를 인견引見. 윗사람이 아랫사람을 불러들여 봄하시고 숙향을 만나게 된 사연을 물으셨다. 초공이 자초지종을 다 아뢰니 황제께서 칭찬하며 말씀하셨다.

"이것은 모두 경의 공이로다. 짐 또한 경의 충성을 아노니, 힘써 나를 도우라."

초공이 사례하고 땅에 엎드려 아뢰기를,

"김전의 재주를 보니, 자사로 두기에는 아깝더이다"

하니 황제께서 말씀하시기를,

"짐이 경의 공을 생각하여 큰 은혜를 베풀리라"

하시고 장송의 죄를 용서하여 승상의 지위를 회복시키고 김전을 예부상서에 제수하시니, 초공이 은혜에 감사드리고 물러나왔다.

장송과 김전이 조서를 보고 서울로 올라와 황제께 감사드리며 인사를 올리니, 황제께서 말씀하시기를,

"경들이 이렇게 된 것은 모두 정렬부인 김씨의 덕이라. 초공과 함께 짐을 도우라"

하시니 두 사람이 은혜에 감사드리고 집으로 돌아왔다.

이때 초공은 황제께 보고한 후 여러 왕들과 조정의 신하들을 초청하여 낙봉연을 베풀었다. 이날 위왕이 잔을 들어 장승상과 김상서를 비롯해 모든 부인들에게 사례하니, 장승상 부인은 사향 때문에 숙향이

악명을 입게 된 일을 말하시고, 김전 부부는 숙향을 잃고 찾지 못한 일을 말하셨으며, 정렬부인은 그동안 여러 곳에서 고생하던 일을 이야기하니, 모두 눈물을 흘렸다.

이후에 초공이 위왕의 궁전과 장승상 댁, 김상서 댁과 여부인의 집을 한곳에 지어 네 집 부모님을 함께 모셨다.

양왕이 다시 청혼해오다

양왕은 황제의 셋째 아우라. 딸 하나를 두었는데, 그 인물과 재주가 빼어나고 글을 잘하여 보는 사람마다 여중군자女中君子. 정숙하고 덕이 높은 여자라 했다. 이 아기를 수태할 때 양왕의 꿈에 한 노인이 나타나 말했다.

"봉래산 설중매가 그대의 집에 떨어지리니, 오얏나무에 접하면 가지가 번성하리라."

과연 그달부터 태기가 있어 열 달 만에 고운 여자아이가 태어나니, 그 아이의 얼굴이 일월日月 같고 소리가 낭랑하여 이름을 매향이라 하고, 자는 설중매라 했더라.

아이가 점점 자라 결혼할 때가 되자, 양왕이 널리 사위를 구하였다. 하루는 이선이 어질다는 말을 듣고 친히 위공에게 구혼하니, 위공이 굳게 약속하며 허혼했다. 그런데 이선이 다른 여자에게 장가들었다는 말을 듣고 양왕이 크게 화가 나서 다른 곳에 구혼하려고 하니, 매향이 울면서 말했다.

"소녀가 듣사오니, 어진 신하는 두 임금을 섬기지 않고 지조 있는 여자는 두 지아비를 섬기지 않는다고 했나이다. 만일 부왕^{父王}께서 다른 곳에 구혼하시면, 저는 차라리 죽을지언정 다른 가문에 시집가지는 않겠나이다."

이에 양왕이 말하기를,

"위왕이 이선을 먼저 내게 허락하여 정혼했는데, 이선이 사나워 제 아비 몰래 아내를 얻었다더라. 그런데 너는 어찌하여 고집을 부려 이선만 바라보고 늙으려 하느냐?"

하니 매향이 아뢰었다.

"부모님께서 후사를 맡기고자 하시면 조카가 여럿 있사오니, 그 가운데 마땅한 사람을 골라 양자를 삼으소서. 그러시면 소녀가 혼자서라도 끝내 부모님을 모시려니와, 굳이 소녀의 뜻을 저버리고 다른 곳에 보내려 하시면 인간 세상에 있지 않으리이다."

양왕이 이러지도 저러지도 못하고 걱정만 하고 있는데, 왕비가 말했다.

"매향의 마음이 이미 철석같이 굳으니, 부모라도 그 마음을 바꾸기는 어려울 듯하나이다. 이제 이선이 초공이 되었으니, 두 부인을 두어도 충분할 것이옵니다. 왕께서 위왕을 청해 혼사를 다시 정하는 것이 마땅할까 하나이다."

양왕이 말하기를,

"왕의 딸이 상서의 둘째 부인이 된다는 것은 부끄러운 일이니, 어떻게 그렇게 할 수 있겠소?"

하니 매향이 곁에 있다가 아뢰었다.

"소녀가 만약 다른 가문에 시집가게 되면, 그것은 남에게만 부끄러운 것이 아니라 소녀의 마음이 먼저 부끄러울 것이옵니다. 이선의 첩이 아니라 차라리 그 집의 종이 되어도 부끄럽지 않을 것인데, 어찌 그의 둘째 부인이 되는 것을 한탄하겠나이까?"

"네 뜻이 그러하다면 낸들 어찌하겠느냐? 아무튼 위왕에게 또 청혼해보자."

양왕이 다음날 조회에 들어가 황제 앞에서 위왕에게 말하기를,

"예전에 이선을 저에게 허락하셔놓고, 어찌 다른 곳과 혼인하셨나이까?"

하니 위왕이 부끄러워하며 대답했다.

"제가 약속을 어긴 것이 아니옵니다. 당시 황제께서 저를 부르시기에 서울에 올라왔는데, 그사이에 맏누이가 저도 모르게 혼사를 주관했나이다. 제 맏누이는 본래 자식이 없어서 선을 수양아들로 기르셨으니, 제 잘못이 아니로소이다."

황제께서 듣고 말씀하시기를,

"이선이 정렬부인을 얻은 것은 하늘의 뜻이니 서로 다투지 말라. 어찌 이선 외에도 어진 사람을 구하지 못하겠느냐?"

하시니 양왕이 아뢰었다.

"일이 순탄하게 흘러가면 구태여 다투지 않을 것이옵니다. 그러나 신의 자식이 고집을 부려, '이미 이선과 정혼한 사이이니 죽어도 다른 곳으로는 시집가지 않겠다' 하니, 이 때문에 민망하나이다."

이에 황제께서 말씀하시기를,

"이선이 어진 까닭에 사람마다 절개를 지키는 것이로다. 이제 이선의 벼슬이 초공이 되었으니, 두 부인을 두어도 충분하리라. 위왕은 이 자리에서 혼사를 결단하기 바라노라"

하시거늘 위왕이 두 번 절하고 말하기를,

"폐하께서 직접 이선을 불러 전교傳敎. 임금이 명을 내림하소서"

하니 황제께서 즉시 관리를 보내 초공을 불러들였다.

초공이 황제의 부름을 받고 생각하기를,

'황제께서 오늘 조회에 나를 부르실 일이 없는데, 무슨 일이신가?

양왕이 구혼했다더니, 틀림없이 어전에서 양왕과의 혼사를 정하시려는 것인가 싶도다. 아예 가지 않는 것이 더 나으리라'
하고 병을 핑계 삼아 가지 않으려 했다.

정렬부인이 이 사실을 알고 초공에게 말했다.

"황제께서 부르시는데 병을 핑계 대고 가지 않으시니, 무슨 까닭이나이까?"

"오늘 어전에서 양왕과의 혼사를 정하시려는가 싶어 가지 않는 것이외다."

이에 부인이 정색을 하고 말했다.

"상서께서 어명을 받으셨으면 불 속일지라도 사양해서는 안 되거늘, 하물며 부인을 두게 하려고 어명으로 부르시는데 병을 핑계 대고 가지 않으시니, 이는 신하의 도리가 아니로소이다."

"옳지 않은 것은 저도 아나이다. 그러나 어전에서 혼인을 정하면 마지못해 두 부인을 두게 될 것이오. 이것은 부인도 싫어하실 일일 뿐만 아니라 집안의 평안을 해치는 일이기도 하오. 내가 그대를 위해 저를 소홀히 대하면, 저는 양왕의 딸이요 황제께서 정해주신 배필이니, 틀림없이 세력을 믿고 집안을 어지럽힐 것이오. 그러니 처음부터 아예 거절하는 것이 더 나을 것이외다."

"그렇지 않사옵니다. 양왕이 당초에 구혼한 것은 상서께서 선비이던 시절이었으며, 그때 아버님께서 허락하신 일이옵니다. 그러니 양왕이 어찌 상서의 부귀를 보고 구혼한 것이겠나이까? 첩은 상서께서 부모님 몰래 취했음에도 불구하고 상서를 모시고 많은 영화를 누렸으며, 부모님과 장승상 댁의 은혜도 갚았나이다. 첩은 더이상 바랄 것이 없사오니, 상서께서 정부인을 얻으시고 첩을 버리셔도 원망하지 않겠나이다. 그러니 조금도 염려하지 마소서. 또 그 사람이 세력을 믿고 교만하게 굴지라도 첩이 인의仁義로써 대접한다면, 상서께 무슨 어려운 일이 있겠나이까?"

　이에 상서가 말하기를,

　"나는 이미 마음을 정했으니, 부인은 더이상 관여하지 마소서"
하고 끝내 가지 않았다.

　황제께서 초공이 아프다는 말을 듣고 어의御醫, 궁중에서 임금이나 왕족의 병을
치료하던 의원를 보내시니, 상서가 병든 체하고 누워 있었다. 어의가 진맥
한 후 돌아가 황제께 아뢰기를,

　"초공이 병들었으나, 중병은 아니옵나이다"
하니 황제께서는 아무런 말씀을 하지 않으시는데, 양왕은 크게 화를 내
더라.

선약을 구해오면 천하를 나눠주리라

각설이라. 하루는 황태후께서 유방염을 앓으셨는데, 그 증상이 두루 퍼져 귀와 눈이 멀고 말마저 못 하게 되었는지라. 온 나라의 명의를 불러모아 병을 치료하게 했으나, 조금도 효험을 보지 못해 황제와 조정의 신하들이 모두 크게 근심했다.

그러던 어느 날, 한 도사가 황제를 찾아뵙고 아뢰었다.

"황태후마마의 병은 화타華陀. 중국 후한(後漢) 말기에서 위나라 초기의 명의와 편작扁鵲, 중국 전국시대의 명의이 오더라도 고치기 어렵나이다. 오로지 봉래산에 가서 개언초開言草. 먹으면 막혔던 말문이 열린다는 전설상의 풀를 구해와 드셔야만 말을 하고, 천태산에 가서 벽이용闢耳茸. 귀에 넣으면 막혔던 귀가 뚫려 잘 들린다는 전설상의 버섯을 얻어 귀에 넣어야만 말을 알아듣고, 서해 용왕에게 가서 계안주啓眼珠. 먼눈을 뜨게 한다는 전설상의 구슬를 얻어 눈에 쓰셔야만 만물을 보실 수 있을 것이옵니다. 그러니 어진 신하를 보내 약을 구해오게 하소서."

이 말을 들은 황제께서 조정의 모든 신하들을 불러 약을 구하러 갈 만한 사람을 의논하시니, 양왕이 먼저 아뢰었다.

"조정에 이선만한 신하가 없사오니, 이선을 보내 약을 구해오라 하옵소서."

이에 조정의 문무백관들이 모두 양왕의 말이 옳다고 아뢰니, 황제께서 이선에게 전교하셨다.

"짐이 본래 경의 충성을 아노라. 이제 황태후마마의 환후가 위태하여 백약이 무효한지라. 경이 봉래산의 개언초와 천태산의 벽이용 그리고 서해 용궁의 계안주를 지성으로 얻어오면, 짐이 천하를 반으로 나눠주리라."

상서가 두 번 절하고 아뢰기를,

"이미 나라에 몸을 허락한 신하가 어찌 죽음을 사양하오리까? 죽을 힘을 다해 구해오겠나이다. 그러나 봉래산은 하늘의 동남쪽에 있다 하옵고, 천태산은 하늘의 서남쪽에 있다 하오며, 서해 용궁은 물속이오니, 세 곳을 모두 다녀오노라면 일 년도 모자랄 듯하나이다."

하고 집으로 돌아와 즉시 부모님과 여부인, 김상서와 장승상께 각각 하직인사를 올리니, 온 집안이 초상난 듯하더라.

또한 상서가 정렬부인에게 하직하며 말하기를,

"나는 이미 나라에 몸을 허락한 사람이기에 나라를 위해 죽으러 가나이다. 그대는 나 때문에 속절없이 슬퍼하지 마시고, 각 댁의 부모님들을 나를 본 듯이 잘 섬기소서."

하니 부인이 탄식하며 말했다.

"대장부가 되어 이미 몸을 나라에 허락하고 나라의 명으로 가시는데, 어찌 그토록 슬퍼하나이까? 부모님들은 첩이 잘 모실 터이니, 염려하지 마시고 평안히 다녀오소서."

이에 상서가 말하기를,

"이번 길은 무사히 다녀오기 어려울 듯하나이다. 저 창밖의 동백나무 잎이 시들거든 내가 병든 줄 알고, 잎이 누렇게 변하거든 내가 죽은

줄로 알며, 나뭇가지가 모두 북쪽을 향하거든 내가 무사히 돌아올 줄
로 아소서"
하니 부인이 말하기를,
　"첩도 상서께 표를 하나 드리겠나이다"
하고 옥가락지 한 짝을 벗어주며 말했다.
　"이 진주가 누렇게 변하거든 첩이 병든 줄로 아시고, 빛이 검게 변하
거든 죽은 줄로 아소서."
　또 편지 한 통을 주며 말하기를,
　"이화정에 있던 할머니가 본래 천태산에서 약을 캐는 마고선녀이시
니, 만나시거든 이 서간을 전해주소서"
하며 상서가 보는 앞에서는 흔쾌한 표정을 지었으나, 마음속으로는 슬
픔을 이기지 못해 눈물을 흘리더라.
　상서가 집을 떠나 남해 가에 다다르니, 바람이 거세게 불어 물결이
하늘에 닿았는지라. 배를 타기 전에 제물을 많이 준비하여 수신水神에
게 제사를 드리고 즉시 배에 올랐다. 그러나 배를 띄운 지 보름 만에
광풍이 크게 일어나 배가 뒤집힐 듯했다. 배 안의 사람들이 모두 죽었
다고 생각하며 울고 있는데, 갑자기 물속에서 커다란 짐승이 솟아올랐
다. 머리는 서너 가마가 들어갈 수 있는 뒤웅박 같고, 불꽃처럼 빛이
나는 눈이 네 개였으며, 몸의 크기는 대들보만하고, 길이는 백 척이나
되는 무시무시한 짐승이었다.
　그 짐승이 물속에서 솟아오르며 벽력같이 소리 질러 말하기를,
　"너희는 어떤 놈들인데 길세도 내지 않고 남의 땅을 당돌하게 지나
가려 하느냐? 너희들이 가진 보배를 모두 내놓아라. 그러지 않으면 배
안의 사람들을 다 잡아먹으리라"
하니 그 소리에 천지가 뒤집히는 듯했다.
　그러나 상서가 조금도 두려워하지 않고 빌며 말하기를,

"저는 중국의 병부상서 이선이온데, 황태후의 병이 위중하여 봉래산에 선약을 얻으러 가나이다. 길을 좀 빌려주소서"

하니 그 짐승이 말하기를,

"네 나라에서는 병부상서를 귀하게 여길지 모르나, 이 바다귀신조차 귀하게 여기겠느냐? 잔말 말고 빨리 보배를 내놓아라"

하고 배를 뒤엎으려 했다.

이에 상서가 민망해하며 말하기를,

"우리가 가진 것은 양식과 이것밖에 없나이다"

하고, 부인이 떠날 때 준 옥가락지를 내주었다.

그 짐승이 옥가락지를 보고 크게 화를 내며 말하기를,

"이것은 서해 용궁의 계안주라. 어디서 이것을 도적질했느냐?"

하고 배를 끌고 달려갔다.

상서와 배 안의 사람들이 모두 어찌할 바를 몰라 쩔쩔매고 있는데, 그 짐승이 한 궁전에 이르러 배를 매어놓고 배 안의 사람들을 모두 잡아 안으로 들어갔다. 그러고는 궁문 밖에서 아뢰기를,

"서해 용궁의 계안주를 도적질해가던 놈을 잡아왔나이다"

하고 그 옥가락지를 궁 안으로 들여보냈다.

얼마 후 한 관원이 나와 상서에게 묻기를,

"너는 누구인데 용궁의 보배를 도적질하여 어디로 가져가느냐?"

하니 상서가 대답했다.

"저는 중국의 병부상서 이선이온데, 황제의 명을 받들어 봉래산에 선약을 얻으러 가는 길이옵니다. 옥가락지는 제 부인이 이별할 때 주기에 가져왔는데, 저것이 길세를 내라 하고 조롱하기에 줄 것이 없어 주었나이다."

이에 그 관원이 안으로 들어갔다가 얼마 뒤에 다시 나와 묻기를,

"네 부인의 옥가락지라고 하니, 네 부인은 누구의 딸이며, 이름은

무엇이라 하느냐?"

한데 상서가 대답하기를,

"제 부인은 낙양 땅 김전의 딸 숙향이라 하나이다"

하니 그 관원이 다시 안으로 들어갔다.

얼마 후 왕이 나오신다기에 보니, 온 궁중이 진동하는 가운데 용왕이 몸에는 곤룡포袞龍袍. 임금이 입던 정복를 입고, 머리에 통천관通天冠. 황제가 정무를 보거나 조칙을 내릴 때 쓰던 관을 쓰고, 손에 백옥홀을 잡고 중문으로 나왔다. 용왕이 친히 상서를 궁궐 안으로 안내해 들어가니, 상서가 황공하여 땅에 엎드렸다. 용왕이 상서를 붙들어 일으키고 당상으로 오르게 한 뒤 사례하여 말했다.

"나는 이 물을 지키는 남해 용왕인데, 상서께서 더러운 땅을 지나가실 줄 어떻게 알았겠나이까? 예전에 내 딸이 부왕께 죄를 지어 반하물에 귀양 갔다가 어부들에게 잡혀 죽게 되었는데, 김상서가 구하여 살아났나이다. 그 은혜를 갚을 길이 없어 저 구슬 한 쌍을 드렸으니, 저 구슬은 보통 진주가 아니옵니다. 복 복 자가 쓰인 진주를 가지고 있으면 몸에 잡귀신이 범하지 못하고 죽을 액을 만나도 저절로 면할 수 있나이다. 또한 목숨 수 자가 쓰인 진주를 죽은 사람의 몸 위에 얹어두면 천 년이 지나도 살이 썩지 않나이다. 그 두 진주는 우리 용궁에서도 매우 귀중하게 여기는 보배인지라, 수졸守卒. 수자리 서는 군사들도 잘 알고 있나이다. 그런데 오늘 내 수졸 하나가 순찰을 나갔다가 보배의 기운이 하늘에 비치는 것을 보고 빼앗아 왔사오니, 상서께서 가져가시는 줄 어떻게 알았겠나이까?"

이에 상서가 말했다.

"황태후의 병이 위중하여 황제께서 제게 봉래산의 개언초와 천태산의 벽이용, 서해 용궁의 계안주를 얻어오라 명하셨나이다. 봉래산이 동남쪽 바다에 있다 하옵기에 마침 이 물을 지나게 되었는데, 인간 세상의 미천한 사람을 이렇듯 귀히 대접해주시니, 매우 감사하나이다."

"상서는 나를 몰라보셔도 나는 상서의 일을 자세히 아나이다. 상서가 봉래산에 가면 거기 있는 신선들이 반기며 약을 얻어줄 것입니다. 다만 여기서 봉래산까지는 수로로 삼천삼백 리인데, 그 먼 길을 어떻게 가시리이까?"

"그러면 제가 어찌하오리이까?"

"수로는 험하고 또 열두 나라를 지나게 될 것이니, 조심하소서."

"중국에서 여기까지는 얼마나 되나이까?"

"중국 지경地境에서 여기까지는 삼천삼백 리이나이다."

"여기까지도 천신만고 끝에 왔사온데, 또 삼천삼백 리를 어떻게 가리이까?"

이에 용왕이 말하기를,

"여기까지 오시는 데는 험한 길이 없었사오나, 앞으로는 여러 나라를 지나가야 하고, 험한 곳도 많으며, 약수弱水. 길이는 삼천 리이며, 부력이 약해 새의 깃털도 가라앉는다는 전설상의 강가 계속 이어져 있나이다. 특히 약수는 새 깃털도 가라앉는 물이니, 인간의 배로는 건너지 못할 것입니다. 내가 상서를 위해 친히 가면 약을 쉽게 얻어올 수 있지만, 옥황상제의 명 없이는 저 역시 마음대로 출입할 수가 없나이다. 또한 상서가 천상에 계실 때 지은 죄가 있기에 몸소 고행을 겪으며 가야만 전생의 죄가 소멸될 것입니다. 그래서 꼭 상서께서 직접 가셔야 하나이다. 다만 이 앞길이 매우 험한지라, 심히 걱정되나이다"

하고 큰 잔치를 베풀어 대접하고 있는데, 밖에서 한 선관仙官이 들어와 절하고 앉았다. 보니 나이가 열다섯 살쯤 된 소년이었다.

용왕이 그 선관에게 묻기를,

"너는 지금 어디에서 오는 것이냐?"

하니 그 소년이 대답했다.

"선생님께서 말씀하시기를, '천상에서 모든 성신星辰과 선관을 다스리던 태을성이 상제께 죄를 짓고 인간 세상에 귀양 갔는데, 인간 세상에서 칠십 년을 지내야만 도로 천상으로 올라오게 되리라. 네가 학업은 다 이루었으나, 그 태을성이 와야 네 이름이 선관의 명단에 오를 수 있느니라. 그런데 마침 태을성이 황태후의 병을 낫게 하기 위해 봉래산으로 약을 얻으러 가면서 네 집을 지나갈 것이로다. 네가 태을성을 모시고 봉래산에 가서 약을 얻어오면, 너는 쉽게 선관이 될 수 있으리라' 하시기에 태을성을 모시고자 돌아왔나이다."

용왕이 크게 기뻐하며 말하기를,

"여기 계시는 이상서가 바로 태을성이니, 네가 모시고 가면 틀림없으리라. 그러나 가는 길에 험한 곳이 많기 때문에 상서께서 속객俗客. 속세에서 온 손님의 의복으로 가기는 어려울 것입니다. 선관의 의복으로 갈아입으시고, 내 공문公文을 가져가소서"

했다. 상서가 묻기를,

"저 소년은 누구입니까?"

하니 용왕이 대답했다.

"저의 셋째 아들이옵니다. 신선 공부를 하기 위해 일광로日光老의 제자가 되었는데, 지금 자기 선생의 명을 받아 상서를 모셔가려고 왔다 하나이다."

상서가 그 말을 듣고 매우 기뻐하며 묻기를,

"저 소년과 함께 가면, 제가 데려온 하인들은 다 어떻게 하리이까?"

하니 용왕이 말하기를,

"그 사람들은 타고 온 배에 실어 처음 상서가 잡혀온 곳으로 데리고 가서 그곳에서 기다리게 하겠나이다"

하고 즉시 바다귀신에게 분부하여 보내더라.

용왕의 아들과 열두 나라를 통과하다

상서가 용왕께 사례한 후 선관의 의복으로 갈아입고 물가로 나오니, 용자龍子가 벌써 붉은 조롱박 하나를 가지고 기다리고 있었다. 상서가 용자와 함께 그 박을 타고 가니, 노를 젓지 않는데도 화살처럼 빠르게 바다 위를 떠갔다.

얼마쯤 가다가 용자가 상서에게 말했다.

"저 혼자 가면 아무 데도 걸릴 것 없이 쉽게 갈 수 있사오나, 여러 신령들이 지키고 있기 때문에 인간 세상 사람은 마음대로 선계仙界에 들어갈 수 없나이다. 지금 상공께서는 인간 세상에 내려와 진객塵客·속세의 사람이 되었사오니, 어디를 가든 제가 하라는 대로만 하소서. 가는 곳마다 부왕께서 주신 공문을 보여주고 가겠나이다."

이에 상서가 묻기를,

"수궁에서는 용왕이 으뜸이라. 바로 수로로 가면 쉬울 터인데, 어찌하여 번거롭게 육지에 있는 나라들을 거쳐 가려 하는가?"

하니 용자가 대답했다.

"수로로 곧장 가면 얼마나 좋겠나이까? 그러나 상제께서 그것을 아시게 되면 용궁에 큰 변이 일어나고, 각 지경地境을 맡은 신령들에게도 좋지 않은 일이 생길 것이옵니다. 번거롭더라도 여러 나라를 지나면서 공문을 보여주고 가야만 하나이다."

상서와 용자가 한 나라에 이르렀는데, 그 나라 이름은 회회국回回國. 중세 이슬람 국가인 사라센 제국을 일컫는다. 여기서는 전설상의 나라이었다. 그곳 사람들은 똑바로 걷지 못하고 게처럼 옆으로 다녔으며, 왕의 이름은 경성經星. 이십팔수의 두번째 별자리에 있는 별들. 또는 고대 중국에서 '항성(恒星)'을 이르던 말이었다. 용자가 물가에 배를 대고 혼자 들어가 왕에게 공문을 드리니 왕이 공문을 보고 물었다.

"함께 가는 사람이 태을성인가?"

용자가 대답하기를,

"그러하옵니다"

하니 왕이 즉시 공문에 날인해 용자에게 돌려주었다. 왕이 용자와 함께 물가로 나와 상서에게 반갑게 인사했으나, 상서는 그 왕이 누구인지 몰라 공경하기만 하더라.

용자가 왕에게 하직인사를 올린 후 상서를 모시고 또 한 나라에 가니, 그곳은 함밀국含蜜國. 꿀이 많이 난다는 가상의 나라이었다. 그곳 사람들은 화식火食. 불에 익힌 음식은 먹지 않고 꿀만 먹고 살며, 왕의 이름은 필성畢星. 이십팔수의 열아홉번째 별자리에 있는 별들이었다. 용자가 공문을 드리니, 왕이 보고 말하기를,

"그대가 태을성을 모시고 가는데, 이 앞이 제일 험하니 조심하라"

하고 날인한 후 공문을 돌려주었다.

또 한 나라에 가니, 그곳은 유리국琉璃國. 중국 조주(潮州)와 천주(泉州)의 동쪽에 있었다고 전해지는 나라이었다. 그 땅에 사는 사람들은 모두 중국 사람과 비슷했으나 생선처럼 비린 것을 먹지 않았으며, 왕의 이름은 기성箕星. 이십팔수의

일곱번째 별자리에 있는 별들이었다. 용자가 왕에게 공문을 드리니 왕이 화를 내며 묻기를,

"선계는 인간 세상과 다른데, 어떻게 진객이 마음대로 이곳에 들어왔는가?"

하고 공문을 본 척도 하지 않았다. 용자가 사정하며 말하기를,

"태을성이 인간 세상에 내려와 중국의 병부상서가 되었는데, 황제의 명을 받들어 봉래산의 개언초를 얻으러 가다가 우리 수국水國. 용궁에 왔나이다. 그리하여 소자가 모시고 가는 길이오니, 저의 낯을 보아 허락해주소서"

하니 왕이 말하기를,

"이번엔 통과시켜주겠지만, 다시는 분수에 넘치는 일을 하지 말라"

하고 마지못해 날인하고 공문을 돌려주었다.

또 한 나라에 가니, 그곳은 교위국가상의 나라이었다. 그곳 사람들은 곡식은 먹지 않고 차만 마시니 몸이 새처럼 가벼웠으며, 왕의 이름은 규성奎星. 이십팔수의 열다섯번째 별자리에 있는 별들이었다. 그 땅은 무사히 지나갈 수 없는지라. 용자가 상서께 아뢰기를,

"이 나라 왕은 가장 까다로워 천 명 가운데 한 명도 무사히 지나갈 수 없사오니, 제가 하는 대로만 하소서"

하고 안으로 들어가 왕을 뵈었다.

왕이 용자를 보고 물었다.

"남해 용왕의 셋째 아들이 무슨 일로 왔는가?"

용자가 대답하기를,

"태을성을 모시고 봉래산의 개언초를 얻으러 가옵나이다. 부왕의 공문을 가져왔사오니, 부디 통과시켜주소서"

하니 왕이 크게 화를 내며 말했다.

"봉래산은 지극한 명산이라, 상제의 명령 없이는 신선도 마음대로

출입하지 못하노라. 태을성이 비록 천상에서는 으뜸 신선이나, 제가 이미 죄를 지어 인간 세상에 내려가 진객이 되었는지라. 어찌 제 마음대로 들어갈 수 있겠느냐? 또한 너의 부왕과 이미 지나온 나라를 지키는 신령들이 상제의 명령 없이 감히 속객을 선계에 들여보냈으니, 내가 상제께 아뢴 후 회답을 받아보고서 처리하리라."

왕이 말을 마친 후 용자와 상서를 구리성에 가두니, 그곳은 땅굴 같아서 하늘도 볼 수 없더라.

용자가 아무리 왕에게 빌어도 들어주지 않자, 상서에게 말했다.

"이곳 왕이 가장 까다로워 누구의 말도 듣지 않으니, 제가 오늘밤에 도망가서 우리 선생님을 모시고 오겠나이다. 우리 선생님께서 친히 요청하시면 아마도 지나가게 할 것이옵니다."

상서가 두려워하며 말했다.

"하늘도 볼 수 없는 곳에 어떻게 나 혼자 있으며, 또 그대가 도망간 것을 알면 왕이 더욱 화를 낼 터이니, 이 일을 어찌하리오?"

"상서께서는 염려 마소서. 지금 가면 날이 새기 전에 돌아올 수 있나이다."

이에 상서가 말하기를,

"그러면 빨리 다녀오라"

하고 더욱 겁을 내더라.

용자가 한 줄기 바람으로 변해 구리성을 빠져나와 일광로에게 가니, 일광로가 놀라며 물었다.

"네게 태을을 모시고 봉래산에 가라 했는데, 어찌 이렇게 빨리 돌아왔느냐?"

용자가 대답하기를,

"태을성이 교위국에서 규성에게 잡혀 죽게 되었나이다"

하니 일광로가 웃으면서 말하기를,

"그 친구가 가장 까다로우니, 내가 가지 않으면 구하지 못하리라"
하고 즉시 구름을 타고 교위국으로 가거늘, 용자가 먼저 달려와 상서
께 그 사실을 아뢰었다.

잠시 후 일광로가 근두운筋斗雲, 마음대로 타고 다닐 수 있는 구름을 타고 순식간
에 와서 규성에게 말했다.

"태을이 천상에서 죄를 지어 상제께서 인간 세상에 내려가 고행을
겪게 하셨으며, 태을을 봉래산으로 가게 한 것도 속죄하도록 하기 위
한 것임을 그대도 모르지는 않으리라. 그런데 그대는 어찌하여 태을을
구리성에 가두어두는가?"

"나도 그것을 알기에 한참 곤욕을 겪게 하느라고 구리성에 가두었
는데, 일광로는 그것을 어떻게 알았는가?"

"남해 용왕의 아들이 내 제자이기에 그를 통해 알았네."

"사흘 동안 가두어 곤욕을 치르게 한 후 보내리이다."

일광로가 말하기를,

"황태후의 병이 매우 위독하여 돌아갈 날이 멀지 않았네. 태을이 늦
게 가면 심하게 곤욕을 치를 터이니, 이제 그만 보내시게"
하니 규성이 용자와 상서를 풀어주면서 말하기를,

"네가 인간 세상 사람으로 당돌하게 선경에 들어와 이곳을 더럽혔
으니, 그 죄가 매우 크도다. 만년이 넘을지라도 풀어주지 않으려 했는
데, 일광로 선생이 친히 와서 요청하시니 이번에는 놓아주노라"
하고 공문을 접수하여 날인한 후 돌려주었다.

용자가 상서를 데리고 물가로 나오니, 물 가운데 오색구름으로 대臺
를 만들어 쌓고, 그 위에서 두 선관이 풍류를 즐기고 있었다.

상서가 그것을 보고 용자에게 물었다.

"저 사람들은 누구인데, 어떻게 공중에서 노느냐?"

"동쪽에 앉은 분은 일광로요, 서쪽에 앉은 분은 규성이로소이다."

상서가 용자의 말을 듣고 매우 부러워하며 일광로를 향해 여러 번 사례하니 용자가 말했다.

"너무 부러워하지 마소서. 우리도 머지않아 저렇게 되리이다."

또 한 나라에 가니, 그곳은 우오국^{가상의 나라}이었다. 그 나라 사람들은 키가 십 척이나 되며, 밥을 먹지 않고 짐승이나 사람을 잡아먹었다. 그 나라에 이르자 용자가 상서에게 말하기를,

"제가 왕을 보러 간 사이에 이 나라 사람들이 잡아먹으려 할 것이니, 그때 이 부적을 던지소서"

하고 왕에게 들어갔다. 그 왕은 어진 분인지라, 용왕의 공문을 보고 즉시 날인해주며 말했다.

"이 땅의 사람들이 본래 잔인하니, 부디 조심해서 가라."

이선이 선관들에게 곤욕을 치르다

이때 상서가 배에 혼자 남아 있는데, 그곳 사람들이 상서를 잡아먹으려 했다. 상서가 두려워하다가 용자가 준 부적을 던지니, 문득 큰 바람이 일며 물결이 치솟았다. 그놈들이 물속에 빠져 허우적대는 사이에 배가 바람을 타고 쏜살같이 어디론가 흘러갔다. 상서는 어쩔 수 없이 배가 가는 대로 내버려두었는데, 한 신선이 고래를 타고 물속을 평지처럼 가다가 상서를 보고 물었다.

"너를 잠깐 보아하니, 신선도 아니요 속객도 아니며 용왕도 아니로다. 그런데 어떻게 용왕의 표주瓢舟·표주박처럼 만든 작은 배를 얻어 탔으며, 어디로 가느냐?"

상서가 절하고 말하기를,

"저는 중국의 병부상서 이선이온데, 황태후의 병이 위중하여 황제의 명을 받들어 봉래산의 개언초를 얻으러 가나이다. 바라건대 길을 가르쳐주옵소서"

하니 그 선관이 웃으면서 말했다.

"그대가 비록 병부상서일지라도 옛글을 보지 못했도다. 본래 삼신산三神山 십주十洲란 말이 허무맹랑한지라. 옛날 진시황과 한무제의 위엄으로도 봉래산을 찾지 못했다는 말을 듣지 못했는가? 허황된 말을 하지 말고 나를 좇아 경치도 구경하고 술집이나 찾아다니며 노세."

"선관의 말씀이 옳사오나, 남의 신하가 되어 황제의 명을 받들었으니 중간에 머물 수는 없나이다. 목숨이 다할 때까지 약을 구하러 다녀도 얻지 못하면 그때는 어쩔 수 없는 일이니, 부디 길을 가르쳐주소서."

이에 선관이 말하기를,

"내가 이 고래를 타고 구만칠천 리를 순식간에 갈 수 있는데, 아직까지 봉래산이란 곳을 보지도 듣지도 못하였노라. 그러니 헛고생하지 말고 나를 따라다니며 술이나 배우라"

하고 배를 잡아끌고 동쪽으로 가면서 온갖 곤욕스런 말을 다 했다. 상서가 어쩔 수 없이 민망해하고 있는데, 또 어깨에 푸른 칼을 둘러맨 선관이 파초잎 같은 것을 타고 바람에 나부끼듯이 오며 말했다.

"이적선아, 어디 갔었느냐?"

선관이 대답하기를,

"이 소년이 내게 술집을 가르쳐달라며 놓아주지 않기에 죽림竹林에 있는 술집을 가르쳐주러 가노라"

하니 그 선관이 크게 웃으며 말했다.

"저 나그네가 비록 진객이라 해도 한가하게 와서 술집을 찾으며 놀려 하니, 매우 믿을 만한 사람이로다. 그대는 돈이 많이 있는가?"

상서가 대답했다.

"저는 인간 세상의 미천한 사람이온데, 황제의 명을 받들어 봉래산의 개언초를 얻으러 왔나이다. 천신만고 끝에 이 땅에 들어왔사오나, 저 선관이 잡고 놓아주지 않아 민망하나이다."

"그대는 저 선관을 모르는가? 당나라 때 한림학사를 지낸 이태백일

세. 그대가 저 선관을 술에 취하도록 먹이려면 만 동이의 술을 얻어야 할 터인데, 술값이나 넉넉히 갖고 있는가?"

"데리고 온 사람들을 모두 바다귀신에게 빼앗기고, 남해 용왕의 아들을 겨우 빌려서 데리고 오다가 그마저 잃고 혼자 왔사오니, 푼돈인들 술값을 어디서 얻겠나이까?"

이에 이적선이 웃으면서 말하기를,

"네 아내가 준 옥가락지를 팔아 내게 술을 사주면 되지 않겠느냐?" 하며 무수히 조롱하더라.

그때 문득 멀리서 옥피리 소리가 들리니 이적선이 말하기를,

"여동빈아, 저 피리 소리를 알아듣겠느냐? 저 소리는 왕자균王子均, 기원전 6세기 때의 왕자로, 신선이 되어 승천했다고 함의 피리 소리이니, 어디로 가는지 따라가보자"

하고 고래를 재촉해 가는데, 그것이 벽력같이 소리를 지르고 네 발을 일시에 휘저으니, 빠르기가 바람 같더라.

상서가 이적선에게 붙들려 피리 소리가 나는 곳에 이르니, 한 선관이 거문고를 물 위에 띄워놓고 그 위에 앉아 피리를 불고 있었다. 그 선관이 상서를 보더니, 피리를 불다가 말고 물었다.

"반갑다. 태을아! 인간 세상의 재미가 어떠하더냐?"

상서가 절하고 말했다.

"황제께서 제게 명하시기를 '봉래산의 개언초를 얻어오라' 하시기에 가는 길이옵니다. 도중에 이 선관들을 만나 선경을 구경한 것은 다행이오나, 갈 길이 바쁜데 잡고 놓지 않으니 민망하나이다."

이에 이적선이 웃으면서 말하기를,

"이 나그네가 제 아내의 옥가락지를 팔아 술을 사주겠다며 날이 저물도록 놓아주지 않으니, 이렇게 곤란한 일이 없도다"

하니 여동빈이 크게 웃으면서 말하기를,

"태을은 적선에게 잡혔노라 하고, 적선은 태을에게 잡혔노라 하니, 누가 옳고 그른지 어떻게 알리오?"

하며 서로 웃더라.

이때 한 선녀가 연엽주에 술을 싣고 가거늘, 여동빈이 물었다.

"그대는 어디로 가는가?"

"두목지 선생이 옛날 벗을 옥하주玉河洲에서 만나기로 하셨기에 그리 가나이다."

왕자균이 말하기를,

"틀림없이 태을을 만나려고 하는 것이로다"

하니 이적선이 말하기를,

"두목지가 어찌 되었건 우리에게 술을 아니 주리오?"

하고 선녀에게 술을 내놓으라 하니, 그 선녀가 마지못해 술을 드렸다. 이적선이 먼저 술잔에 술을 가득 붓고 말하기를,

"이 술을 우리만 먹고 저 손님에게 주지 않으면 무료할 것이요, 인간의 똥과 피만 넣은 포대 속에 이 술이 들어가면 반드시 난리가 날 터인데, 어찌하면 좋으리오?"

하니 여동빈이 웃으면서 말했다.

"비록 그러하나 예전에 이 술을 넣었던 포대라. 행여 이 술을 넣었다가 터질까 두렵노라."

이에 왕자균 또한 크게 웃으면서 말하기를,

"터지거든 인간 세상에 나가 말총으로 꿰매어 쓰면 될 것이니, 한번 시험해보자"

하며 세 선관이 온갖 희롱을 다 했다.

상서가 부끄러워 아무 말도 못 하고 가만히 앉아 있는데, 서쪽에서 한 선관이 사자를 타고 오며 말했다.

"그대들은 무슨 희롱을 그토록 심하게 하는가?"

그리고 상서의 손을 잡으며 말하기를,

"내가 오다가 그대를 데리고 온 용자를 만났는데, 용자가 그대를 잃고 방황하는지라. 내가 말하기를 '이적선이 데려갔으니 내 말을 믿고 열두 나라의 왕에게 고한 뒤에 봉래산으로 오라' 했으니, 그대는 염려하지 말고 우리와 함께 이 술을 먹고 봉래산으로 가자"

하고 함께 술 마시기를 청했다.

상서가 매우 기뻐하며 사례하니, 그 선관이 상서에게 물었다.

"그대는 우리를 알아보겠는가?"

"인간 세상의 무지한 눈이 어떻게 알겠나이까?"

"저기는 왕자균이요, 여기는 여동빈이요, 그 옆에는 이태백이요, 나는 두목지로다. 그대는 본래 우리와 지극히 친한 사이였는지라. 그대가 인간 세상에 내려간 뒤에도 우리가 옛정을 잊지 못하고 있었는데, 얼마 전에 일광로가 말하기를 '태을이 봉래산으로 가다가 열두 나라의 왕들에게 많은 곤욕을 당하더라' 하거늘, 그대를 위해 상제께 말미를 얻어 온 것이라네. 이적선이 어떻게 하는지 보려고 일부러 놀린 것이었으니, 그대는 너무 허물 삼지 말라."

상서가 절하고 말하기를,

"여기까지 찾아와주신 것도 매우 감사하온데, 놀리시는 말씀을 어찌 탓하오리까?"

하니 두목지가 말하기를,

"태을이 천상에 있을 때는 우리를 업신여기더니, 오늘날 이렇게 공경할 줄을 어떻게 알았으리오?"

하며 서로 술을 권하더라.

이때 한 청의동자青衣童子, 신선을 시중든다는, 푸른 옷을 입은 사내아이가 학을 타고 와서 아뢰었다.

"안기생安期生, 중국 진(秦)나라 때의 방사(方士)께서 오늘 선생님들을 모두 청해 직녀궁織女宮. 옥황상제의 손녀인 직녀가 산다는 궁궐에서 보자고 하시더이다."

이에 여동빈이 말하기를,

"나이 많은 벗이 부르니, 안 갈 수는 없으리라. 그런데 태을을 어떻게 처리하리오?"

하니 두목지가 대답하기를,

"내가 이리 올 때 장건張騫. 중국 전한(前漢) 때의 외교가로 동서 교류의 길을 엶이 봉래산으로 가기에 내 학을 주고 제 사자를 바꾸어 타고 왔는지라. 여기서 봉래산이 멀지 않으니, 내가 태을을 봉래산에 데려다주고 또 장건을 만나 학을 바꾸어 타고 뒤쫓아가리라. 그대들은 먼저 가 있으라"

했다. 모두 기뻐하며 상서에게 말하기를,

"그대가 우리를 떠난 지 오래되었기에 보고 싶어 왔는데, 어른 벗이 부르니 가지 않을 수 없도다. 이렇게 쉽게 이별하게 되어 섭섭하지만, 평안히 다녀가라. 오래지 않아 또다시 만나보게 되리라"

하고 세 선관이 먼저 떠나더라.

상서가 두목지를 따라 동남쪽으로 가니, 오색구름이 서린 산 하나가 하늘 높이 치솟아 있었다. 두목지가 그 산을 가리키며 말했다.

"저것이 봉래산인데, 그대가 저 산을 어떻게 올라갈꼬?"

"저 산 꼭대기까지 올라가야 약을 얻을 수 있나이까?"

"저 산 상상봉上上峰에 구루선이 살고 있는데, 그 선관에게 요청하면 약을 얻을 수 있으리라."

상서와 두목지가 서로 이야기하며 가다가 산 아래에 이르니, 용자가 벌써 물가에 와서 기다리고 있었다.

두목지가 상서에게 말하기를,

"이미 봉래산에 다 왔고 용자도 만났으니, 나는 여기서 하직하노라"

하며 사자를 타고 하늘로 올라갔다.

두목지가 떠난 뒤에 상서가 용자에게 물었다.

"그대는 어디에 갔었느냐?"

"우오국 왕에게 공문을 접수하고 날인을 받아 물가로 나오니, 벌써 상서께서 보이지 않았나이다. 이리저리 찾아다니다가 두목지 선생을 만났는데, 선생이 상서 계신 곳을 알려주었나이다. 저는 그사이 열두 나라의 왕들에게 고하고, 여기 와서 기다린 지 오래되었나이다."

"그 선관들이 오면서 하도 놀리기에 곤욕을 많이 치렀도다."

"그 선관들은 모두 전생에서 상서와 친했던 벗들입니다. 반가운 마음에 신나서 놀린 것이며, 그 선관들을 만나지 못했다면 아직 열두 나라의 반도 지나지 못했을 것이옵니다."

말을 마친 용자가 상서를 모시고 산속으로 들어갔다. 한 곳에 이르니, 깎아지른 듯한 바위가 하늘까지 이어져 있었다. 상서가 용자에게 물었다.

"여기까지 왔는데, 이제 저 바위를 어떻게 오르리오?"

"그것은 걱정하지 마시고, 제 등에 오르소서."

상서가 용자의 등에 오르니, 용자가 문득 황룡으로 변하여 한 번 솟구치더니 그 바위 위로 올라갔다. 상서가 크게 놀라 말하기를,

"그대의 재주가 실로 신기하도다"

하니 용자가 말하기를,

"여기가 바로 신선들이 사는 봉래산 상상봉이옵니다. 저는 물가에 가서 배를 지키고 있을 것이니, 상서께서는 저 골짜기로 들어가 구루선을 찾아 개언초를 얻으신 후 물가로 내려오소서"

했다. 상서가 묻기를,

"비록 약을 얻을지라도 이 바위를 어떻게 내려가리오?"

하니 용자가 말하기를,

"돌아오실 때는 쉬울 것이니, 염려 마소서"

하고 바위 아래로 내려갔다.

설중매와 소아의 비밀

상서가 혼자 골짜기로 들어가니, 백발노인이 검은 소를 타고 오다가 상서를 보고 물었다.

"그대는 누구냐?"

상서가 두 번 절하고 대답하기를,

"저는 중국의 병부상서 이선이온데, 구루선을 찾아왔나이다"

하니 노옹이 말했다.

"저기 침향나무 밑으로 들어가면 높은 바위 위에서 바둑을 두는 선관이 있으니, 거기 가서 물어보아라."

상서가 노인이 지시한 곳으로 가니, 길은 모두 옥으로 된 바위였으며, 사방에는 오색구름이 어려 있었다. 또한 가는 곳마다 온갖 꽃이 만발하고, 난봉鸞鳳, 상상의 새인 난새와 봉황과 공작, 청학과 백학 등이 쌍쌍이 노닐었으니, 이른바 별유천지별건곤別有天地別乾坤, 곧 별세계이 바로 여기더라.

상서가 이를 보고 감탄하며 말하기를,

"인간 세상에 삼신산이 있다는 말이 헛된 것이라 하더니, 여기가 과연 삼신산이로다"

하고 앞으로 계속 나아가니, 높은 바위 위에 홍의선관과 청의선관이 바둑을 두고 있었다. 상서가 멀리서 절했으나 두 선관은 본 척도 하지 않는지라. 점점 가까이 다가가 곁에 섰는데도 여전히 본 척도 하지 않아 상서가 민망해하고 있는데, 한 청의동자가 차를 가지고 와서 선관들에게 아뢰었다.

"저기 어떤 속객이 왔나이다."

그제야 선관들이 놀라 돌아보고 바둑판을 밀치며 말했다.

"그대는 누구인데, 이 선계에 들어와 선경을 더럽히느냐?"

상서가 두 번 절하고 말하기를,

"저는 중국의 병부상서 이선이온데, 구루선의 집을 찾아왔나이다"

하니 청의선관이 물었다.

"그대가 무슨 일로 구루선을 찾는가?"

상서가 대답하기를,

"황제의 명을 받들어 개언초를 얻으러 왔나이다"

하니 홍의선관이 말했다.

"저 상봉에 올라가면 구루선을 만날 수 있겠지만, 네 육신으로 어떻게 오르리오?"

상서가 그 봉우리를 바라보니, 높이가 삼천 길이나 되고 가파르기가 얼음장을 깎아 세운 듯한지라. 민망해하며 말하기를,

"청컨대, 선관님들께서 도와주시길 바라나이다"

하니 청의선관이 말했다.

"구루선을 만나고 싶다기에 가르쳐주었을 뿐인데, 또 못 오른다고 하니 우린들 어찌하리오?"

또 홍의선관이 말하기를,

"인간 세상에서 여기까지 온 것도 다행이라 할 수 있는데, 하물며 더

욱 위태로운 곳에 갈 수 있겠는가? 구루선을 찾기보다는 차라리 여기서 우리와 함께 바둑이나 두며 노세"

하니 상서가 두 번 절하고 말했다.

"인간 세상의 더러운 몸이 이곳까지 온 것도 천행이옵니다만, 황제의 명을 받들어 왔기 때문에 안 갈 수는 없나이다. 부디 제가 약을 얻어갈 수 있도록 선관님들께서 도와주소서."

이에 청의선관이 말하기를,

"우리는 산수만 구경하고 다니는 신선이라, 약은 알지 못하노라"

하고 온갖 말로 조롱하며 상서를 곤혹스럽게 했다.

이때 문득 황학을 탄 한 선관이 내려와 이르기를,

"그대들은 옛 벗을 만났으면 반갑게 회포나 풀 것이지, 무슨 희롱을 그토록 심하게 하는가?"

하니 바로 구루선이었다.

구루선이 상서의 손을 잡고 말했다.

"반갑다, 태을아! 인간 세상의 재미가 어떠하던가? 설중매가 그대를 만나기 위해 인간 세상에 내려갔는데, 만나보았는가?"

상서가 말하기를,

"이선은 인간 세상에서 고생만 할 뿐 재미는 보지 못했고, 설중매란 말씀은 더욱 모르나이다"

하니 그 선관이 웃으면서 말하기를,

"태을이 벌써 선계의 일을 잊었도다"

하고 동자를 불러 차를 드리게 했다. 상서가 동자가 준 차를 받아 마시니, 그제야 자신이 천상의 태을성으로서 죄를 짓고 인간 세상에 귀양온 일과, 상제께 말미를 받아 봉래산에 와서 놀다가 능허선凌虛仙, 구름을 타고 다닌다는 신선의 딸 설중매와 부부가 된 일, 좌우에 앉아 있는 선관이다 손아래 벗인 줄 알게 되었다. 이에 상서가 눈물을 흘리며 말했다.

"나는 죄가 커서 인간 세상에 내려가 고행을 겪고 있노라."

"능허선생의 딸 설중매는 양왕의 딸이 되었으니, 그대의 둘째 부인이 되리라."

"설중매는 무슨 일로 인간 세상에 내려갔으며, 어찌하여 소아는 김전의 딸이 되고 설중매는 양왕의 딸이 되었는가?"

"능허선생 부부가 방장산方丈山. 삼신산의 하나에 구경하러 갔다가 귤을 잘못 진상한 죄로 인간 세상에 귀양 갈 때, 능허선생은 남양 땅 운수선생의 아들로 태어나고, 그 아내는 영천 땅 장호의 딸로 태어나서 다시 부부가 되었네. 그런데 능허선생은 태을이 소아 때문에 설중매를 소중히 여기지 않는 것을 알고 매일 소아를 원망했다네. 그 탓으로 소아는 이승에서 능허선생의 딸로 태어나 다섯 살 때부터 십오 년 동안 능허선생의 간장을 썩인 것이며, 설중매는 인간 세상에 내려가 그대를 보려고 스스로 약수에 빠져 죽었기에 후생에서는 양왕의 딸로 태어나 귀하게 자라도록 한 것이라네."

"그러면 설중매가 먼저 내 부인이 되어야 할 것이어늘, 어찌 소아가 먼저 되었는가?"

"그대가 소아 때문에 인간 세상에 내려갔을 뿐만 아니라, 소아는 월궁항아가 사랑하는 아이라. 항아가 어쩔 수 없이 소아를 인간 세상에 내려보냈으나, 어찌 돌보지 않겠는가? 그래서 소아를 그대의 첫째 부인이 되게 한 것이며, 나이 일흔이 되면 그대는 소아와 함께 다시 천상으로 올라오게 될 걸세."

상서가 말하기를,

"내가 여기까지 온 것은 양왕의 혼사를 거절했기 때문이라네. 끝까지 그 혼사를 거절하고자 했는데, 하늘이 정한 것이라면 도망하지 못하리로다"

하고 전생의 일만 기억하고 인간 세상의 일은 잊어버렸더라.

이윽고 구루선이 말했다.

"이제 그대는 돌아갈 때가 되었으니, 이 약을 갖고 바삐 가라."

"이 약의 이름은 무엇이라 하는가?"

"쇠그릇에 넣은 물은 환혼수還魂水. 죽은 혼을 되돌아오게 한다는 전설상의 약수이고, 저 풀은 개언초이며, 이 환약은 회환단回還丹. 인간 세상에서 죽은 뒤 다시 신선이 되기 위해 먹는 단약이라네. 그대가 갖고 있는 옥가락지를 시신 위에 얹어두면 썩은 살이 되살아나고, 저 물을 마시게 하면 혼백이 다시 돌아오며, 개 언초를 먹이면 말할 수 있을 걸세."

"이 환약은 어디에 쓰는가?"

이에 구루선이 말하기를,

"그것은 깊이 간수하고 있다가 그대 나이 일흔이 되거든 7월 보름 정오에 소아와 하나씩 먹게"

하고 또 차를 권했다. 상서가 차를 받아 마시니, 용자가 물가에서 기다 리고 있는 일과 인간 세상에 돌아갈 일이 바쁜 줄 깨닫게 되었다.

상서가 선관들에게 하직하고 돌아가고자 하니, 구루선이 상서를 데 리고 물가까지 나와 전송하며 말했다.

"회포를 다 풀지 못해 섭섭하니, 천상에 올라오거든 우리를 다시 찾 아오게."

용자가 상서를 보고 반기며 말하기를,

"가는 길은 올 때와 다르니, 배에 올라 눈을 잠깐 감으소서"

했다. 상서가 배를 타고 눈을 잠깐 감으니 순식간에 남해 용궁에 이르 렀더라.

천태산 마고선녀의 버섯

용왕은 상서를 보고 반기며 궁전에 잔치를 베풀어 대접했다. 상서가 말하기를,

"용왕님 덕분에 봉래산은 무사히 다녀왔나이다. 이제 천태산으로 가는 길도 가르쳐주소서"

하니 용왕이 말하기를,

"천태산은 인간 세상에서 멀지 않으니 쉽게 갈 수 있나이다. 다만 마고선녀는 만나기가 쉽지 않을 것이니, 그것이 매우 염려되나이다"

하고 또 용자를 불러 말했다.

"너는 먼저 상서를 천태산에 모셔다드리고, 서해 포진에 가서 네 누이에게 계안주를 얻어 상서께 드려라. 그런 뒤 네 선생님을 뵙고 다시 이리 오너라."

용자가 부왕의 명을 받들어 즉시 상서를 데리고 떠났다. 그리고 한산에 이르러 말했다.

"이 산이 바로 천태산이옵니다. 이 산을 두루 돌아다니며 마고선녀를 찾아 약을 구해보소서. 저는 서해 포진으로 가서 계안주를 얻어오 겠나이다."

상서가 응낙하고 천태산을 바라보니, 수천만 겹이나 되는 산이 하늘 높이 치솟아 있는지라. 상서가 걱정하며 물었다.

"저리 험한 산을 혼자 다니다가 모진 짐승이라도 만나면 어떻게 죽기를 면하리오?"

"이 산은 명산이기 때문에 모진 짐승은 없사오니 두려워하지 않으셔도 되나이다. 다만 어떤 사람을 보더라도 각별히 공경하고, 번화繁華한 생각은 절대 하지 마소서. 행여 잘못하면 돌아가기 어려우리이다."

상서가 용자와 헤어져 혼자 천태산으로 들어갔다. 한 물가에 이르러 보니, 물이 깊은데 다리가 없었다. 물을 건널 길이 없어 이리저리 방황하고 있는데, 문득 동쪽에서 한 아이가 사슴을 타고 왔다. 상서가 길을 묻고자 다가가니, 그 아이는 사슴을 발로 박차며 번개같이 내달려 간 곳을 알 수 없었다. 상서가 사슴이 달려간 쪽으로 걸어갔으나, 사슴은 보이지 않고 산은 더욱 첩첩했다. 어느 곳에서도 인적을 볼 수 없어 두루 헤매다가 한 곳에 다다르니, 큰 소나무 밑에 거렁뱅이 같은 노인이 헌 누비옷을 입고 바위 위에 앉아 있었다.

상서가 그 노인에게 절하고 묻기를,

"마고선녀는 어디 계시나이까?"

하니 노인이 말했다.

"내가 이 산속에 살아온 지 오만팔천 년이 넘었으나, 마고선녀란 말은 금시초문이로다."

"그럼 이 땅에 인가人家는 어디 있나이까? 배고파 죽겠으니, 뭐라도 먹어 요기하고자 하나이다."

이에 노인이 대답하기를,

"이 산속에 무슨 인가가 있으리오?"

하고는 자리에서 일어나 걸어갔다. 상서가 뒤쫓아가려 하니, 벌써 어디로 사라졌는지 간곳없더라.

　상서가 물을 건너지 못해 물가에 앉아 있는데, 한 스님이 육환장六環杖: 중이 짚고 다니는 고리가 여섯 개 달린 지팡이을 짚고 지나갔다. 상서가 아주 공손한 태도로 절을 하고 물었다.

　"마고선녀를 만나보고자 하온데, 어디로 가면 되나이까?"

　"그 할미는 찾아 무엇 하려는가?"

　"저는 중국의 병부상서 이선이온데, 황제의 명으로 벽이용을 얻으러 왔나이다. 오다가 듣사오니 '마고선녀를 만나야만 그 약을 얻으리라' 하기에 찾나이다."

　"이 물을 건너 동쪽으로 가면 옥포동玉瀑洞이 있으니, 그곳으로 가 찾아보아라."

　"물이 깊고 다리가 없사와 건너지 못하겠으니, 부디 도와주소서."

　그 스님이 육환장을 물에 던지자, 그것이 다리로 변했다. 상서가 다리로 물을 건너가서 스님을 향해 무수히 사례하니, 스님이 구름을 타고 가면서 말했다.

　"내가 바로 대성사 부처로다. 그대가 길을 몰라 가르쳐주러 왔으니, 옥포동으로 찾아가 마고할미를 만나보라."

　상서가 절하며 말하기를,

　"어떻게 해야 그 선녀를 만날 수 있을지 걱정이 되나이다"
하니 부처가 말하기를,

　"이제 곧 만나게 될 것이로다. 그러나 황태후께서 벌써 세상을 뜨셨으니, 그대는 약을 얻어 빨리 돌아가라"
하고는 구름을 타고 떠나갔다.

　상서는 그 부처에게 사례하고 동쪽을 향해 걸어갔다. 가는 곳마다 온갖 종류의 기이한 꽃과 나무들이 늘어서 있었으며, 이상하게 생긴 짐승들이 무리지어 다니고, 오색구름이 자욱하여 길을 분별할 수 없었다. 안으로 들어갈수록 산은 첩첩하고 인적이 없어 민망해하는데, 한 바위 위에 어떤 노인이 걸터앉아 있었다.

상서가 다가가서 두 번 절하고 묻기를,

"옥포동으로 가려 하온데, 어느 길로 가면 되는지 가르쳐주소서"

하니 그 노인은 대답하지 않고 노래를 불렀다.

"천 년을 일각一刻. 아주 짧은 동안으로 삼고 만 년을 하루로 삼아 사해팔방을 순식간에 다니도다. 그러한 나에게 누가 감히 길을 묻는가?"

그러고는 눈을 감고 바위에 누웠는데, 숨을 쉬지 않아 죽은 사람 같았다.

상서가 다시 물을 곳이 없어 동쪽을 향해 계속 걸어가는데, 문득 산속에서 한 여자가 흰 사슴이 끄는 옥수레를 타고 한 손에는 천도天桃를 쥔 채 나왔다. 그 여자의 머리털은 눈처럼 희었지만, 얼굴은 복숭아꽃처럼 화사했다.

상서가 한번 보고 땅에 엎드려 고개도 들지 않은 채 묻기를,

"감히 묻나이다. 옥포동으로 가고자 하오니, 가는 길을 가르쳐주소서"

하니 그 할미가 급히 수레에서 내려 답례하고 말했다.

"낭군郞君은 누구시며, 옥포동은 무엇 때문에 찾아가려 하시나이까?"

상서가 두 번 절하고 말했다.

"저는 중국의 병부상서 이선이온데, 황태후의 병이 위중하신지라 황제께서 제게 천태산에 가서 벽이용을 얻어오라 명하시어 왔나이다. 오다가 듣자오니, 마고선녀가 그 약을 갖고 있다기에 찾나이다."

"낭군은 길을 잘못 들었나이다. 내가 이 산속에 산 지 사십팔만구천 사백오십칠 년이 지났으니, 이 산의 어디인들 모르는 곳이 있으리오?

그러나 마고선녀와 옥포동이라는 이름은 금시초문이로소이다.”

이에 상서가 크게 놀라 말하기를,

“그러면 이 산 이름은 무엇이나이까? 가르쳐주소서”

하니 할미가 대답했다.

“이 산 이름은 포옥산瀑玉山이라 하고, 이 골 이름은 태천동台天洞이라 하나이다. 낭군은 이미 길을 잘못 들어오셨고 또 날이 저물었으니, 다시 돌아가시기 어려울 것이오. 이곳에 다른 인가는 없으니 일단 내 집에 가서 밤을 지내고, 내일 돌아가 천태산을 찾아보소서.”

상서가 또 묻기를,

“그러면 천태산은 어디 있나이까?”

하니 할미가 말하기를,

“나는 그 산이 어디 있는지 모르나이다”

하고 상서를 데리고 한 골짜기로 들어갔다. 그 골짜기에는 서기가 어려 있고 오색 바위가 사방에 펼쳐져 있었으며, 천만 가지의 꽃이 골짜기마다 자옥하게 피어 있었다. 길에는 오색 돌로 수를 놓아 깔았으니, 발 붙이기가 두려울 정도였다.

좀더 골짜기 안으로 들어가니 집이 한 채 나타났는데, 그곳에서는 기이한 향내가 풍겨왔다. 가까이 가보니 황제가 사는 궁궐처럼 웅장하고 화려했다.

그 집에 이르자, 할미가 수레에서 내리더니 상서를 안으로 청하며 말했다.

“내 집은 본래 남자가 없는 과부의 집이니, 귀한 손님을 대접할 사람이 없나이다. 어쩔 수 없이 내가 친히 대접하게 되었으니, 조금도 허물치 마시고 올라와 앉으소서.”

이에 상서가 극구 사양하며 말했다.

“인간 세상의 더러운 몸이 귀한 광경을 더럽히기도 황공하온데, 어찌 감히 전당殿堂. 크고 화려한 집에 올라가 마주 앉을 수 있겠나이까? 처마 밑에서 밤이나 지내고 날이 밝으면 바로 가겠나이다."

상서가 굳게 사양하며 오르지 않자, 할미가 웃으면서 말하기를,

"남녀가 비록 유별하오나 내 나이가 많사오니 허물이 되지 않고, 집이 구차하나 달리 갈 곳도 없사오니 사양 마시고 올라와 앉으소서"

했다. 상서가 더이상 거절하지 못하고 올라가니, 할미가 황금의자를 동서로 나누어 놓고 상서에게 동쪽 의자에 앉으라 권했다.

상서가 크게 놀라 죽기살기로 사양하니, 할미가 말했다.

"만약 내 말을 들으면 약을 얻어가려니와, 듣지 않으면 약은커녕 살아서 돌아가지도 못하리이다."

"무슨 말씀인지 들을 만하면 듣고, 듣지 못할 말씀이면 죽어도 듣지 못하겠나이다."

"제 남편은 본래 당나라의 명사名士로서 부귀를 누리다가 나라에 죄를 짓고 이 땅에 귀양 왔는데, 남편이 먼저 세상을 버리시는 바람에 저 혼자 농사를 지어먹고 사나이다. 오로지 과년한 딸자식이 하나 있어 사위를 얻고자 했는데, 다행히 그대를 이렇게 만났으니 이것은 하늘이 정해주신 배필이 틀림없소이다. 내 딸이 비록 곱지는 않사오나 낭군의 배필이 되기에는 부족함이 없을 것이니, 조금도 사양하지 마소서."

"비록 그러하오나, 지금 황태후의 병이 위중하여 황제께서 제게 약을 얻어오라 보내시고, 밤낮으로 제가 돌아오기만을 기다리고 계시나이다. 그런데 제가 여기에 와서 주색酒色. 술과 여자에 빠져 황제의 명을 저버리면 하느님이 용서하지 않을 것이니, 하느님께 죄를 지은 뒤에 어디 가서 빈들 살기를 도모하오리까? 차라리 지금 죽어 후회나 없게 하는 것이 더 나은지라, 차마 할머니의 말씀을 따르지 못하겠나이다."

이에 할미가 말하기를,

"낭군이 만일 약을 얻어다가 황태후를 살리시면 벼슬도 높이 올라

가고 가장 큰 부귀를 누리려니와, 끝내 약을 얻지 못하고 헛되이 돌아가면 죽음을 면치 못할 것이오. 죽은 정승은 산 돼지보다 못하다 했나이다. 옛날 진시황과 한무제의 위엄으로도 불사약을 얻지 못하여 죽었는데, 그대가 아무리 지성으로 얻고자 한들 어디 가서 그 약을 얻으리오? 내 집이 비록 가난하나 논밭이 십만팔천 마지기이며, 노비가 사만이천칠백여 명이요, 뽕나무가 팔만칠천구백일흔두 그루나 되나이다. 또한 저 동쪽 창고에는 은이 십만칠천 독 들어 있고, 서쪽 창고에는 황금이 사만오천 독 들어 있으며, 남쪽 창고에는 비단이 구만 동이 있고, 북쪽 창고에는 진주 등 보배가 억만 수레 있나이다. 이 정도면 평생 놀고먹어도 걱정할 일이 없을 것이니, 부디 내 말대로 하소서"
하고 말을 마친 후에 한 낭자를 불러와 상서의 옆에 앉혔다.

상서가 겁이 나고 얼떨떨하여 두건을 잠깐 숙이고 얼핏 보니, 마치 정렬부인 같았다. 마음속으로 반가웠지만, 여기 올 때 용자가 했던 말이 생각난지라. 죽기를 마다하지 않고 사양하니, 그 소저가 방으로 들어가며 말했다.

"황태후께서 벌써 돌아가셔서 뭇 신하들이 우리 가문을 벌하라고 상소하되, 황제께서 아직 두고 보자며 기다리고 계시나이다. 하루빨리 약을 얻어 돌아가소서."

상서는 그제야 정렬부인이 온 것을 알고 말하고자 했으나, 벌써 안으로 들어가고 없는지라. 다시 보지 못하고 객실로 물러나와 잠을 잤다. 다음날 아침에 깨어나보니, 그 큰 집은 간데없고 냇가의 소나무 밑에 정자만 있었다.

상서가 이상하게 생각하여 글을 지어 읊으며 나오는데, 골짜기 어귀에서 헐벗은 할미가 청삽사리를 데리고 나물을 캐고 있었다. 상서가 나아가 절하고 물었다.

"천태산이 어디 있나이까?"

"이곳이 바로 천태산이로다."

"그러면 옥포동이 어디 있나이까?"

"그대가 내려온 곳이 바로 옥포동이로다."

상서가 기뻐하며 묻기를,

"그러하오면 마고선녀는 어디 계시나이까?"

하니 그 할미가 손을 이마에 얹고 가만히 보다가 말했다.

"내 눈이 어두워 그대를 몰라보겠소. 그대는 누구신가? 내가 바로 마고할미로소이다."

이에 상서가 반기며 두 번 절하고 말하기를,

"어찌 저를 몰라보시나이까? 저는 낙양 북촌 이위공의 아들 이선이 온데, 황제의 명으로 약을 얻으러 왔나이다."

하고 부인의 편지를 꺼내드렸다. 그제야 마고선녀가 본래 얼굴로 반기며 말했다.

"숙향 낭자는 별고 없는가? 낭자와 나 사이는 이 만년초^{萬年草. 먹으면 만년을 산다는 신비한} 약초를 주어도 아까울 것이 없지만, 그대가 조금만 사람된 도리를 어겼더라면 헛고생할 뻔했도다. 그대 정성이 매우 지극하여 그사이에 이 벽이용이 돋았도다."

그리고 버섯 하나를 주며 말하기를,

"김낭자의 말을 들으니, 황태후께서 벌써 죽었다고 하더이다. 그대는 이것을 가지고 빨리 돌아가라."

하더니 벌써 간데없더라.

상서가 서운한 마음에 옥포동을 향해 무수히 절하고 물가로 나오니, 용자가 벌써 와서 기다리다가 상서를 보고 말했다.

"저는 그사이에 서해 포진에 계신 숙모님을 뵙고 계안주를 얻고자 말씀을 드렸더니, 숙모께서 이르시길 '계안주 두 개가 있었는데, 한 개는 낙양 김상서께 은혜를 갚고자 드리고, 한 개는 정렬부인께서 포진에 오시어 제사 지낼 때 술잔에 담아 드렸으니, 두 개 다 이미 상서 댁에 있다' 하시기에, 그냥 돌아왔나이다. 이제 상서께서 고국으로 돌아가셔야 하니, 눈을 잠깐 감으소서"

했다. 상서가 용선龍船에 앉아 눈을 잠깐 감으니, 순식간에 황성문皇城門 밖 경화慶華란 물가에 다다랐더라.

상서가 뭍에 내려 용자와 이별하며 말하기를,

"험난한 만리창파萬里滄波, 만 리까지 펼쳐진 푸른 물결. 곧 드넓은 바다에서 함께 고생하다가 무사히 고국에 돌아오니 반갑도다. 그러나 이제 또 그대와 이별하게 되니, 어찌 안타깝지 않으리오? 부디 다시 보기를 바라노라"

하고 용자와의 이별을 슬퍼했다.

선약으로 죽은 황태후를 살리다

상서가 용자와 이별하고 서울로 들어가니, 이때는 이미 황태후께서 돌아가신 지 스무 날이나 되었는지라. 황태후의 살이 많이 상해 있었다. 상서가 망극하여 옥가락지를 가지고 바로 궁궐로 들어가니, 모든 벼슬아치들의 우는 소리가 궐내에 가득했다.

상서가 각종 약을 가지고 황태후께 다가가 먼저 옥가락지를 시신 위에 얹어두니, 얼마 뒤 살빛이 완연히 되살아났다. 또 귀에 벽이용을 넣고 눈을 계안주로 씻으니, 눈빛이 빛나면서 몸의 상태가 예전같이 되돌아왔다. 잠시 후 황태후께서 자리에서 일어나 앉으시니, 자던 사람이 태연하게 일어나 앉는 것 같았다. 이어 개언초를 드시게 하니, 마침내 말씀도 물 흐르듯이 하셨다.

이를 지켜보던 황제께서 크게 놀라고 크게 기뻐하시어 상서의 손을 잡고 눈물을 흘리며 말씀하시기를,

"그대를 만리창파에 보내고 밤낮으로 염려했는데, 천만뜻밖에 이렇게 돌아와서 황태후의 병환을 쾌차케 하니, 이 즐거움을 어디다 비하

리오? 진시황과 한무제의 위엄이 천하에 진동했어도 얻지 못한 약들을 경이 얻어왔으니, 짐이 어찌 전에 한 약속을 어기리오?"

하시고 천하를 둘로 나누어 그중 하나를 가지라고 하셨다.

이에 상서가 땅에 엎드려 통곡하며 아뢰기를,

"폐하께서는 태후를 위하시고 신은 폐하를 위한 일이오니, 이것은 신하가 마땅히 해야 할 직분이옵나이다. 그런데 이제 폐하께서 천하를 둘로 나누어 그중 하나를 가지라 하시니, 신이 어떻게 후세에 반역의 누명을 면하오리이까? 굳이 가지라 하시면, 신이 부모와 처자를 다시 보지 않고 바로 이 자리에서 죽겠나이다"

하고 머리를 땅에 두드리며 죄를 청했다. 황제께서 이선의 충성에 감격하시어 이선을 초왕楚王에 봉하고, 김전을 우승상에 봉하셨다.

초왕이 황제의 은혜에 사례하고 집으로 돌아와 땅에 엎드려 부모님께 두 번 절하니, 부모와 일가친척, 상하노소와 인근 사람들이 죽은 사람이 살아서 돌아온 것처럼 반겼다. 정렬부인도 낭랑하게 웃으면서 말했다.

"낭군께서 가신 후에 창밖의 동백나무가 점점 씩씩하게 자라고, 가지가 모두 북쪽을 향했나이다. 그리하여 낭군께서 무사히 돌아오실 줄 알고 있었는데, 하루는 마고선녀가 꿈에 와서 저를 데려갔나이다. 할미를 따라가 낭군을 뵙고 이리저리 말씀을 올리고 왔는데, 이렇듯 빨리 돌아오시니 감격스럽나이다."

이때 황제께서 초왕에게 상을 많이 내리시고, 어전의 풍류를 보내 낙봉연을 권하셨다. 또한 양왕이 혼인을 재촉하니 초왕이 봉래산에서 선관의 말을 들었는지라, 거절하지 못하고 위의를 갖추어 양부粱府로 가서 신부를 맞아 사흘을 지내고 집으로 돌아왔다.

황제께서 이 이야기를 들으시고 조서를 내려 숙향을 정렬왕비에 봉하시고 매향을 정숙왕비에 봉하시니, 두 왕비가 은혜에 감사드리고 서로 형제같이 사랑했다. 또한 정렬왕비도 양왕을 친부모같이 모시고, 정숙왕비도 김상서를 친부모같이 섬겼다.

　이후 정렬왕비는 아들 둘에 딸 하나를 두었는데, 모두 인물과 재주가 뛰어났다. 그리하여 맏아들은 병부상서가 되고, 둘째 아들은 대장군이 되었으며 딸은 태자비太子妃가 되었다. 정숙왕비도 아들 둘에 딸하나를 두었는데, 맏아들은 형주 자사가 되고, 둘째 아들은 옥당의 한림학사가 되었으며, 딸은 우승상 태의 며느리가 되었다.

숙향과 이선, 천상으로 돌아가다

이때 오원 구천이라는 땅에서 오랑캐가 난을 일으키니, 정렬왕비의 둘째 아들인 대장군 이홍이 구천에 나가 싸워서 크게 이겼다. 싸우던 중에 한 늙은 도적이 나와 맞섰는데, 활로 쏘아도 맞지 않고 칼로 쳐도 목이 베이지 않는지라. 대장군이 기이하게 여겨 죽이지 않고 사로잡아 집으로 데려왔다.

하루는 초왕이 다섯 아들을 데리고 궁정 뜰로 나아가 활을 쏘며 놀다가, 여러 사람들을 모아 힘을 겨루게 했다. 그 가운데 구천에서 잡아온 늙은 병사가 여러 사람을 거푸 이겼다. 이때 정렬왕비가 수정루 위에서 주렴을 걷고 구경하다 보니, 그 늙은 병사가 반야산에서 자기를 업어다 유곡역 마을에 두고 간 도적 같은지라. 정렬부인이 즉시 초왕에게 그 사연을 전하니, 초왕이 그 오랑캐를 불러 묻기를,

"네가 예전에 반야산에서 사람을 구한 일이 있더냐?"

하니 그 늙은 병사가 가만히 생각하다가 대답했다.

"예, 있나이다. 한 여자아이가 반야산에서 부모를 잃고 바위틈에 엎

드려 울고 있거늘, 그 아이의 상을 보니 뒤에 귀하게 될 듯했나이다. 거기 두면 짐승에게 잡아먹힐까 하여 데려다가 유곡역 마을 앞에 두고 갔나이다."

초왕이 오랑캐의 말을 왕비에게 전하니, 왕비가 크게 기뻐하며 즉시 불러 그때의 일을 말씀하신 후, 초왕에게 부탁하여 상을 많이 내리셨다.

세월이 흘러 장승상 부부와 여부인이 돌아가시니, 초왕이 예로써 안장했다. 이어서 위왕 부부가 별세하시니, 선산에 안장하고 삼년상을 극진히 모셨다.

또 세월이 흘러 초왕의 나이 일흔이 되었다. 그해 7월 보름에 정렬왕비와 함께 완월루에 올라 달을 구경하고 있는데, 문득 공중에서 오색구름이 일며 한 선관이 내려왔다. 초왕이 급히 일어나 맞이하니, 바로 여동빈이었다.

초왕이 공손하게 묻기를,

"어디에서 오시나이까?"

하니 여동빈이 웃으면서 말했다.

"어찌 오늘을 잊었느냐? 오늘이 바로 그대가 다시 천상으로 올라갈 날이로다. 그런데 그 육신으로 잘 올라갈 수 있겠는가?"

이에 초왕이 그제야 구루선이 준 환약이 생각났다. 초왕이 그 환약을 꺼내 정렬왕비와 하나씩 나눠 먹으니, 문득 몸이 가벼워지고 인간의 일을 아주 잊어버리게 된지라. 곧바로 여동빈을 따라 정렬왕비와 함께 천상으로 올라가더라.

김전 부부는 초왕 부부를 잃은 이후 매일 슬퍼하며 지냈다. 그러던 어느 날, 김전 부부가 정숙왕비와 함께 배를 타고 노니는데, 하늘에서 한 선관이 구름을 타고 내려왔다.

김전이 놀라 묻기를,

"어디에서 오시나이까?"

하니 그 선관이 말했다.

"그대들이 인간 세상에 내려온 탓에 천상의 일을 잊었도다."

그리고 귤 같은 것을 주며 말하기를,

"설중매와 함께 각각 하나씩 나눠 먹으라"

하니 세 사람이 하나씩 먹었다. 그랬더니 문득 인간의 일은 아주 잊어
버리고, 몸이 가벼워져서 곧바로 봉래산으로 가더라.

황제께서 이 이야기를 듣고 신기하게 여기시어 칭찬하며 말씀하시
기를,

"하늘이 선관과 선녀를 내려보내 짐을 도우셨도다"

하시고 사관史官. 역사의 편찬을 맡아보던 벼슬아치에게 명하여 그 행적을 기록하
게 하시니, 초왕의 기이한 행적이 별전別傳. 정사(正史)의 열전(列傳) 이외에 쓰인 개인
의 전기(傳記)에 있기에 대강 기록하노라.

숙영낭자전

천상의 아이

옛날 세종대왕 시절에 경상도 안동 소백산小白山 아래에 한 선비가 살고 있었는데, 성은 백白이요 이름은 석주라. 그는 충렬忠烈, 충성스러운 열사 백선의 후예로, 어려서 과거에 급제하여 벼슬이 병조참판兵曹參判, 병조에 속한 종2품 벼슬로 병조판서 아래의 직책에 이르렀으나, 소인의 참소讒訴, 죄를 꾸며 윗사람에게 고함로 인해 벼슬을 그만두고 고향으로 돌아왔다. 고향에서 농업에 힘쓰니 집안은 부유해졌으나, 부인 정씨鄭氏와 결혼한 지 스무 해가 넘도록 슬하에 자식이 없어 항상 슬퍼하더라.

그러던 어느 날, 부인 정씨가 상공相公, 재상을 높여 이르던 말에게 말했다.

"첩이 듣사오니, 삼천 가지 불효 가운데 자식을 낳지 못하는 것이 가장 크다고 했나이다. 첩이 이 집에 들어온 지 스무 해가 넘도록 아직 자식을 두지 못했으니, 저승에 가서 무슨 면목으로 조상을 대할 수 있겠나이까? 첩의 죄를 논한다면 벌써 내쫓겼을 것이로되, 상공께서 후덕하시어 아직까지 곁에 두고 계시니 실로 은혜가 크옵나이다. 소백산 주령봉에 올라가 정성을 다해 빌면 남녀 간의 소원을 이루어준다고 하니, 우리도 함께 주령봉에 올라가서 정성껏 빌어보사이다."

이에 상공이 웃으면서 말했다.

"빌어서 자식을 낳을 수만 있다면 천하에 자식 없는 사람이 어디 있겠소? 그러나 부인의 소원이 그러하다면, 우리도 한번 가서 빌어봅시다."

다음날 두 사람이 목욕재계하고 제물을 많이 갖추어 주령봉에 올라가서 정성껏 소원을 빌고 집으로 돌아오니, 과연 그날부터 부인에게 태기가 있었다.

그후 열 달이 지난 어느 날, 집 안에 오색구름이 자욱하고 향내가 진동하는 가운데 사내아이가 태어났다. 이때 하늘에서 한 선녀가 내려와 향수로 아이를 씻겨 부인 곁에 누이며 말하기를,

"이 아기는 본래 천상의 선관으로 요지연에서 수경낭자와 함께 희롱했는데, 옥황상제께서 그것을 아시고 인간 세상에 귀양 보내어 그대의 집에 태어나게 했나이다. 이 아기는 수경낭자와 삼생연분三生緣分. 부부간의 인연이 있으니, 부디 귀하게 길러 하늘의 뜻을 어기지 마옵소서"

하며 여러 번 당부하고 다시 하늘로 올라갔다.

부인 정씨는 정신을 차린 뒤에 상공에게 선녀의 말을 낱낱이 아뢰었다. 상공이 부인의 말을 듣고 아기를 자세히 보니, 얼굴은 관옥冠玉. 관 앞을 꾸미는 옥으로, 흔히 남자의 아름다운 얼굴을 비유하여 이름 같고 울음소리는 신선처럼 맑고 깨끗한지라. 아기의 이름을 선군仙君이라 짓더라.

선군이 점점 자라매 골격이 빼어나고 온갖 일에 모르는 것이 없으니, 보는 사람마다 모두 칭찬했다. 선군이 열다섯 살이 되니 세상 사람들이 이르기를,

"선군은 틀림없는 천상의 선관이라"

하더라.

부모 또한 선군을 더욱 사랑해 말하기를,

"이제 선군의 배필을 구해야 할 텐데, 어떻게 저와 같은 배필을 구하리오?"
하고 매일 선군의 짝이 될 만한 사람을 널리 구했다.

선군의 꿈에 나타난 수경낭자

이때 수경낭자도 천상에서 선군과 희롱한 죄로 옥연동에 귀양 와 있었는데, 선군이 인간 세상에 태어난 까닭에 자기와 천생연분인 줄 모르고 다른 가문에 구혼하는 것을 알게 되었는지라. 낭자가 생각하기를,

'우리 두 사람은 인간 세상에 귀양 와서 백년가약을 맺기로 되어 있는데, 이제 낭군이 다른 가문에 구혼하면 우리의 천생연분은 속절없이 되리라'

하며 슬퍼했다.

그러던 어느 날, 낭자가 선군의 꿈에 나타나 말하기를,

"낭군과 저는 요지연에서 서로 희롱한 죄로 상제께서 인간 세상에 귀양을 보냈으며, 이 세상에서 우리의 인연을 이루라 했나이다. 그런데 낭군께서는 어찌 이것을 모르시고 다른 가문에 구혼하려 하시나이까? 낭군은 저를 위해 삼 년만 기다려주시옵소서"

하고 거듭 당부하더니 문득 간데없더라.

선군이 깨어나보니 남가일몽南柯一夢. 한바탕 꿈이라. 그러나 꿈속에서 본 낭자의 얼굴은 하늘을 날던 기러기가 부끄러워 땅에 떨어질 만큼 아름다웠으며, 조각달을 수놓은 듯한 자태는 천상의 밝은 달이 구름 속에서 막 솟아나는 듯했다. 선군이 꿈에서 깨어난 뒤에도 붉은 입술에 하얀 이를 살짝 드러내고 말하던 낭자의 목소리가 귀에 쟁쟁하고, 옥 같은 낭자의 얼굴이 눈에 삼삼했다.

선군이 꿈에 본 낭자를 잊지 못해 병드니, 부모가 이상하게 여겨 물었다.

"네 병세를 보니 아무래도 이상하도다. 무엇 때문인지 숨기지 말고, 네 속마음을 사실대로 말해보거라."

"며칠 전 꿈에 옥 같은 낭자가 나타나서 말하기를 '저는 월궁선녀인데, 그대와 천생연분이 있나이다. 다른 곳에 구혼하지 말고 저를 삼 년만 기다려주소서' 하고 갔나이다. 그 낭자를 생각하니, 하루가 삼 년처럼 느껴지나이다. 그런데 어떻게 삼 년을 기다릴 수 있겠나이까? 이로 인해 저도 모르게 병이 골수까지 깊이 들었나이다."

"너를 낳을 때 하늘에서 한 선녀가 내려와 이러이러하더니, 그 낭자가 바로 수경낭자로다. 그러나 꿈은 모두 헛된 것이니, 그 낭자는 생각하지 말고 밥이나 잘 먹거라."

이에 선군이 대답하기를,

"아무리 꿈이 헛된 것이라 할지라도 기약 또한 매우 중요하오며, 저는 지금 음식을 먹을 수도 먹을 생각도 없나이다"

하고는 자리에 누워 일어나지 않더라.

부모가 이러한 선군을 안타깝고 민망하게 여겨 온갖 약을 구해 먹여봤지만, 선군은 조금도 효험이 없이 병만 더욱 깊어갔다.

이때 낭자는 옥연동에서 귀양살이를 하고 있었지만, 선군의 병이 위중한 것을 잘 알고 있는지라. 다시 선군의 꿈에 나타나 말했다.

"낭군께서는 어찌 저와 같은 아녀자 때문에 그토록 병이 심하게 들었나이까? 이 약을 써보시옵소서."

그리고 옥병 세 개를 내놓으며 말하기를,

"이것은 불로초^{不老草}이고, 저것은 불사초^{不死草}이며, 마지막 것은 만병초^{萬病草}이오니, 이 세 가지 약을 드시고 부디 삼 년만 참으소서"
하고는 문득 사라졌다.

선군이 꿈에서 깨어 낭자의 말대로 세 가지 약을 먹어보았지만, 병이 낫기는커녕 더욱 심해지기만 했다.

낭자가 이것을 알고 생각하기를,

'낭군의 병이 점점 심해지고 집안은 더욱 가난해져가니, 이 일을 어찌하리오?'
하고 또 꿈에 나타나 이르기를,

"낭군의 병세가 점점 심해지고 집안이 갈수록 곤궁해져 제가 금동자^{金童子} 한 쌍과 그림을 하나 가져왔나이다. 이 금동자를 낭군이 주무시는 방에 놓아두시면 저절로 부귀하게 되리이다. 그리고 이 그림은 제 모습을 그린 것이오니, 저를 보는 듯 밤에는 덮고 자고 낮에는 병풍에 걸어두옵소서"
하고는 또 갑자기 사라졌다.

선군이 꿈에서 깨어나 방 안을 살펴보니, 과연 금동자 한 쌍과 그림 하나가 놓여 있었다. 선군은 낭자의 말대로 금동자는 방에 놓아두고, 그림은 병풍에 걸어둔 채 수시로 바라보았다.

얼마 후 여러 고을 사람들이 이르기를,

"백선군의 집에 귀한 물건이 있다더라"
하고 금은과 비단을 무수히 가지고 와서 서로 다투어 구경하는지라. 이로 인해 집안 살림은 점점 부유해졌으나, 선군의 병은 조금도 낫지 않았다.

이에 낭자가 또 꿈속에 나타나 말했다.

"낭군이 끝내 저를 잊지 못해 이토록 병이 심하오니, 제가 너무 민망하고 답답하나이다. 바라옵건대 낭군께서는 당분간 하녀 매월에게 시중들게 하여 울적한 마음을 달래소서."

이에 선군이 다음날부터 매월을 동첩童妾. 나이 어린 첩으로 삼아 함께 지내며 울적한 마음을 달랬다. 그러나 매월을 사랑하는 마음이 낭자보다 못한지라, 세월이 흐를수록 낭자에 대한 그리움은 더욱 깊어만 갔다.

선군이 매일 낭자를 그리워하며 우울하게 지내니, 낭자가 생각하기를,

'만일 낭군이 나를 생각하다 죽는다면, 백년기약이 허사가 되리로다'

하고 또 꿈에 가서 말했다.

"낭군께서 첩을 보고자 하오면 옥연동 가문정으로 찾아오소서."

선군이 그 말에 너무 기쁘고 황홀하여 꿈에서 깨자마자 즉시 자리에서 일어나 부모님을 찾아뵙고 아뢰었다.

"간밤에 꿈을 꾸었는데, 낭자가 와서 '옥연동으로 찾아오라' 하고 갔나이다. 제 병세가 위급하기에 아무리 생각해도 그곳을 찾아가보는 게 좋겠나이다."

이에 부모가 웃으면서 말하기를,

"아무래도 네가 미친 모양이로다"

하고 선군을 붙잡아 앉히며 못 가게 하는지라. 선군이 답답해하며 이르기를,

"비록 부모님의 뜻을 어길지라도 어쩔 수 없나이다. 제 병이 이렇듯 심각하니, 옥연동으로 낭자를 찾아가겠나이다"

하며 하직인사를 올리니, 부모도 마지못해 허락하더라.

옥연동에서 운우지정을 나누다

선군이 오랜만에 몸과 마음이 상쾌해져서 백마에 금안장을 얹고 옥연동을 찾아갔다. 그러나 하루 종일 갔는데도 옥연동은 나오지 않는지라, 우울한 마음을 달래지 못하고 하늘을 우러러보며 말하기를,

"밝고 밝으신 하느님, 저를 굽어 살피소서. 제게 옥연동으로 가는 길을 밝게 알려주시어 백년기약을 잃지 말게 하옵소서"

하고 말을 몰아 점점 산속 깊이 들어갔다. 그러나 옥연동은 나오지 않고 해는 어느덧 서산으로 기울기 시작했다. 선군이 서둘러서 좀더 깊이 들어가니, 그제야 넓은 곳이 나왔다. 그곳에는 만학천봉^{萬壑千峰, 첩첩이} _{겹쳐진 깊고 큰 골짜기와 수많은 산봉우리}이 병풍처럼 사방에 둘려 있고, 연못에는 연꽃들이 가득 피어 있었다. 또한 연못가에는 축축 늘어진 버드나무 가지가 바람을 따라 너울너울 춤을 추고, 그 사이로 황금 같은 꾀꼬리가 오르내렸다. 꽃을 찾아 이러저리 날아다니는 나비들은 바람에 흔들려 봄빛을 희롱하고 꽃향기는 옷에 가득 스며드니, 바로 별유천지비인간^{別有天地非人間, 별세계}이더라.

선군이 황홀한 마음을 이기지 못해 점점 안으로 들어가니, 주렴을 둘러친 화려한 누각이 공중에 솟아 있고, 누각 입구에 '옥연동 가문정'이라는 현판이 붙어 있었다. 선군이 염치도 생각지 않고 누각 위로 올라가자, 한 낭자가 아미^{蛾眉. 가늘고 길게 굽어진 미인의 눈썹}를 숙이고 부끄러워하며 자리에서 일어나 물었다.

"그대는 누구인데, 마음대로 신선이 사는 누각에 올라오시나이까?"

"나는 산을 구경하러 온 속객^{俗客}인데, 이곳 경치가 너무 아름다워 선경仙境인 줄도 모르고 마음대로 들어왔나이다. 낭자께서는 부디 무지한 속객을 용서해주소서."

"그대는 목숨이 아깝거든 빨리 내려가소서."

선군이 얼핏 보니 그 낭자는 바로 꿈속에서 보았던 낭자인지라, 마음속으로 너무너무 반가워하고 있었다. 그런데 낭자의 말을 듣고는 반가운 마음이 갑자기 두려움으로 바뀌어 어찌할 바를 모르고 이리저리 고민하다가 생각했다.

'저 낭자는 내가 꿈속에서 본 낭자가 틀림없으며, 이때를 놓치면 다시는 저 낭자를 만날 수 없으리라.'

그리고 낭자 앞으로 나아가 말하기를,

"낭자는 저를 모르겠나이까?"

했으나 낭자는 끝내 듣고도 못 들은 척, 보고도 못 본 척했다. 선군이 하늘을 우러러 탄식하다가 어쩔 수 없이 문을 닫고 섬돌 아래로 내려오니, 그제야 낭자가 녹의홍상^{綠衣紅裳. 연두저고리와 다홍치마}에 백학선^{白鶴扇. 백학이 그려진 좋은 부채}을 쥐고 병풍에 기대서서 말하기를,

"낭군은 가지 말고 잠깐 내 말을 들으소서. 그대가 비록 인간 세상에 환생했다고는 하나 어찌 그토록 생각이 없나이까? 아무리 우리가 하늘이 맺어준 인연이라 할지라도, 아녀자가 어떻게 한마디 말씀에 출입을 허락할 수 있겠나이까?"

하고 다시 오르기를 청했다.

선군이 너무 기뻐 다시 누각 위로 올라가니, 낭자가 아름다운 입술을 반만 연 채 말했다.

"낭군은 어찌 그리 생각이 없나이까?"

선군은 낭자의 말을 듣고 정신이 황홀해 당장 달려가서 낭자를 껴안고 싶었다. 그러나 잠시 마음을 가라앉힌 후 낭자의 고운 손을 잡고 말했다.

"꽃을 본 나비가 불이 무서운 줄 어찌 알며, 물을 본 기러기가 어부를 어찌 겁내리오? 오늘 이렇게 낭자를 만났으니, 나는 이제 죽어도 여한이 없나이다."

"저 같은 아녀자를 생각하다가 병들었다고 하시니, 그것이 어찌 대장부의 행실이라고 할 수 있으리오? 우리 두 사람은 천상에서 죄를 짓고 인간 세상에 내려왔으며, 앞으로 삼 년 뒤에 인연을 맺게 되어 있나이다. 삼 년 뒤에 우리가 청조靑鳥를 매파로 삼고 상봉上峰에서 육례六禮, 전통적으로 내려오는 혼인의 여섯 가지 예법를 맺어 백년해로하사이다. 그러나 만일 제가 하늘의 뜻을 어기고 지금 몸을 허락하오면, 크게 후회할 일이 생기리이다. 그러니 어려우시더라도 삼 년만 참고 기다려주시옵소서."

이에 선군이 대답하기를,

"내 지금 심정은 일일여삼추一日如三秋, 하루가 삼 년 같음인데, 삼 년이면 몇 삼추三秋나 되겠나이까? 낭자가 만일 '그냥 돌아가라' 하시면 내 목숨은 오늘로 끝나리이다. 내가 저승에서 외로운 혼백이 되면 낭자의 목숨인들 온전하오리까? 엎드려 바라건대 낭자는 송백松柏, 소나무와 잣나무 같은 정절을 잠깐 굽히시어 불 속에 든 나비와 그물에 걸린 고기를 구해주옵소서"

하고 사생死生을 결단하려 하는지라. 낭자의 처지가 태산 꼭대기에 올라선 것처럼 앞으로 나갈 수도 뒤로 물러날 수도 없게 되었더라.

이때 밝은 달빛은 하늘에 가득하고, 밤은 깊어 삼경三更. 밤 열한시에서 새벽 한시 사이 이 되었다. 선군이 낭자의 손을 이끌고 이불 속으로 들어가니, 낭자도 어쩔 수 없이 따라 들어가 몸을 허락했다. 선군이 원앙이 새겨진 베개를 돋우어 베고 그동안 첩첩이 쌓인 소원을 이루니, 그 기쁨은 이루 말로 표현할 수 없었다. 두 사람의 마음은 원앙새가 푸른 물을 만나고 비취가 연리지連理枝에 깃들이는 것 같더라.

낭자와 하룻밤을 지내고 난 뒤에 선군이 희롱하며 말했다.

"황홀하고 기쁘도다. 잘 드는 용천검龍泉劍. 옛날 중국의 장수들이 쓰던 보검(寶劍)에 몸을 베이고 붉게 단 화롯불에 몸을 태울지라도 어찌 속세를 생각하리오? 이곳이 진정 아름다운 세상이 아니겠는가? 공명功名을 누가 알리오?"

이에 낭자가 말하기를,

"남자의 욕망이 아무리 대단하다고 한들 낭군은 어찌 이토록 염치가 없나이까? 내 몸이 이미 깨끗하지 못하니, 이제는 이곳에 머물러 공부해도 더이상 소용없게 되었나이다. 낭군과 함께 내려가사이다"

하고 신행新行. 혼인할 때 신랑이 신부 집으로 가거나 신부가 신랑 집으로 가는 것을 말함을 꾸렸다.

좋은 노새에 호피虎皮안장을 맵시 있게 지어 얹어 선군이 올라타고, 백옥가마에 금발주렴을 화려하게 차려내어 낭자가 비껴 탄 후, 하녀를 앞세우고 수레와 말을 몰아 시가媤家로 내려가더라.

과거 길에 오르는 선군

때는 춘삼월이라, 복사꽃은 흐드러지게 피고 물수리는 구룩구룩 울어댔다. 시가에 이르러 낭자가 시부모님께 인사를 올리자, 상공 부부가 낭자를 매우 반갑게 맞아들였다. 상공 부부가 낭자를 자세히 보니, 천하에 다시 보기 어려운 미인이었다. 피부는 눈처럼 하얗고, 얼굴은 꽃처럼 아름다웠으며, 양쪽 뺨은 붉은 복사꽃이 봄바람에 나부끼는 듯 화사했다. 상공 부부가 낭자를 매우 사랑하여 동별당東別堂에 신방新房을 꾸리게 하니, 선군과 낭자의 사랑하는 마음과 기쁨은 비할 데가 없었다. 이후로 선군은 잠시도 낭자 곁을 떠나지 않은 채 매일 낭자와 함께 희롱하며 지냈다. 상공 부부는 선군이 학업에는 전혀 신경쓰지 않는 것이 민망했지만, 자식이 오로지 선군뿐인 탓에 꾸짖지도 못했다.

어느덧 세월이 흘러 선군과 낭자가 짝을 맺은 지 팔 년이 지났다. 그 사이에 선군과 낭자는 남매를 낳았는데, 딸의 이름은 춘양이요 아들 이름은 동춘이었다. 세월이 갈수록 집안 살림은 더욱 부유해졌으며, 선군은 동산에 '가문정'이란 정자를 짓고 매일 낭자와 함께 노닐었다.

하루는 선군이 '외처금파낙춘방'이라는 가사歌詞를 지어 거문고를 타며 낭자와 화답하니, 그 노래가 매우 맑고 우아하여 중국의 음악보다 훨씬 나았다. 그 노래에 이르기를,

"두 사람이 술을 마시며 서로 화답하기 좋으니, 한 잔 두 잔에 또 한 잔을 마시세. 그윽한 밤에 아름다운 두 남녀가 술에 취했으니, 다음날 아침 생각이 있거든 거문고를 안고 오소서"

했더라.

낭자가 노래를 마친 후 마음이 황홀하여 달빛 아래를 배회하니, 선군이 낭자의 아름다운 태도를 보고 낭자를 더욱 사랑하여 마음을 진정치 못했다.

부모님도 두 사람이 매일 노는 모습이 사랑스러워 희롱하여 말했다.

"너희 두 사람은 분명 하늘에서 내려온 선관과 선녀로다."

그러던 어느 날, 상공이 선군에게 이르기를,

"내가 들으니, 조만간 과거시험이 있다고 하더구나. 너도 서울에 올라가 입신양명立身揚名하여 부모를 영화롭게 하고, 또 조상의 이름을 빛내는 것이 어떻겠느냐?"

하고 즉시 과거 길에 나아갈 것을 재촉했다. 이에 선군이 대답하기를,

"우리 집이 천하에 다시없을 만큼 부유하고, 노비 또한 천여 명이나 되며, 벼슬아치들이 즐기는 것은 물론이요, 귀와 눈이 하고자 하는 것을 마음대로 할 수 있나이다. 그런데 아버님은 무엇이 부족하여 제가 과거에 급제하기를 바라시나이까?"

하니 이 말에는 잠시도 낭자의 곁을 떠날 수 없다는 뜻이 담겨 있었다.

선군이 즉시 낭자의 방으로 들어가 낭자에게 부친의 말씀과 함께 과거시험을 볼 생각이 없다는 뜻을 말하니, 낭자가 정색하고 말하기를,

"대장부가 세상에 태어나 입신출세立身出世하여 아름다운 이름을 널리 알리고, 부모님을 영화롭게 하며, 조상을 빛내는 것이 떳떳한 일이

옵니다. 그런데 이제 낭군이 저를 잊지 못해 과거시험을 보러 가지 않으시면, 어떻게 공명을 이룰 수 있겠나이까? 또한 그렇게 되면, 부모님은 물론이거니와 다른 사람들도 모두 낭군이 제게 미혹되어 과거를 안 본다고 할 것이니, 낭군은 다시 생각해보소서. 낭군께서 저를 사랑하시는 마음은 잠깐 접으시고 서울에 올라가 이번에 장원급제를 하시옵소서. 그러면 부모님께 영화로울 뿐만 아니라 제 마음 또한 더없이 상쾌할 것이니, 그 기쁨을 어찌 말로 다 표현할 수 있겠나이까? 그러나 만일 낭군께서 과거를 보러 가지 않으신다면 저는 차마 민망하여 더이상 살기 어려울까 하나이다"

하고 행장行裝. 여행할 때 쓰는 물건과 차림을 차렸다. 낭자가 돈 수천 냥을 꺼내 선군에게 주고, 좋은 말에 은안장을 채워 선군을 태운 후에 하인 대여섯 명을 딸려 보내며 길을 재촉하니, 선군이 마지못해 말에 올랐다.

　이때는 경인년庚寅年 춘삼월 보름이었다. 선군이 부모님께 하직인사를 올린 후, 낭자에게 말하기를,

　"부모님과 어린 자식들을 데리고 잘 지내소서. 내가 과거를 본 후에 빨리 돌아올 테니, 그때 서로 그리던 마음을 실컷 풀어봅시다"
하며 이별을 못내 슬퍼하더라.

수경낭자와 외간 남자

선군이 길을 떠나면서 한 걸음 걷고 한 번 돌아보고 두 걸음 걷고 두 번 돌아보니, 낭자가 중문中門에 비껴서서 눈물을 흘리며 말하기를,

"낭군은 천 리 머나먼 길을 평안히 다녀오소서"

하니 그 소리에 장부의 간장이 다 녹는 듯하더라.

선군이 길은 떠났으되, 낭자를 그리는 마음이 간절하여 하루 종일 겨우 삼십 리를 가서 숙소를 정했다. 저녁밥이 들어왔지만 선군은 오로지 낭자만 생각하느라 음식에는 전혀 손을 대지 않았다. 하인이 이를 민망하게 여겨 아뢰기를,

"서방님은 음식을 조금도 들지 않으시고 어떻게 천 리 머나먼 길을 가려 하시나이까?"

하니 선군이 슬퍼하면서 말하기를,

"나도 모르게 마음이 울적해져서 밥을 조금도 먹을 수 없구나"

하고 적막한 빈방에 앉아 오로지 낭자만 생각했다.

선군은 밤이 깊을수록 낭자의 얼굴이 눈에 삼삼하고 말소리가 귀에

쟁쟁하여 잠을 이루지 못했다. 이경 二更. 밤 아홉시에서 열한시 사이이 지나고 삼경이 될 즈음, 선군이 가만히 살펴보니, 하인들은 모두 잠들어 있는지라. 하인들 몰래 숙소에서 나와 신발을 돋우어 신고 집으로 돌아왔다. 선군이 담장을 넘어 낭자의 방에 들어가자 낭자가 깜짝 놀라며 말하기를,

"낭군께서는 이 깊은 밤에 어떻게 오셨나이까?"

하니 선군이 대답하기를,

"하루 종일 서울을 향해 갔으나 겨우 삼십 리밖에 가지 못했소이다. 그곳에 숙소를 정하고 다음날 출발하려 했으나, 낭자 생각에 음식도 먹을 수 없고 잠도 이룰 수가 없더이다. 그래서 잠깐 낭자 얼굴이나 보고 가려고 왔소그려"

하고 낭자와 함께 서로 사랑하는 마음을 즐기더라.

이때 상공이 선군을 서울에 보내고 혹 도적이 들까 염려하여 집 안을 두루 살펴보고 있었다. 상공이 담장을 돌아 동별당에 이르니, 낭자의 방에서 남자의 목소리가 들리는지라. 문득 의구심이 생겼지만 다시 생각하기를,

'낭자의 정절이 백옥 白玉 같은데, 어찌 외간 남자를 만나리오?'

하고 돌아섰다. 그러나 궁금한 마음을 이기지 못해 가만히 낭자의 방 동쪽 창으로 다가가 귀를 기울였다. 이때 낭자가 창밖에 인기척이 있는 것을 알고 선군에게 말하기를,

"문밖에 시아버님이 와 계시는 듯하니, 낭군은 빨리 이불 속으로 들어가 몸을 감추소서"

하고 아이를 달래는 척하며 말했다.

"아가, 아가, 착한 아가. 너희 아버지가 이번 과거에 장원급제하여 자랑스럽게 돌아올 테니, 어서어서 자거라."

이에 상공이 그 소리를 듣고 처소로 돌아갔다.

잠시 후 낭자가 선군을 깨워 이르기를,

"시아버님이 문밖에 와서 살펴보고 갔사오니, 낭군은 바삐 나가소서. 만일 저를 잊지 못하고 다시 왔다가 그 자취를 들키면, 시아버님께서 반드시 저를 꾸중할 것이옵니다. 그러니 부디 마음을 굳게 간직하고 서울로 올라가소서. 낭군께서 과거에 급제하여 자랑스럽게 내려오시면, 그때 우리 서로 사랑하는 마음을 마음껏 즐기사이다"

하고 서둘러 선군을 내보냈다. 선군이 어쩔 수 없이 집을 나와 숙소로 돌아오니, 하인들은 아직껏 깊은 잠에 빠져 있더라.

선군이 다음날 또 서울을 향해 길을 떠났으나, 낭자 생각에 마음을 정하지 못하고 겨우 오십 리를 가서 숙소를 정했다. 저녁밥을 먹고 혼자 여관방에 쓸쓸하게 누워 있으니, 낭자 생각이 더욱 간절하여 마치 병이 날 것 같은지라. 선군은 낭자가 신신당부하던 말도 무시하고 또 하인들 몰래 집으로 돌아갔다. 선군이 담장을 넘어 낭자의 방에 들어가니, 낭자가 크게 놀라며 말했다.

"낭군은 어찌 나 같은 사람을 잊지 못해 이처럼 밤에 왕래하시나이까? 만일 이러시다가 도중에 천금처럼 귀한 몸에 병이라도 나면 어찌하려 하시나이까? 낭군이 끝내 저를 잊지 못할 것 같으면 내일 밤에는 제가 낭군의 숙소로 찾아가겠나이다."

"낭자는 규중閨中의 처자로 밤에 다니기 어려운데, 어떻게 먼 길을 왕래할 수 있다는 것이외까?"

"그러하오면 좋은 묘책이 있나이다."

이어서 낭자가 그림을 하나 내주며 말하기를,

"이 그림은 제 용모를 그린 것이오니, 도중에 빛이 변하거든 제 몸에 이상이 생긴 줄 아옵소서"

하고 서로 이별하려 했다.

이때 마침 상공이 동별당을 지나가고 있었는데, 낭자의 방에서 또

남자의 목소리가 들리는지라. 혼자 말하기를,

"이상하도다. 낭자처럼 절개 있는 여자가 어찌 외간 남자를 만나리오? 또한 우리 집 담장이 높고 하인이 천여 명이나 되는데, 어떻게 외간 남자가 마음대로 출입하는고?"

하며 의혹과 분함을 이기지 못하고 처소로 돌아가더라.

낭자는 시아버님이 문밖에 오신 줄 알고, 또 아이를 달래는 척하며 말하기를,

"아가야, 아가야, 이제 밤이 깊었으니, 어서 자자꾸나"

하며 끝내 낭군이 온 자취를 감추었다.

시아버님이 처소로 돌아가신 뒤에 낭자가 선군을 위로하며 말하기를,

"시아버님께서 낭군이 왕래하는 줄 알고 수시로 창밖을 순찰하오니, 어서 바삐 숙소로 돌아가소서"

하니 선군이 슬픈 마음을 억누르고 숙소로 돌아갔다.

다음날 아침 상공이 낭자에게 물었다.

"네 낭군이 서울에 간 뒤로 혹 도적이 들까 하여 내가 집 안을 두루 돌아다녔는데, 네 처소에서 남자의 목소리가 들려 이상하게 생각했노라. 그런데 또 어젯밤에 네 방에서 남자의 목소리가 들렸으니, 그것이 어찌 된 일인지 사실대로 말하거라."

이에 낭자가 대답했다.

"밤이면 심심하기에 매월을 불러 아이들과 함께 이야기를 나누었나이다. 제가 어찌 외간 남자를 방 안에 불러들여 이야기를 나누었겠나이까?"

매월이 수경낭자를 모함하다

    상공은 낭자의 말을 듣고 일단 마음이 놓였다. 그러나 자기가 분명 낭자의 방에서 남자의 목소리가 나는 것을 들었는지라, 아무래도 이상하여 매월을 따로 불러 묻기를,

    "네가 요사이 낭자의 방에 간 일이 있었느냐?"

하니 매월이 아뢰었다.

    "소인의 몸이 피곤하여 요사이 낭자의 방에 간 일이 없나이다."

    상공이 더욱 수상히 여겨 매월을 꾸짖어 말했다.

    "요 며칠 사이에 밤마다 낭자의 방에서 외간 남자의 목소리가 들리기에 내가 낭자에게 물으니 '밤에 심심하여 매월과 함께 이야기를 나누었다' 했느니라. 그런데 너는 '가지 않았다'고 하니 참으로 이상하도다. 어떤 놈이 낭자의 방에 드나들면서 간통하는 것이 틀림없도다. 너는 낭자의 방을 잘 감시하고 있다가 그놈이 어떤 놈인지 꼭 알아오너라."

    이에 매월이 상공의 명을 받고 밤낮으로 낭자의 방을 감시했다. 그

러나 며칠이 지나도록 낭자의 방에서 이상한 자취를 발견할 수 없는지라. 매월이 생각하기를,

'서방님이 낭자와 배필을 정한 이후 팔 년이 넘도록 나를 한 번도 돌아보지 않으니, 이 일 때문에 내 간장이 굽이굽이 썩는 줄 누가 알리오? 이때를 틈타 낭자를 음해하면 얼마나 통쾌하겠는가?'

하고 금은 수천 냥을 훔쳐서 동료들에게 가 의논했다.

"너희들 가운데 만약 내 말을 따른다면 금은 수천 냥을 주겠노라. 누가 나서겠느냐?"

그중에 돌쇠란 놈이 있었는데, 이놈은 본래 음흉한 놈이었다. 돌쇠가 금은이 탐나서 자기가 하겠다고 대답하니, 매월이 돌쇠에게 말했다.

"이 금은을 줄 테니 내 말대로 하거라. 우리 서방님이 처음에는 내게 수청을 들게 했는데, 옥낭자와 배필을 정한 후로는 나를 전혀 돌아보지 않는지라. 팔 년 동안 첩첩이 쌓인 내 원한을 누가 알겠는가? 밤낮으로 낭자를 음해하고 싶었으나 그사이 틈을 얻지 못했는데, 이제야 내 소원을 이룰 듯하도다. 요사이 서방님이 과거를 보기 위해 서울에 가 계시니, 그대는 내가 시키는 대로만 하거라."

그날 밤 매월은 돌쇠를 동별당으로 데리고 가서 낭자의 방문 앞에 앉히고 말하기를,

"그대는 여기에 가만히 숨어 있으라. 내가 지금 바로 상공의 처소에 가서 여차여차하다고 말하면, 상공이 분명 화가 나서 그대를 잡으러 여기로 올 것이라. 그때 그대는 낭자의 방에서 나온 척하면서 문을 여닫고 도망가라. 그러면 상공께서 그것을 진짜로 알고 낭자를 추궁할 것이고 낭자는 욕을 피할 수 없게 될 테니, 그대는 반드시 지금 내가 말한 대로 추진하라"

하고 상공의 침소로 가서 아뢰었다.

"상공의 명을 받들어 며칠 동안 낭자의 방을 지켜보고 있었는데, 마

침 오늘 밤에 어떤 놈이 낭자의 방으로 들어갔나이다. 소인이 몸을 감추고 귀 기울여 들으니, 낭자가 그놈에게 이르기를 '서방님이 서울에서 내려오거든 서방님을 죽이고 재물을 훔쳐 함께 도망하자' 하더이다."

이에 상공이 화가 나서 칼을 빼들고 낭자의 방으로 가보니, 과연 팔척이나 되는 건장한 놈이 낭자의 방문을 닫고 냅다 도망갔다. 상공이 분함을 이기지 못하고 침소로 돌아와 빨리 날이 새기를 기다렸다. 얼마 후 오경五更, 새벽 세시에서 다섯시 사이을 알리는 북소리가 울리면서 먼 마을에서 닭 우는 소리가 들리자, 상공은 즉시 하인들을 모두 불러내 좌우로 갈라 세우고 엄하게 문초했다.

"우리 집 담장이 높아 바깥 사람이 마음대로 출입하기 어려운 것은 너희들도 잘 알렸다. 그런데 간밤에 낭자의 방에서 어떤 놈이 뛰쳐나와 달아났으니, 너희 놈들은 누가 낭자의 방에 출입했는지 모르지 않으리라. 바른대로 말하지 않으면 너희들을 모두 죽이겠노라."

하인들이 모두 모른다고 말하자, 상공은 분한 마음을 이기지 못하고 매월에게 호령하기를,

"낭자를 빨리 잡아오라!"

하니 그 소리가 천지를 뒤흔드는 듯하더라.

매월은 상공의 호령을 듣고 급히 낭자의 방으로 달려들어가 악을 쓰면서 말했다.

"낭자는 어젯밤에 무슨 일을 했기에 아직도 일어나지 않으며, 낭군과 이별한 지 불과 한 달도 되지 않았는데 어떤 놈하고 간통하다 들통이 났소? 상공께서 외간 남자가 낭자의 방에서 나오는 것을 직접 목격하시고 죄 없는 우리를 잡아내 죽도록 문초하시더니, 내게 '낭자를 빨리 잡아오라' 하셨소. 어서 빨리 가사이다."

이때 낭자는 밤새도록 보채는 동춘을 달래느라 잠을 이루지 못하다

가 겨우 잠들었는데, 잠결에 추상같은 매월의 호통 소리가 들리는지라. 놀라 깨어나서 겨우 정신을 차려보니, 문밖에서 매월이 '빨리 가자'며 성화같이 재촉했다. 낭자가 놀란 마음을 겨우 가라앉히고 의복을 갖추어 입은 후 옥비녀를 머리에 꽂고 나오니, 하인들이 모두 말하기를,

"낭자는 무엇이 부족하여 서방님이 계시지 않을 때 외간 남자와 간통하다 들켰으며, 또한 어찌하여 죄 없는 소인들을 이처럼 매 맞게 하나이까?"

했다. 낭자가 그 말을 듣고 대경실색大驚失色. 크게 놀라 얼굴빛이 하얗게 변함하여 말하기를,

"그것이 무슨 말인가? 나는 아무것도 모르노라"

하고 놀란 가슴을 억누르며 시부모님 앞으로 나아가 무릎을 꿇고 여쭈었다.

"아직 날도 새지 않았는데, 제가 무슨 죄를 지었기에 종들로 하여금 잡아오게 하셨나이까?"

상공이 화를 내며 큰 소리로 꾸짖었다.

"며칠 전에 내가 낭자의 침소를 둘러보다가 들으니, 낭자가 분명 외간 남자와 말을 하고 있었는지라. 내가 낭자의 진심을 모르는 탓에 분함을 잠깐 참고 물으니, 낭자가 대답하기를 '낭군이 서울에 간 뒤로 밤이면 심심하여 춘양, 동춘과 매월을 데리고 이야기를 나누었'고 했노라. 그 뒤에 다시 매월을 불러 물으니, 매월이 '소인은 낭자의 방에 간 일이 없다' 하거늘, 이상하게 생각되어 그사이 낭자의 침소를 엿보았는지라. 그런데 어젯밤에도 낭자의 침소에 가보니, 팔 척이나 되는 건장한 놈이 낭자의 방문을 닫고 도망했도다. 내가 그 일을 직접 목격했거늘, 낭자가 무슨 변명을 할 수 있으리오?"

낭자가 상공의 말을 듣고 너무 놀라 눈물을 흘리며 말했다.

"전혀 그러한 일이 없사옵니다."

상공이 더욱 분함을 이기지 못하고 말하기를,

"내가 직접 목격한 일도 이렇듯 변명하니, 내가 보지 못한 일이야 어찌 다 말로 표현할 수 있으리오? 어젯밤에 낭자의 방에서 나온 놈이 어떤 놈이기에 끝까지 나를 속이려 하느냐? 어서 그놈의 이름을 바로 아뢰어라"

하고 호령이 추상같았다.

낭자가 억울하기 그지없어 통곡하며 말하기를,

"아무리 시아버님의 명령이 제왕의 위엄처럼 엄숙할지라도 저는 조금도 잘못을 저지른 일이 없나이다. 천지귀신天地鬼神과 일월성신日月星辰은 제게 죄가 있는지 없는지 아실 것이니, 제발 억울하고 원통한 제 누명을 벗겨주소서"

하고 가슴을 두드리니, 언덕의 고목나무에서 땀이 나고 귀신마저도 슬퍼하는지라. 어찌 하늘과 땅인들 울고 싶지 않으리오? 매월과 돌쇠를 제외하고는 보는 사람마다 눈물을 흘리더라.

그러나 상공은 더욱더 화를 내며 말하기를,

"내가 끝내 낭자와 간통한 놈을 찾아내고 말리라"

하며 종들에게 낭자를 결박한 후 매를 치게 했다.

결박당한 채 하인들에게 매를 맞는 낭자의 두 눈에서는 눈물이 샘솟듯이 흐르고, 온몸에 피가 낭자했으며, 구름결 같은 머리가 옥 같은 얼굴을 덮었다. 매를 맞아 갈기갈기 찢긴 살가죽은 죄 없는 사람이 죽기를 재촉하니, 누명을 벗기 어려운 낭자의 신세도 가련하거니와 누명을 쓰고 어찌 더 살 뜻이 있으리오?

낭자가 겨우 정신을 차려 말하기를,

"아버님께서 눈으로 직접 보셨다며 이렇듯 크게 분노하시니, 제가 변명한들 무슨 소용이 있겠나이까? 그러나 아버님께서는 자세하게 살펴보시옵소서. 제 몸이 비록 이 세상에 내려왔사오나 제 절개는 얼음과 눈같이 곧고 깨끗하며, 저 또한 '두 지아비를 섬겨서는 안 된다'는 말을 알고 있나이다. 게다가 낭군과 저는 하늘이 정해준 인연이 분명하거늘, 제가 어찌 외간 남자와 간통하겠나이까? 아무리 육례를 갖추지 않은 며느리라 할지라도 어찌 제게 이처럼 흉한 말씀으로 꾸짖으시나이까?"

하며 목 놓아 섧게 우니, 그 불쌍하고 애달픈 모습은 차마 눈을 뜨고 볼 수 없더라.

그러나 상공은 낭자의 말을 듣기는커녕 더욱 꾸짖기를,

"재상가의 규중에 외간 남자가 출입하는 것만으로도 죽어 마땅한 일이로다. 하물며 네 방에 외간 남자가 출입하는 것을 내 눈으로 직접 보았는데, 어찌 너를 범상하게 다스릴 수 있으리오?"

하고 하인에게 호령했다.

"각별히 엄하게 매질하라!"

상공의 명에 따라 하인들이 낭자에게 매질하니, 꽃처럼 고운 낭자의 얼굴에서는 눈물이 흐르고, 눈처럼 하얀 피부에서는 피가 샘처럼 솟아났다.

낭자가 혼미한 가운데 겨우 정신을 차려 여쭙기를,

"사실 그사이 낭군이 두 번 왔다 갔나이다. 낭군이 과거 보러 떠나던 날 겨우 삼십 리를 가서 숙소를 정했는데, 저를 생각하다 잠을 이루지 못하고 집으로 돌아왔거늘, 제가 이리저리 달래어 보냈나이다. 그런데 또 다음날 깊은 밤에 낭군이 돌아오셨기에 제가 억지로 내보냈나이다. 제가 이 일을 숨기고 즉시 아뢰지 못한 것은 부모님의 꾸중이 있을까 두려워서인데, 일이 이렇게 되었으니 누구를 원망하겠나이까? 귀신이 시기하고 조물주가 투기한 탓에 이렇듯 누명을 쓰고 형벌을 받게 되었으니, 제가 무슨 면목으로 부모님께 말씀을 아뢰며, 또한 낭군의 얼굴을 어찌 마주할 수 있겠나이까? 차라리 죽어 모르고자 하나이다"
하고 스스로 목숨을 끊으려 하다가, 낭군과 자식을 생각하여 차마 죽
지 못하고 땅에 엎어져 기절하더라.

내 죽어서 누명을 씻으리라

이때 시어머니 정씨가 낭자의 참혹한 형상을 보고 슬피 울며 상공께
아뢰기를,

"상공께서 눈이 어두워 일을 제대로 보지 못하고 송죽松竹. 소나무와 대나
무 같은 절개를 지닌 낭자를 이렇듯 음란한 일로 박대하시니, 어찌 후
환이 없사오리까?"

하고 대청에서 달려내려와 하인들을 물리치고 낭자를 풀어주었다. 그
런 후 낭자의 손을 잡고 통곡하며 말했다.

"부모가 망령되어 너의 정절을 몰라보고 이 지경이 되게 했으니, 너
는 억울함을 한탄하지 말거라. 너의 정절은 내가 아노라. 일단 별당으
로 가서 슬픈 마음을 달래거라."

이에 낭자가 여쭙기를,

"옛말에 '도적의 때는 벗어도 창녀의 때는 벗지 못한다' 했으니, 제
가 이런 누명을 쓰고 어찌 살기를 바라겠나이까? 죽어 모르는 것이 마
땅하나이다"

하고 탄식한 후, 머리에 꽂은 옥비녀를 빼들고 하늘을 우러러 통곡하며 말했다.

"밝고 밝으신 하늘은 굽어 살피시어 억울한 일을 명백히 분간해주옵소서. 제가 만일 외간 남자와 간통하는 죄를 범했거든 이 옥비녀가 제 가슴에 박히게 하옵고, 제가 잘못이 없거든 저 대청 뜰에 있는 섬돌에 박혀 낭군님이 돌아오실 때까지 빠지지 말게 하옵소서."

말을 마친 낭자가 옥비녀를 멀리 공중으로 던졌다. 그러자 옥비녀가 바람에 나부끼듯 날아가 대청 뜰 섬돌에 박혔다. 상공이 그 광경을 보고 놀라 마음속으로 자기 눈을 빼고 싶을 만큼 후회했으나, 이미 때가 늦었으니 어찌하리오? 하인들 또한 그 신기한 광경에 놀라고 부끄러워하며 서로 수군거렸다.

상공이 황급히 달려내려가 낭자의 소매를 붙들고 빌며 말하기를,

"낭자는 늙은 애비가 망령되어 저지른 일을 조금도 생각지 말고, 마음을 편하게 갖기를 바라노라"
하며 백방으로 낭자를 위로했다.

그러나 얼음과 눈 같은 낭자의 마음에 그같이 원통한 일을 당했으니, 만 번 죽어도 서럽지 않고 천 번 살라고 해도 반가운 마음이 전혀 없는지라. 낭자가 울면서 탄식하기를,

"내가 죽지 않고는 이같이 더러운 누명을 끝내 씻어내지 못하리라"
하고 죽기를 고집하니, 상공이 다시 빌며 말했다.

"남녀 사이에 일어나는 누명은 인간의 예삿일인데, 너는 어찌 이토록 서러워하느냐? 마음을 가라앉히고 네 처소로 돌아가 쉬거라."

이에 낭자가 시어머니 정씨를 붙들고 말하기를,

"저 같은 계집이 음행을 저지른 죄로 세상에 알려지게 되었으니, 저의 악명은 천 년 후까지 전해질 것이옵니다. 그러니 제가 어찌 부끄럽지 않겠나이까? 또한 낭군이 돌아오신 뒤 얼굴을 마주하기 어려울 것

이니, 저는 죽어서 세상을 잊고자 하나이다"

하며 진주 같은 눈물을 흘려 고운 얼굴을 적시더라.

정씨가 그 참혹한 거동을 보고 상공을 꾸짖기를,

"그대는 망령이 들고, 앞뒤가 없도다! 상공인지 중공인지 옥석玉石. 옥과 돌. 흔히 옳은 사람과 그른 사람을 비유함을 몰라보고 아무 잘못이 없는 낭자를 모함해 이 지경이 되게 했으니, 뒷일을 어찌할꼬? 낭자가 죽은 뒤에 선군이 내려와 이 소식을 들으면, 선군 또한 반드시 죽으려 하리라! 자식 없는 두 늙은이가 누구를 의지하며 산단 말인가?"

하며 상공을 무수히 책망하고 원망하더라.

이때 춘양의 나이는 일곱 살이요, 동춘의 나이는 세 살이었다. 춘양이 낭자의 치마를 붙들고 울며 여쭙기를,

"어머님, 어머님, 어머님아! 죽지 말고 살아보오. 어머님이 죽은 후에 나는 어찌하며, 동춘은 어찌 살라 하나이까? 아버님이 내려오시거든 어머님의 원통한 사정을 말씀드려 억울한 원한이나 푸옵소서. 동춘이가 벌써 젖 달라고 우나이다. 방에 들어가 동춘이 젖이나 먹여주옵소서. 만일 어머님이 죽사오면 우리 남매는 누구를 의지하고 살라 하나이까?"

하고 엉엉 울면서 어미의 손을 이끌고 방으로 들어갔다.

춘양의 손에 이끌린 채 마지못해 방으로 들어간 낭자는 동춘을 품에 안고 젖을 먹였으나, 한스러운 마음을 억제할 수 없는지라. 곰곰이 생각하기를,

'어찌 이 더러운 세상에 살아남아 천상과 요지연에서 있었던 일을 잊으리오?'

하고 죽기를 각오했다. 그러나 낭군과 자식을 생각하니, 일천 간장에 불이 일어나 오장육부를 모두 태우는 듯하는지라. 눈같이 흰 얼굴이 먹장같이 검게 물들고, 흐느끼던 목소리도 깨진 그릇이 되었으며, 잠

잠한 눈물이 옷깃을 적시더라.

　낭자는 젖을 먹다 잠든 동춘을 자리에 눕힌 후, 색깔 고운 옷을 모두 꺼내놓고 춘양의 머리를 만지며 말했다.

　"슬프다, 춘양아! 오늘 내가 죽게 된 것은 하늘이 나를 미워한 탓이로다. 네 아버지가 내려오시거든 이런 사정을 잘 말씀드려 원통하게 죽은 내 혼백이나 위로하거라."

　그리고 한참 슬프게 통곡하다가 또 말하기를,

　"춘양아, 이 백학선은 천하에 제일가는 보배란다. 추우면 더운 바람이 나오고 더우면 차가운 바람이 나오니, 부디 깊숙이 간수했다가 동춘이 다 크거든 주거라. 저 칠보단장과 비단옷들은 네게 필요한 물건이니, 잘 간수했다가 어른이 되거든 쓰거라. 춘양아, 내가 죽은 후에 어린 동생을 잘 보살펴서 목마르다 하거든 물을 먹이고, 배고프다 하거든 밥을 먹이며, 울거든 업어서 달래주어라. 춘양아, 부디부디 동생을 눈 흘겨보지 말고, 동생과 함께 잘 지내거라. 가련타, 춘양아! 불쌍한 동춘을 어찌할꼬? 답답하다, 춘양아! 너희들이 누구를 의지하고 살리오?"

하며 눈물을 비 오듯이 흘렸다.

　이에 춘양이 어미 거동을 보고 대성통곡하며 말하기를,

　"어머님아, 어머님아! 어찌 이토록 서러워하시나이까? 만일 어머님이 죽사오면 우리 둘은 누구에게 의탁하여 살아가리오? 저도 함께 죽어 어머님께 의탁하리이다. 불쌍하다, 동춘아! 네가 세상에 태어났다가 의지할 곳이 없게 되었으니, 원통하고 답답하구나"

하며 둘이 서로 붙들고 슬프게 통곡했다.

　춘양이 어미 치맛자락을 붙들고 통곡하다 잠들거늘, 낭자가 잠든 춘양을 붙들어 안고 생각했다.

　'내가 이렇게 더러운 말을 듣고 어떻게 다른 사람을 마주 볼 수 있으

리오? 죽어 저승에 가서 나의 누명을 씻으리라.'

그리고 손가락을 깨물어 혈서를 써서 벽 위에 붙인 후, 잠든 춘양과 동춘을 어루만지며 말했다.

"내가 태산같이 분한 마음을 이기지 못해 너희들이 자라서 어른이 되는 모습을 보지 못하고 속절없이 죽는구나. 가련하다, 춘양아! 불쌍하다, 동춘아! 너희는 누구에게 의지하며 살꼬? 너희가 깨어나면 내가 죽지 못할 것이니, 깨어나기 전에 죽노라. 부디 잘 있거라."

낭자는 비단옷을 꺼내 입은 후 원앙침鴛鴦枕을 돋우어 베었다. 그런 다음 잘 드는 옥장도玉粧刀를 꺼내 섬섬옥수纖纖玉手. 여자의 고운 손로 움켜잡고 슬피 울며 말하기를,

"강보에 싸인 어린 자식들을 두고 먼 곳에 가 계신 낭군도 보지 못한 채 죽으니, 어찌 죽은 혼백인들 좋은 귀신이 되리오?"
하고 칼을 높이 들어 자기 가슴을 찔렀다.

아아, 아무 잘못이 없는 사람이 원통하게 죽으니, 어찌 하늘이 무심하리오? 맑은 대낮이 갑자기 어두워지더니 우르르 쾅쾅 하며 천둥소리가 온 천지를 뒤흔들더라.

춘양과 동춘이 천둥소리에 놀라 깨어보니, 어미의 가슴에 칼이 꽂혀 있고 유혈이 낭자했다. 춘양이 대경실색하여 함께 죽으려고 어미의 가슴에 꽂힌 칼을 빼려 했으나, 칼이 빠지지 않는지라. 춘양이 동춘과 함께 어미 시신에 얼굴을 묻고 대성통곡하며 말하기를,

"어머님아, 어머님아! 이 일이 어찌 된 일인고? 나와 동춘도 데려가소서"
하니 그 울음소리가 멀리까지 들리더라.

상공 부부와 하인들이 춘양과 동춘의 통곡 소리를 듣고 놀라서 달려가보니, 낭자가 가슴에 칼을 꽂고 죽어 있는지라. 상공이 놀라서 다급히 낭자의 가슴에 박힌 칼을 빼려 했으나 칼은 조금도 빠지지 않았다.

상공 부부와 하인들이 어찌할 바를 모르고 우왕좌왕하고 있는데, 동춘은 어미가 죽은 줄도 모르고 어미에게 달려들어 젖을 빨아댔다. 동춘이 젖이 나오지 않는다고 우니, 춘양이 동춘을 달래며 말했다.

"동춘아, 어머님이 잠들었으니, 잠에서 깨어나거든 젖을 먹자꾸나."

그리고 어미 얼굴에 제 얼굴을 부비며 말하기를,

"어머님아, 어머님아! 날이 밝았으니 어서 일어나소. 해가 솟았으니 빨리 일어나소. 동춘이가 젖 달라고 우나이다. 업어줘도 안 듣고 안아줘도 안 듣고, 어머님만 부르며 우나이다. 밥을 주어도 안 먹고 물을 주어도 안 마시고, 젖만 달라고 하나이다."

하며 통곡하니, 그 참혹한 모습은 차마 눈 뜨고 보기 어려운지라. 산천초목과 온갖 짐승들이 다 서러워하고 해와 달이 빛을 잃으니, 철석같은 간장을 가진 사람인들 어찌 울지 않으리오?

이윽고 날이 밝아오면서 벽 위에 예전에 없던 혈서가 보였는데, 그 글에 이렇게 쓰어 있었다.

슬프다! 이내 몸이 천상에서 죄를 짓고 인간 세상에 내려왔으나, 낭군과 인연을 맺어 서로 잠시도 잊지 못했네. 공명에 뜻이 없이 오로지 첩만 그리워하던 낭군을 억지로 과거 길에 오르게 했더니, 조물주가 시기하고 귀신이 장난하는가? 백옥 같은 이 내 몸이 음행을 저질렀다는 누명을 쓰게 되니, 서럽고 한스러운 이 마음을 누구에게 다 말하리오? 시퍼런 날이 번뜩이는 칼을 들고 잠든 자식 바라보니, 가슴이 저리도다! 내가 죽는 것은 서럽지 않으나, 강보에 싸인 자식들은 누구를 의지하며 살리오? 너희들 앞날을 생각하니 마음이 아득하구나. 하물며 한 달 전에 이별한 낭군님은 천 리 밖에 계신지라. 못 보고 죽는 내 마음도 섭섭하지만, 살아서 나를 보지 못하는 낭군의 마음인들 어찌 온전하리오? 우리가 맺은 백년가약이 속절없이 허사가 되었도다. 낭군님아, 낭군님아! 어서 바삐 돌아와 제 시신을 수습하고, 제게 허물 없음을 명백히 밝히시어, 가슴에 맺힌 한을 풀지 못하고 죽은 제 혼백을 위로해주소서. 할 말은 무궁하나 원통한 마음이 죽기를 재촉하니, 그만 그치노라.

장원급제한 선군이 보낸 편지

낭자가 죽은 지 사흘째 되던 날이었다. 상공 부부가 생각하기를,

'선군이 돌아와 가슴에 칼을 꽂고 죽은 낭자의 모습을 보면, 분명히 우리 모함으로 낭자가 원통하게 죽은 것을 알 것이요, 저 또한 반드시 죽으려 하리라. 그러니 선군이 내려오기 전에 낭자의 시신을 처리함이 옳다'

하고 낭자의 방에 들어가 소렴小殮. 시신에 새로 지은 옷을 입히고 이불로 쌈을 하려고 했다. 그러나 시신이 방바닥에 붙어 움직이지 않는지라, 상공 부부와 하인들이 그 광경을 보고 놀라고 두려워할 뿐 어찌할 줄을 모르더라.

이때 선군이 서울에 올라가니, 천하의 선비들이 구름처럼 모여들었다. 며칠 후 과거시험을 보는 날이 되자, 선군은 시험에 필요한 도구들을 갖추어 시험장으로 들어갔다. 눈을 들어 현판을 살펴보니, '강구문동요康衢聞童謠. '큰 길거리에 동요 소리가 들린다'는 뜻으로, 태평성대를 일컬음라는 글의 제목이 걸려 있는지라. 선군이 잠시 글의 제목을 생각한 후, 일필휘지一筆揮之. 글씨를 단번에 써내림하여 제일 먼저 글을 올리고 나왔다.

이때 황제가 선군의 글을 보시고 크게 칭찬하여 말씀하시기를,

"이 글과 글씨는 세상 사람의 것이 아니로다. 구절마다 주옥珠玉이요, 글씨는 용사비등龍蛇飛騰, 용이 살아 움직이는 것같이 아주 활기 있는 필력하니, 이 선비는 신통한 사람임이 틀림없도다"

하시고 이름을 살펴보니, '경상도 안동 땅에 사는 백선군'이라고 쓰여 있는지라. 황제가 선군을 장원으로 뽑으신 후, 즉시 한림학사翰林學士. 학사원·한림원에 속한 정4품 벼슬에 제수하셨다. 이에 선군이 황제의 은혜에 사례하고 한림원에 나아가 여러 관리들에게 인사를 드렸다.

한림원에서 나온 선군은 먼저 부모님과 옥낭자에게 각각 편지를 한 장씩 써서 하인에게 전달하게 하니, 하인이 밤낮으로 달려내려가 상공에게 편지를 전했다. 상공이 편지를 받아보니, 한 장은 부모님께 올린 편지요, 한 장은 옥낭자에게 부친 편지였다. 상공이 자기에게 온 편지를 열어보니, 편지에 이렇게 쓰여 있었다.

불초자식이 부모님께 문안을 아뢰나이다. 그사이 부모님께서는 평안하게 잘 계셨는지요? 저는 부모님께서 걱정해주신 덕분에 아무 탈이 없나이다. 또한 이번 과거에 장원급제했으며, 임금의 은혜를 입어 한림학사가 되었나이다. 제가 내려가는 날짜는 이달 보름이오니, 축하 행사는 아버님께서 알아서 준비해주옵소서.

낭자에게 온 편지는 부인 정씨가 들고 가 춘양에게 주며 말하기를,

"이 편지는 네 아비가 어미에게 부친 편지니라. 네 그릇에 잘 담아두어라"

하며 대성통곡했다.

춘양이 그 편지를 받아들고 낭자의 방으로 들어가 어미의 시신을 흔들고 통곡하며 말했다.

"어머님아, 일어나소. 아버님 편지가 왔나이다. 어서 일어나소. 아버님이 이번에 장원급제했으며, 한림학사가 되어 내려온다 하나이다."

그리고 편지로 어미의 얼굴을 덮으며 말하기를,

"어머님이 평소에 글을 좋아하셨는데, 오늘은 아버님 편지가 왔는데도 어찌 반기지 않나이까? 춘양은 글을 몰라 어머님 영전靈前에 편지를 읽어드리지 못해 답답하나이다"

하고 정씨에게 빌며 말하기를,

"할머님께서 어머님 영전에 편지를 읽어주시면 어머님 영혼이 감동할 듯하나이다."

이에 정씨가 마지못해 낭자의 빈소에 들어가 울면서 편지를 읽었는데, 그 글에 이렇게 쓰여 있었다.

낭자께 문안을 아뢰며, 애정을 담은 편지 한 장을 올리나이다. 태산처럼 큰 우리 두 사람의 사랑이 천 리나 떨어져 있으니, 낭자를 생각하지 않으려 해도 저절로 낭자 생각이 나곤 하나이다. 낭자의 얼굴을 보고 싶어도 볼 수가 없는데, 요사이 그대의 그림이 점점 변해 그 빛이 예전과 달라졌나이다. 혹 낭자에게 무슨 병이 들었는가 걱정이 되어 객사의 등불 아래서 잠을 이루지 못하고 있나이다. 다만 저는 낭자의 지극한 정성으로 이번 과거에 장원급제하고 한림학사가 되어 자랑스럽게 내려가게 되었으니, 낭자 또한 기뻐하리라 생각하나이다. 내려가는 날짜는 이달 보름이니, 바라건대 낭자는 천금같이 귀한 몸을 편안하게 보존하소서. 내려가 반갑게 만나사이다.

정씨가 편지를 다 읽은 후 마음이 더욱 슬퍼져서 통곡하며 말하기를,

"슬프다, 춘양아! 가련하다, 동춘아! 너희들은 어미를 잃고 어찌 살아가려느냐?"

하니 춘양과 동춘이 정씨의 말에 어미 시신을 끌어안고 뒹굴며 슬피 우는지라. 그 참혹한 거동은 차마 눈 뜨고 볼 수가 없더라.

이때 정씨가 상공을 불러 물었다.

"선군의 편지 내용이 이러이러하며, 낭자가 죽은 줄도 모르고 혹 병 들었는가 걱정이 되어 저도 병이 났다고 하나이다. 만일 선군이 돌아 와 낭자의 주검을 보면 반드시 함께 죽으려 할 것이니, 이 일을 어찌하 면 좋으리오?"

이에 상공이 대답하기를,

"나도 그 일 때문에 밤낮으로 염려하고 있소이다. 그러나 좋은 계책 이 있으니, 너무 염려하지 말구려"

하고 즉시 하인들을 불러 의논했다.

"한림翰林이 내려와 낭자의 주검을 보면 저도 반드시 죽으려 할 것이 니, 너희들은 각각 한림을 안심시킬 수 있는 방안을 생각해보아라."

그중에 한 늙은 하인이 여쭈었다.

"소인이 예전에 한림을 모시고 이웃 고을의 임진사 댁에 놀러 간 일 이 있었나이다. 그때 수많은 사람들이 모여 있는 가운데 해와 달처럼 생긴 한 처자가 비단휘장을 걷고 나와 잠깐 구경하다 들어갔나이다. 한림이 그 처자를 보고, '천하의 미인이로다' 하시고, 옆에 있는 사람 에게 '그 처자가 누구냐?'고 물으니, '임진사 댁 낭자로다' 하더이다. 한림이 듣고 칭찬하며 못내 사모하는 듯했사오니, 그 낭자와 새로 인 연을 맺으시면 혹 안심이 될까 하나이다. 또한 임진사 댁은 한림이 내 려오는 길가에 있으니, 한림이 내려오는 길에 바로 혼사를 치르면 더 욱 좋을 것이옵니다. 어린 마음에 새로운 정이 싹트면 옛정을 잊을 것 이오니, 아무쪼록 상공께서 빨리 임진사 댁에 가셔서 그 댁과 혼사를 추진하시옵소서."

상공이 그 말을 듣고 크게 기뻐하며 말하기를,

"네 말이 매우 옳도다. 임진사는 나와 죽마고우竹馬故友. 어렸을 때부터 같이 자란 친구라, 내 말을 들어줄 듯하구나. 또한 지금 선군이 과거에 급제해서 지체가 높고 귀한 몸이 되었으니, 우리가 청혼하면 기꺼이 허락하리라"

하고 즉시 임진사 댁으로 갔다.

임진사가 상공을 기쁘게 맞이하며 말하기를,

"상공께서 누추한 곳에 어찌 오셨습니까?"

하니 상공이 대답했다.

"예전에 제 자식 선군이 수경낭자와 연분이 깊어 인연을 맺었는데, 서로 사랑하여 잠시도 떨어지지 않았소이다. 제가 이를 민망하게 여기던 차에 이번 과거시험을 맞이해 겨우 선군을 달래 서울로 보냈습니다. 다행스럽게도 선군이 장원급제하여 한림학사가 되어 내려온다는 편지가 왔더이다. 그러나 마침 가운家運이 불행한 탓인지, 아니면 제 연분이 다한 탓인지 얼마 전에 수경낭자가 죽었소이다. 생각건대 선군이 내려와 이 사실을 알게 되면 저도 반드시 죽으려 할 것 같아 널리 혼처를 구하고 있는데, 진사 댁에 아름다운 처자가 있다고 들었습니다. 그래서 염치불고하고 왔사오니, 진사의 뜻은 어떠합니까? 선군이 아직 나이 어린 까닭에 새로 좋은 짝을 만나면 옛정을 잊을 듯하오니, 진사께서 기꺼이 허락해주시길 바라외다. 덕분에 선군이 다시 살아나는 은혜를 입게 된다면 우리 두 집안이 모두 영화를 누릴 것이니, 어찌 즐겁지 않겠습니까?"

이에 진사가 대답하기를,

"지난 7월 보름에 가문정에서 한림과 낭자가 거문고를 타면서 가사를 읊고 노는 모습을 보니, 월궁항아가 옥황상제께 반도蟠桃· 삼천 년마다 한 번씩 열매가 열린다는 선경의 복숭아를 진상하는 것 같더이다. 그때 보니, 옥낭자가 가을밤의 둥근달이라면, 내 딸은 검은 구름에 싸인 반달에 불과하더이다. 그 낭자가 죽었다면 한림 역시 결코 세상에 마음을 붙이지 못할 듯하온데, 만일 제가 혼인을 허락했다가 뜻대로 안 된다면 내 딸의 신세가 얼마나 안타깝게 되오리까?"

하며 간곡하게 거절했다.

그러나 상공이 더욱 애절하게 부탁하니, 진사가 마지못해 허락하며 말했다.

"저 또한 한림 같은 사위를 얻는 것이 어찌 즐겁지 않겠습니까?"

이에 상공이 크게 기뻐하며 말하기를,

"선군이 이달 보름에 진사 댁 문 앞을 지날 것이니, 그날로 날짜를 잡아 혼례를 올립시다"

하고 집으로 돌아와 임진사 댁에 납채納采. 신랑 집에서 신부 집에 보내는 예물를 보낸 후 선군이 오기를 기다리더라.

낭군님아, 춘양과 동춘을 어찌할꼬

각설이라. 이때 선군은 푸른 적삼에 관대冠帶. 옛날 벼슬아치들의 공복를 입고 손에는 백옥홀白玉笏. 임금을 만날 때 손에 쥐던 물건을 든 채 백마를 타고 내려오는데, 푸른 양산은 하늘을 가리고 어린 기생들이 쌍쌍이 따르는 등 행렬이 십 리까지 늘어서 있었다. 젊은 소년이 백룡 같은 준마에 금안장을 얹어 타고 수많은 악기로 태평곡을 연주하며 내려오니, 각 도와 읍에서 남녀노소 할 것 없이 다투어 구경하며 칭찬하지 않는 사람이 없더라.

선군이 감영監營. 조선시대 때 관찰사가 직무를 보던 관아에 이르자, 감사監司. 각 도의 으뜸 벼슬인 관찰사가 한림을 맞이하는 환영식을 거행했다. 선군이 머리에 어사화御賜花. 문무과의 급제자에게 임금이 내리던 종이꽃를 꽂고 허리에 옥대玉帶를 차고 천천히 들어가니, 감사가 선군을 보고 크게 칭찬하며 말했다.

"그대는 진실로 선풍도골仙風道骨. 뛰어나게 고아한 풍채이로다."

이때 선군이 여러 날 내려오느라 피곤하고 지쳐 잠깐 졸았는데, 비몽사몽간에 낭자가 온몸에 피를 흘린 채 들어와 한림 곁에 앉으며 말

하기를,

"나는 운수가 불행하여 세상에 있지 못하고 저승에 들어갔나이다. 며칠 전에 시어머님이 제 영전에서 낭군의 편지를 읽어주시기에 낭군이 장원급제하고 한림이 되어 내려오신다는 것을 알았나이다. 아무리 죽은 혼백인들 어찌 즐겁지 않으리오? 낭군이 영화로운 몸이 되어 내려오신다기에 너무 반가워서 여기까지 왔나이다. 그러나 남들처럼 낭군을 직접 뵙지 못하오니, 이런 답답하고 절박한 일이 또 어디 있으리오? 가련하다, 낭군님아! 춘양과 동춘을 어찌할꼬? 어서 바삐 내려가셔서 춘양과 동춘을 달래주소서. 어미를 잃고 슬피 울며, 아비가 그리워 서러워하고 있나이다. 제가 몸이 수척하여 넘어지고 자빠지면서 한 걸음 한 걸음씩 왔사오니, 제 가슴이나 만져보소서"
하며 한숨짓고 눈물을 흘렸다.

선군이 반가워 낭자의 손을 잡고 몸을 만져보니, 가슴에 칼이 박혀 있었다. 깜짝 놀라 낭자에게 그 까닭을 물으니, 낭자가 숨이 막히는 듯 탁탁 하는 소리를 내며 말했다.

"낭군이 과거 보러 가실 때 저를 잊지 못해 두 번 되돌아오셨는데, 귀신이 그것을 미워한 탓인지 매월이 시아버님을 부추겨 터무니없는 말로 저를 모함했나이다. 제가 그 모함을 벗어날 길이 없어 부득이 자결했나이다."

이때 먼 마을에서 닭 우는 소리가 들리니 낭자가 말하기를,

"저는 이미 죽은 몸이기에 날이 새기 전에 바삐 돌아가야 하나이다"
하고 문득 간데없더라.

선군이 깨어보니 남가일몽이었다. 꿈이 너무 흉악해서 자리에서 일어나 앉으니, 오경을 알리는 북소리와 함께 닭 우는 소리가 들리는지라. 선군이 급히 하인을 불러 밤낮을 가리지 않고 길을 재촉하면서 집으로 내려왔다.

이때 상공은 술과 음식을 갖추고 하인들과 함께 임진사 댁 문 앞으로 가서 한림이 오기를 기다렸다. 얼마 후에 한림이 금안장을 채운 백마를 타고 달려내려오니 상공이 선군의 손을 잡고 말하기를,

"네가 급제하여 옥당玉堂. 궁중의 경서, 문서 따위를 관리하고 임금의 자문에 응하는 관아의 한림이 되어 오니, 그 기쁨을 이루 헤아릴 수 없도다"

하며 손수 술을 따라 권하니, 한림이 두 손으로 연거푸 두세 잔을 받아 마셨다. 이에 상공이 기쁜 얼굴로 한림에게 이르기를,

"너는 얼굴이 두목지처럼 우아하고 풍채도 뛰어난데, 이제 한림학사라는 벼슬까지 하게 되었도다. 너 같은 대장부가 어찌 한 부인만 둔 채 세월을 보낼 수 있겠느냐? 내가 너를 위해 널리 어진 낭자를 구했는데, 이 고을 임진사 댁 낭자가 천하의 미인이라고 하더구나. 그래서 얼마 전에 임진사에게 청혼하여 임소저를 네 배필로 삼고, 바로 오늘 혼례를 올리기로 정했노라. 네 뜻은 어떠하냐?"

하며 백방으로 선군을 달랬다. 그러나 선군이 대답하기를,

"내려오다가 꿈을 꾸었는데, 낭자가 온몸에 피를 흘리고 나타나 가슴을 만지면서 말도 제대로 못 하더이다. 아무래도 낭자에게 무슨 연고가 있는 듯한데, 무슨 일이 있었나이까? 또한 저는 낭자와 맺은 언약이 소중하오니, 이 문제는 집에 내려가 낭자의 말을 들은 후에 결정하겠나이다"

하고 길을 재촉하여 임진사 댁 앞을 그냥 지나가려 하는지라. 상공이 한림을 붙들고 달래어 말했다.

"이것은 양반의 자식이 할 행실이 아니로다. 혼인은 인간의 대사大事라. 부모가 구혼하고 육례를 갖추어 혼인하여 부모를 영화롭게 하는 것이 자식 된 도리이거늘, 너는 어찌 이토록 고집을 부리느냐? 또한 네가 이대로 가는 것은 임소저의 평생 대사를 그르치는 것이니, 이는 군자의 도리가 아니로다."

한림이 아무런 대답도 하지 않은 채 말을 재촉하니, 하인이 한림에게 여쭈었다.

"대감님의 말씀도 말씀이려니와, 만약 한림께서 그냥 가시면 임진사 댁의 낭패도 매우 심할 것이옵니다. 그러니 한림께서는 깊이 생각하옵소서."

그러나 한림은 그 하인을 꾸짖어 물리치고 백마를 몰아 달려갔다. 상공이 어쩔 수 없이 말을 타고 뒤따라오더니, 집 앞에 이르러 선군을 붙들고 눈물을 흘리며 말했다.

"네가 과거를 보기 위해 서울로 떠난 뒤에 낭자의 방에서 외간 남자의 소리가 나더구나. 내가 그것을 이상하게 생각하여 낭자에게 물으니, 낭자가 네가 왔다는 말은 하지 않고 매월과 함께 이야기를 나누었다 하더라. 그러나 내가 분명히 남자의 목소리를 들었는지라. 수상히 여겨 부모로서 약간 경계하는 말을 했더니, 낭자가 여차여차하여 죽었구나. 이런 망극하고 답답한 일이 어디 있겠느냐?"

이 말을 듣고 선군이 대경실색하여 울면서 말하기를,

"진실로 낭자가 죽었나이까? 어찌 아버님께서 제게 이러실 수 있나이까? 저를 속이고 임소저에게 장가들라고 말씀하신 것이 옳으십니까?"

하며 미친 듯이 중문으로 달려들어가니, 동별당에서 나는 구슬픈 울음소리가 문밖까지 들렸다.

한림이 저도 모르게 눈물을 샘솟듯이 흘리면서 문 안으로 들어가니, 대청 섬돌 위에 옥비녀가 하나 박혀 있었다. 한림이 옥비녀를 빼들고 눈물을 흘리며 말하기를,

"무정한 옥비녀는 마주 나와 반기는데, 유정한 우리 낭자는 어찌하여 안 나오는고?"

하며 대성통곡을 하고, 허둥지둥 동별당으로 들어갔다.

원수로다 원수로다 과거 길이 원수로다

이때 춘양이 빈소에서 동춘을 업고 어미 시신을 흔들며 울고 있었는데, 그 모습이 더없이 가엾고 처량했다. 춘양이 울다가 지쳐 우는 소리도 내지 못하고, 구슬 같은 눈물만 비 오듯이 흘리면서 어미 시신을 붙들고 말했다.

"애고, 애고, 답답하다! 어머님아, 일어나소, 일어나소. 과거 보러 서울 갔던 아버님이 돌아오셨나이다."

춘양에게 업힌 동춘도 한림을 보고 슬피 울었다. 춘양 또한 한림을 붙들고 엎어져 울면서 말하기를,

"아버님, 어머님이 죽었나이다. 동춘이가 매일 젖 달라며 어머님 시신을 붙들고 우나이다"

하며 슬피 울었다.

한림이 춘양과 동춘을 안고 함께 통곡하다가, 마침내 낭자의 시신을 안고 기절하는지라. 춘양과 동춘이 한림을 흔들며 얼굴을 부비고 우니, 한림이 한참 후에야 겨우 정신을 차렸다. 한림이 통곡하면서 낭자

의 시신을 덮은 보를 벗겨보니, 옥 같은 낭자가 가슴에 칼을 꽂고 누워 있었다. 이에 한림이 부모를 돌아보며 말했다.

"부모님께서 아무리 무정하온들 어찌하여 여태까지 칼을 빼지 않았나이까?"

그리고 낭자의 얼굴을 부비며 말하기를,

"낭자야, 낭자야! 선군이 돌아왔네. 일어나소, 일어나소"

하며 낭자의 가슴에 박힌 칼을 빼니, 그 구멍으로 청조 세 마리가 나왔다. 한 마리는 한림의 어깨 위에 날아와 앉더니,

"하면목, 하면목"

하며 울고, 또 한 마리는 춘양의 어깨 위에 앉아,

"소애자, 소애자"

하며 울고, 또 한 마리는 동춘의 어깨 위에 앉아,

"유감심, 유감심"

하며 울다가 어디론가 날아갔다.

한림이 그 소리를 들어보니, '하면목'은 '음행을 저질렀다는 소리를 듣고 무슨 면목으로 낭군을 다시 보리오?' 하는 소리요, '소애자'는 '춘양아, 부디부디 동춘을 울리지 말고 잘 지내거라' 하는 소리요, '유감심'은 '동춘아, 어린 너를 두고 죽었으니 눈을 감지 못하리로다' 하는 소리였다. 청조 세 마리는 바로 낭자의 삼혼칠백三魂七魄, 사람의 혼백을 통틀어 이르는 말이었으며, 그 새들의 울음소리는 낭자가 선군을 영원히 이별하면서 마지막으로 남긴 말이었다.

이날부터 낭자의 시신이 점점 변하더니 상하기 시작했다. 한림이 낭자의 시신을 안고 말하기를,

"슬프다, 낭자야! 어미를 찾으며 우는 춘양과 동춘의 거동도 보기 싫다. 불쌍하다, 낭자야! 어린 동춘에게 젖을 먹이소. 어여쁜 우리 낭자야! 나를 버리고 어디로 가는고? 절통하다, 낭자야! 나도 데려가소.

원수로다, 원수로다. 과거 길이 원수로다! 과거에 급제한들 무엇하며, 한림학사가 된들 무엇하리? 옥 같은 낭자의 얼굴 보고지고! 한순간을 못 보아도 삼 년을 못 본 듯한데, 이제 우리 낭자가 죽었으니 어느 천 년에 다시 볼꼬? 어린 자식들은 어찌하며, 낭자 없는 나는 잠시인들 어찌 살꼬? 더이상 살 뜻이 없으니, 나도 죽어 저승에서 낭자와 상봉하사이다. 처량하다, 춘양아! 너는 어찌 살리오? 애달프다, 동춘아! 너를 어찌할꼬?"

하며 대성통곡하다가 또 기절하는지라. 춘양이 울며 말하기를,

"애고, 답답한 아버님아! 이토록 한탄하시다가 아버님마저 돌아가시면 우리 둘은 어찌 살라 하시나이까?"

하니 동춘도 따라 울었다.

춘양이 우는 동춘을 달래기를,

"야야, 우지 마라! 아버님이 죽으면 너는 어떻게 살며, 난들 어찌 살리오? 우리도 함께 죽어 아버님을 따라가서 부모의 혼백에 의탁하자꾸나"

하며 한 손으로는 한림을 붙들고 또 한 손으로는 동춘을 안고 슬피 통곡하니, 산천초목과 온갖 짐승들이 다 우는 듯하더라.

한림이 춘양과 동춘의 모습을 보고 겨우 정신을 차려 남매의 손을 잡고 방으로 들어가니, 춘양이 앞으로 나앉으며 말하기를,

"아버님아, 배는 고프지 않으시며 목은 마르지 않으시나이까? 어머님이 살아 계실 때 아버님 오시면 드리라고 백화주百花酒. 여러 가지 꽃을 넣어서 빚은 술를 옥병에 가득 담아두었으니, 이 술이라도 잡수소서. 그러면 어머님이 돌아가실 때 남기신 유언을 아뢰리다. 너무 슬퍼 마시고 불쌍한 우리를 어여삐 생각하시어 이 술을 잡수소서"

하며 옥잔에 술을 가득 부어드렸다. 한림이 술을 받아들고 흐느끼며 말하기를,

"내가 이 술을 마시고 살아서 무엇하리오마는, 네 정성이 가련하고 또 네 어미의 유언을 이른다 하니 마시노라"

하며 술을 마시려 하니, 눈물이 술잔에 떨어져 술이 넘쳐흘렀다.

춘양이 그 모습을 보고 또 울며 말하기를,

"어머님이 돌아가실 때 말씀하시기를 '슬프다! 내가 죽는 것은 서럽지 않으나, 음행을 저질렀다는 누명을 썼으니 황천에 돌아간들 어찌 눈을 감고 죽으리오? 천 리 먼 곳에 계신 낭군의 얼굴도 보지 못하고 죽는구나. 네 아버님이 급제하여 내려오시면 입게 하려고 도포와 관대를 지었는데, 관대에 백학白鶴의 날개 한쪽을 다 수놓지 못하고 이런 일을 당했구나. 네 아버님이 돌아오시거든 날 본 듯이 입으시라고 드리거라' 하셨나이다"

하며 도포와 관대를 꺼내주었다.

한림이 그 도포와 관대를 한 번 보니 억장이 무너지고, 두 번 보니 가슴이 막히고, 세 번 보니 어안이 벙벙하고, 네 번 보니 눈이 희미해지며 일천 간장이 굽이굽이 썩어 문드러지는 듯했다.

선군이 매월과 돌쇠를 죽이다

열흘 남짓 지난 어느 날이었다. 한림이 생각하기를,

'내가 당초 매월에게 수청을 들게 했는데 낭자와 인연을 맺은 후에 저를 박대했더니, 분명코 그 몹쓸 년이 시기하여 낭자를 모함한 것이로다'

하고 즉시 하인들에게 호령하여 매월을 잡아오게 했다.

하인들이 매월을 잡아오자, 한림이 매월의 무릎을 꿇리고 준엄하게 꾸짖어 말했다.

"너는 그간의 사연을 사실대로 아뢰어라."

이에 매월이 울며 여쭙기를,

"소인은 아는 것이 전혀 없나이다"

하니 한림이 더욱 화가 나서 하인에게 호령했다.

"매월이 실토할 때까지 매를 쳐라."

매월이 아픔을 견디지 못하고 어쩔 수 없이 그간의 사연을 사실대로 자백하니, 한림이 호령하여 물었다.

"낭자의 침소에 갔던 놈은 누구냐?"

"바로 돌쇠로소이다."

이때 돌쇠 또한 하인들 가운데 서 있었다. 한림이 하인들에게 호령하여 돌쇠를 결박하고 꿇어앉힌 후 직접 몽둥이를 들고 물으니, 돌쇠가 울며 아뢰었다.

"소인이 하늘 무서운 줄 모르고 금이 탐나서 매월의 유혹에 넘어가게 되었나이다. 죽을죄를 저질렀사오니, 어서 죽여주시옵소서."

한림이 분함을 이기지 못해 하인들에게 매를 쳐서 돌쇠를 죽이게 했다. 그리고 허리에 찬 칼을 빼들고 매월에게 다가가며 말하기를,

"어찌 너 같은 년을 한순간인들 이 세상에 살려두리오?"

하고 매월의 배를 찔러 죽였다.

한림이 매월을 죽인 후 상공을 돌아보며 말하기를,

"아버님은 어떻게 이런 요망한 년의 말을 듣고 백옥처럼 순결한 사람을 죽게 했나이까? 이런 원통한 일이 또 어디 있사오리까?"

하니 상공이 아무런 대답도 하지 못하고 눈물만 흘리더라.

한림이 돌쇠와 매월을 죽인 후 낭자의 시신을 안장하기 위해 제문을 짓는 등 장례 준비를 했다. 그날 밤 꿈에 낭자가 머리를 산발하고 온몸에 피를 흘리며 방문을 열고 들어와 말하기를,

"슬프다, 낭군님아! 옥석을 구별하여 제 누명을 벗겨주시고 또한 매월을 죽였사오니, 이제 죽어도 한이 없나이다. 그러나 낭군을 다시 보지 못하고 춘양과 동춘을 두고 황천에서 외로운 혼백이 되었으니, 원한이 하늘까지 사무치나이다. 슬프다, 낭군님아! 제 시신을 육 년 된 창포 菖蒲. 천남성과의 여러해살이풀. 뿌리는 약용하고 단옷날 창포물에 머리를 감거나 술을 빚음로 질끈 묶어 신산 新山. 새로 쓴 산소에도 묻지 말고 구산 舊山. 오래된 무덤자리에도 묻지 말고, 옥연동 못 가운데 넣어주소서. 그러면 먼 훗날에 낭군과 춘양과 동춘을 다시 볼 듯하오니, 부디부디 헛되이 생각지 마시고 제 말대로

하소서. 만일 그러지 않으면 제 소원을 이루지 못할 뿐만 아니라, 낭군의 신세와 춘양, 동춘의 일생이 가련하게 되오리다. 부디 제 소원대로 해주옵소서"

하고 문득 간데없거늘, 정신 차려보니 남가일몽이었다.

천궁天宮으로 올라가사이다

한림이 급히 부모님께 가서 꿈 이야기를 말씀드리고 장례를 지내려 하니, 낭자의 시신이 방바닥에 붙어 떨어지지 않았다. 집 안의 모든 사람들이 망극하여 어찌할 바를 모르고 있는데 한림이 생각하기를,

'낭자는 억울한 누명을 쓰고 잘못도 없이 죽었으며, 사랑하는 춘양과 동춘을 두고 황천의 외로운 혼백이 되었으니, 아무리 영혼인들 어찌 마음이 온전하리오?'

하고 백방으로 낭자의 영혼을 달래주었다.

그러나 낭자의 시신은 꿈쩍도 하지 않았다. 한림이 슬픈 마음을 이기지 못해 춘양과 동춘에게 상복을 입히고 말에 태워 상여 앞에 세우고 가니, 그제야 관이 움직이면서 상여가 나는 듯이 앞으로 나아갔다.

이윽고 상여가 옥연동 못가에 이르러 연못을 바라보니, 큰물이 넘쳐 흐르고 물빛이 하늘까지 닿아 있었다. 한림이 어찌할 바를 모르고 한탄하고 있는데, 갑자기 천지가 어두워지고 산천이 빛을 잃으면서 연못의 물이 빠져 육지같이 되었다. 물이 빠진 못 가운데를 자세히 보니,

석관石棺이 하나 놓여 있었다. 모두들 기이하게 여기며 낭자의 시신을 그 석관에 넣어 안장했다. 그러자 또 갑자기 뇌성벽력이 일어나며 오색구름이 옥연동을 둘러싸더니 순식간에 그 큰 연못에 물이 가득 넘쳐 흘렀다.

한림이 대성통곡하며 물을 향해 한동안 탄식하다가 제문祭文을 지어 읽었다.

유세차 모년 모월 모일에 한림 백선군은 옥낭자의 신령께 감히 고하나이다. 우리가 삼생연분으로 만나 원앙새와 비취새처럼 서로 사랑하면서 백년해로를 바랐더니, 인간이 시기하고 귀신이 장난한 것인가? 서로 몇 개월 떨어져 있는 사이에 그대가 아무 잘못도 없이 구천九泉. 죽은 뒤 넋이 돌아가는 곳을 떠도는 외로운 혼백이 되었으니, 어찌 슬프지 않으리오? 애달프다! 그대가 세상만사를 버리고 구천으로 돌아갔으니, 선군은 춘양과 동춘을 데리고 누구를 의지하며 살꼬? 슬프다! 낭자의 시신을 앞동산에 묻어주고 수시로 무덤이라도 보려 했는데, 깊은 물속에 넣었으니 훗날 황천에 가서 무슨 면목으로 낭자를 만나리오? 비록 유명幽明. 저승과 이승은 서로 다르나 인정人情은 평소와 다를 것이 없으리니, 다시 한 번 만나볼 수 있기를 간절히 바라나이다. 맑은 술 한 잔을 올리니 흠향歆饗. 신명(神明)이 제물을 받아서 먹음하옵소서.

한림이 땅에 엎어져 무수히 통곡하니, 온갖 초목과 짐승들이 우는 듯하고 산천이 무너지는 듯하더라.

그런데 제를 마치자마자 놀라운 일이 일어났다. 낭자가 녹의홍상에 칠보단장을 한 채 푸른 사자 한 쌍을 몰고 물에서 나오는 것이었다. 이것을 본 조문객들이 모두 놀라며 말했다.

"낭자님이 죽은 지 열흘 남짓이요, 또한 이미 수중 혼백이 되었는데 어찌 이렇게 다시 살아온단 말인가?"

선군 역시 너무 놀라고 기뻐서 낭자를 붙들고 대성통곡하니, 낭자가 붉은 입술에 흰 이를 반만 열고 이르기를,

"낭군은 이제 더이상 염려하지 마소서. 저와 함께 부모님을 찾아뵙고 천궁天宮으로 가사이다"

하고 함께 푸른 사자를 타고 집으로 돌아왔다.

낭자가 살아서 한림과 함께 돌아오는 것을 보고 상공과 정씨가 달려나와 낭자를 붙들고 통곡하며 말하기를,

"낭자는 어디 갔다가 이제야 돌아오는가?"

하며 기뻐하는 한편, 참혹한 마음을 이기지 못하시더라.

낭자가 상공과 정씨 앞에 나아가 절하며 아뢰었다.

"제가 이렇게 된 것은 천상에서 지은 죄 때문이며, 이 모든 것이 천명 아닌 것이 없나이다. 그러니 너무 한탄하지 마옵소서. 이제 옥황상제께서 우리를 천상으로 올라오라 하시니, 천명을 거스르지 못하고 천상으로 올라가옵나이다."

상공 부부가 낭자의 말을 듣고 더욱 처량한 마음을 이기지 못하여 눈물을 흘리니, 낭자가 백학선 하나와 약주 한 병을 드리며 말했다.

"이 백학선은 추우면 더운 바람이 나오는 천하의 보배이옵고, 이 약주는 기운이 편치 않을 때 드시면 백 살 동안 건강하게 지낼 수 있는 선약仙藥이옵니다. 추우면 이 부채를 부치시고, 기운이 편치 않으시면 이 약주를 드시옵소서. 또한 부모님께서 돌아가실 때는 불국佛國. 부처가 있는 나라의 연화궁蓮花宮. 불교에서 극락에 있다는 궁전에서 모셔가게 되어 있나니, 조금도 걱정하지 마옵소서. 천상의 선관들이 연화궁에 자주 다니오니, 두 분께서 연화궁에 오시면 그때 우리가 반갑게 찾아뵙겠나이다."

낭자가 또 한림에게 말했다.

"이제 우리는 올라갈 때가 되었나이다. 어서 부모님께 하직인사를 올리고 천상으로 올라가사이다."

한림이 부모님과 헤어지려 하니, 새삼 부모와 자식 간의 정이 솟구치는지라. 눈물을 흘리면서 두 분 부모님께 나아가 절하며 말하기를,

"소자 등은 이 세상과 인연이 다해 오늘 하직하옵나이다. 두 분께서는 내내 평안하옵소서"

하고 하직인사를 올렸다. 낭자 역시 부모님께 하직인사를 올린 후 푸른 사자 한 쌍을 몰고 왔다. 이에 한림은 동춘을, 낭자는 춘양을 안고 각각 사자 등에 오르자, 사자가 무지개를 타고 하늘로 올라가더라.

각설이라. 상공 부부는 낭자와 선군이 천궁으로 올라간 뒤에 한동안 슬픔에 젖어 망연히 지냈다. 그러나 세월이 어느 정도 흘러가니, 이내 슬픔도 점점 사라졌다. 상공 부부는 재산을 가난한 이웃들에게 모두 나누어주고 여생을 한가롭게 보내더니, 백 살이 되던 해 한날한시에 별세했다.

이때 소백산 주령봉에서 곡성 소리와 함께 안개가 자욱하게 일어나더니, 구름과 안개가 상공의 집 안을 덮은 채 사흘 동안 가시지 않았다. 구름과 안개가 사라진 뒤에 이웃 사람들이 관곽棺槨. 시체를 넣는 속널과 겉널 등 장례 기구를 후히 갖추어 두 분을 주령봉에 안장했다.

이후로 사람들이 이르기를,

"소백산 주령봉은 신선이 놀던 곳이라"

하더라.

조선 후기 애정소설의 환상성과 현실성

『숙향전』과 『숙영낭자전』을 중심으로

　　『숙향전』과 『숙영낭자전』은 모두 조선 후기에 나온 애정소설로, 청
춘남녀의 사랑을 환상적으로 형상화하고 있는 등 공통점이 많다. 물론
우리나라 애정소설의 상당수가 남녀 주인공의 만남과 결연을 천정연
분天定緣分으로 설정하는 등 환상적인 측면이 없지 않다. 그러나 『숙향
전』과 『숙영낭자전』은 여타의 작품에 비해 환상성이 한결 두드러지며,
그 환상성은 역설적이게도 현실성을 강하게 내포하고 있다. 즉 두 작
품의 여주인공은 신분이 모호하거나 또는 모호한 상태에서 남주인공
을 만나며 또 그것이 문제가 되어 갈등이 야기되는데, 두 작품의 환상
성은 바로 이러한 여주인공의 현실적 처지와 밀접하게 관련된다. 이로
인해 두 작품은 환상적·비현실적인 측면이 강하면서도 세부적인 사건
의 전개를 통해 조선 후기의 사회적 현실과 인정세태를 매우 사실적으
로 반영하는, 독특한 면모를 지니고 있기도 하다.

　　그러나 두 작품의 차이점 또한 적지 않다. 일단 결말의 차이를 들 수
있다. 『숙향전』은 모든 이본이 행복한 결말로 이루어져 있다. 이에 반

해 『숙영낭자전』의 경우는 비극적 성격이 강하다. 물론 『숙영낭자전』
의 이본 중에 행복한 결말로 이루어진 것도 없지 않다. 그러나 어떤 이
본이든 여주인공인 숙영낭자가 현실세계에서 시녀의 모함과 시아버지
의 박대로 비극적인 죽음을 맞이하고 있기 때문에 『숙영낭자전』은 본
질적으로 비극적인 성격을 지닌 작품이라고 할 수 있다. 이외에도 『숙
향전』은 여주인공의 일대기를 중심으로 이루어진 장편에 해당한다면
『숙영낭자전』은 남녀 주인공의 사랑과 여주인공의 비극적인 죽음을
중심으로 이루어진 중편에 해당한다는 점, 『숙향전』의 경우는 한문본
도 다수 존재하는 데 반해 『숙영낭자전』의 경우는 국문본만 존재한다
는 점, 『숙향전』과 『숙영낭자전』의 창작시기가 대략 1세기 정도 차이
가 난다는 점 등 두 작품은 상당히 다른 면모를 보이기도 한다.

이런 점에서 『숙향전』과 『숙영낭자전』을 함께 읽거나 살펴본다는
것은 매우 흥미로우면서도 의미 있는 일이라고 생각한다. 특히 이 두
작품은 환상성과 현실성이 매우 긴밀하게 맞물려 있기 때문에 우리나
라 고전소설의 특징 가운데 하나로 거론되는 환상성의 본질을 이해하
는 데도 큰 도움이 될 것이다. 또한 이 두 작품은 조선 후기에 꽤 인기
있었던, 대중성과 통속성이 강한 애정소설이다. 따라서 우리는 이 두
작품을 통해 조선 후기 애정소설의 주요 독자층과 그들의 의식 및 심
리상태를 비교적 상세하게 파악·이해할 수도 있으리라 생각한다.

🦋 『숙향전』에 나타나는 환상성의 본질

『숙향전』의 작자는 알 수 없으나, 창작연대는 17세기 말로 보인다.
국내 문헌 가운데 권섭權燮의 『남행일록南行日錄』(1731)에 '언서숙향전諺書
淑香傳'이라는 기록이 있으며, 일본의 문헌에도 '일본 유학자인 아마노

모리 호슈雨森芳洲가 36세 때(1703) 조선에서 『숙향전』으로 조선어를 공부했다'는 기록이 있다.

『숙향전』의 주요 내용은 전란으로 인한 부모와의 이별 및 고난, 숙향과 이선의 만남과 결연, 숙향과 부모의 상봉, 이선의 선계여행이라고 할 수 있다. 이 가운데서도 가장 중심이 되는 것은 숙향의 고난이다.

숙향은 본래 천상의 월궁선녀였다. 그런데 서왕모가 요지에서 잔치를 벌일 때 태을선군에게 반도를 훔쳐다준 죄로 태을선군과 함께 인간 세상으로 내려온다. 이때 월궁선녀는 가난한 양반인 김전의 딸 숙향으로 태어나며, 태을선군은 재상 이상서의 아들 이선으로 태어난다. 그리하여 『숙향전』에서 남녀 주인공인 숙향과 이선은 천상에서 저지른 죄의 대가를 치른 후 서로 인연을 맺고 행복하게 살다가 다시 천상으로 회귀하도록 예정되어 있다. 그러나 천상에서 숙향이 지은 죄가 이선보다 더 큰 탓에 숙향은 지상에서 다섯 번의 죽을 액을 겪어야만 하는 것으로 설정되어 있으며, 바로 이 다섯 번의 고난이 작품의 중심 내용을 이루고 있다.

숙향의 첫번째 고난은 반야산에서 도적들에게 죽을 액이다. 숙향이 다섯 살 때 전란이 일어나자 김전은 식솔들을 거느리고 반야산으로 피란 간다. 그러나 도적들이 뒤쫓아오자 김전은 숙향을 반야산 바위틈에 숨기고 부인 장씨와 함께 달아나며, 뒤쫓아온 도적들이 숙향을 발견하고 죽이려 한다. 다행히 도적들 중 한 늙은 도적이 숙향을 불쌍히 여겨 유곡역이라는 마을에 데려다놓음으로써 숙향은 살아나며, 이후로 전쟁고아가 되어 사방을 유리걸식하며 떠돌게 된다.

숙향의 두번째 고난은 유리걸식하다가 명사계冥司界에 들어갈 액이다. 명사계란 죽음의 세계인바, 이것은 곧 숙향이 굶어 죽을 액이라고 할 수 있다. 부모를 잃고 사방을 떠돌던 숙향은 추위와 굶주림에 시달리는데 그때마다 온갖 짐승들이 돌봐주며, 음식을 물어다준 까치를 따라가다가 명사계에 이른다. 명사계를 다스리는 신령은 후토부인인데, 후토부인은 숙향을 맞이하여 잘 대접한 후 흰 사슴에 태워 남군 땅 장승상 댁으로 보낸다.

숙향의 세번째 고난은 포진강에 빠져 죽을 액이다. 흰 사슴을 타고 장승상 댁 동산에 이른 숙향은 장승상의 수양딸이 되어 집안일을 도맡아 한다. 그런데 그동안 집안일을 도맡아 하면서 재물을 빼돌렸던 시비 사향이 불만을 품고 숙향을 모함하며, 결국 장승상 댁에서 쫓겨나게 된 숙향은 포진강에 이르러 자살하려고 강물에 투신한다. 이때 용녀와 선녀들이 나타나 숙향을 구해준 후 동쪽으로 가라고 말한다.

숙향의 네번째 고난은 갈대밭에서 불타 죽을 액이다. 용녀와 선녀들의 구원으로 살아난 숙향은 동쪽으로 가다가 끝없이 펼쳐진 갈대밭에 이른다. 추위와 굶주림에 시달리던 숙향은 갈대밭에서 잠들었는데, 밤중에 불이 일어나 불에 타 죽을 위기에 처한다. 이때 불을 관장하는 신령인 화덕진군이 나타나 숙향을 구한 후 역시 동쪽으로 가라고 한다.

숙향의 다섯번째 고난은 낙양 옥중에서 죽을 액이다. 화덕진군의 구원으로 살아난 숙향은 벌거벗은 채 길가에 주저앉아 있다가 이화정이라는 술집을 운영하는 할미를 만나고, 그 할미와 함께 이화정에서 생활한다. 그러던 어느 날, 꿈에서 파랑새를 따라 요지연에 갔는데, 그곳에서 전생의 연분이었던 이선을 만난다. 이선 역시 꿈속에서 대성사의 부처를 따라 요지연에 왔던 것이다. 이후 이선은 숙향이 자기와 천정연분임을 알고 숙향을 찾아 이화정으로 온다. 이화정 할미는 본래 천태산에서 선약을 관장하는 마고선녀였는데, 항아의 명령에 따라 위기에 처한 숙향을 구하고 또 숙향과 이선의 인연을 맺어주기 위해 파견된 신령이다. 그러나 할미는 곧바로 둘의 인연을 맺어주지 않는다. 그녀는 이선으로 하여금 숙향이 태어나서 이화정에 이르기까지의 행적과 고난을 일일이 추체험케 하기도 하고, 숙향은 상민의 자식인데다

추하기 그지없는 병자라고 속이는 등 숙향에 대한 이선의 정성을 시험한다. 할미에게 속아 사방으로 숙향을 찾아헤매던 이선이 다시 이화정으로 돌아와 숙향이 아니면 절대 결혼하지 않겠다고 하자, 이화정 할미는 비로소 숙향과 이선의 결혼을 주선한다. 그런데 숙향이 육례六禮. 전통적인 혼인의 여섯 가지 예법를 갖추어 정식으로 혼례를 올리지 않으면 절대 결혼하지 않겠다고 한다. 이에 이선은 고모인 여부인에게 사실대로 말하고 숙향과 정식으로 혼례를 올릴 수 있도록 주선해달라고 부탁하며, 마침내 이선은 이화정 할미와 여부인의 주선하에 부모 몰래 숙향과 결혼한다.

그러나 뒤늦게 이 사실을 안 이선의 부친 이상서가 낙양 수령인 김전을 시켜 숙향을 죽이라고 한다. 김전은 숙향이 자기 딸인 줄도 모르고 숙향을 잡아다 문초하지만, 숙향에게 잘못이 없다는 것을 알고 옥에 가둔다. 이때 장부인의 꿈속에 숙향이 나타나 살려달라고 애원하며, 장부인은 꿈에서 깨어나 숙향을 만나본다. 그러나 숙향이 딸이라는 것을 확인하지 못한 채 김전에게 숙향을 풀어주라고 부탁하고, 이에 김전은 숙향에게 잘못이 없다는 사실을 이상서에게 보고한다. 또한 이상서가 숙향을 죽이려 한다는 사실을 안 여부인이 이상서에게 숙향을 풀어주라며 호통을 치니, 이상서는 어쩔 수 없이 숙향을 풀어준다. 하지만 김전을 계양 태수로 전출시키고, 숙향은 낙양에서 추방하도록 조처하며, 이선을 서울로 불러들여 숙향과 만나지 못하게 한다. 그러나 숙향은 신적 존재인 이화정 할미와 청삽사리의 도움으로 이상서 부부와 상면하게 되고, 마침내 이상서의 정식 며느리로 인정받게 된다.

이때 이선은 과거에 급제하여 한림학사가 되어 집으로 돌아온다. 숙향이 죽은 줄 알고 있었던 이선은 뜻밖에도 자기 집에서 숙향을 만나 기쁨의 눈물을 흘린다. 이후 이선은 형주 자사가 되고, 숙향은 정렬부인에 봉해진다. 숙향은 남편을 뒤따라 형주로 가는 도중에 자기를 구해준 짐승들과 남군 땅 장승상 부부를 찾아가 은혜를 갚는다. 이때 양양 태수로 가 있던 김전은 용왕에게 숙향을 버린 대가로 곤욕을 치른 후 숙향의 소식을 알게 되고, 숙향은 수많은 시녀와 군졸 등 화려한 행차를 대동하고 양양에 이른다. 모친 장씨는 숙향이 자기 딸인 줄도 모르고 정렬부인이 된 것을 부러워하며 극진히 예우하다가, 마침내 헤어질 때 숙향에게 준 옥가락지를 통해 자신의 딸임을 알게 된다. 이에 숙향은 멀고 가까운 사람들을 모두 초대하여 잔치를 베푸는 등 부모를 다시 만난 기쁨을 누린다. 형주 자사 이선은 선정을 베푼 탓으로 병부상서가 되어 서울로 올라가며, 큰 집을 지어 이상서 부부와 고모 여부인, 장승상 부부와 김전 부부를 함께 모신다.

이때 황태후가 병이 드는데, 봉래산과 천태산 등에서 선약을 구해와야만 병이 나을 수 있다고 한다. 황제의 아우인 양왕은 이선에게 구혼했다가 거절당한 것에 불만을 품고 약을 구해올 사람으로 이선을 추천하며, 이선은 어쩔 수 없이 죽음을 각오하고 선약을 구하러 떠난다. 선계로 가는 도중에 열두 나라를 통과해야 하는 등 여러 가지 어려움과 곤욕을 치르지만, 남해 용왕과 그 아들 용자의 도움으로 무사히 선계에 이르러 약을 구하고 또 그곳에서 양왕의 딸 설중매와 천정연분이 있음을 알게 된다. 고국으로 돌아온 이선은 이미 돌아가신 황태후를 선약으로 살리고 초왕楚王에 봉해지며, 설중매와도 결혼하여 두 부인에게서 4남 2녀를 낳고 행복하게 살다가 숙향과 함께 천상으로 복귀한다.

『숙향전』은 우리나라의 대표적인 신성소설神聖小說. 환상성·신성성·신이성을 바탕으로 한 초월주의로 존재론과 미학을 구현한 소설로 거론되기도 한다. 숙향이 위기에 처할 때마다 후토부인이나 마고할미 등 천상적 존재들이 직접 지상계에 나타나 숙향을 구해주고, 또 이선이 선계를 여행하는 도중에 여러 신선들을 만나는 등 환상적 성격이 강하기 때문이다. 그런 탓에 우리 나라 소설사를 처음 썼던 김태준은 "『숙향전』은 조선 사람의 도불혼용 道佛混用한 정신생활을 거의 전부 드러내고 있는 작품"이라는 견해를 제 시하기도 했다.

또한 『숙향전』은 우리 고전소설 가운데 가장 널리 애독되었던 작품 가운데 하나이다. 이는 현존하는 많은 이본(현재 국문, 한문본을 포함 하여 총 56종이 발견됨)들을 통해서도 알 수 있지만, 몇몇 문헌의 기록 을 통해서도 충분히 짐작할 수 있다. 조수삼趙秀三, 조선 후기의 시인은 당대 전기수傳奇叟, 이야기 책을 전문적으로 읽어주던 사람가 낭독한 작품들 가운데 『숙향 전』을 가장 먼저 언급하고 있으며, 『배비장전』에는 배비장이 『삼국지』 『수호지』『구운몽』『서유기』를 제치고 『숙향전』만을 골라 읽는 대목이 나온다. 또 판소리계 소설인 『춘향전』『심청전』『흥부전』은 물론, 가면 극인 『봉산탈춤』과 사설시조 등에도 『숙향전』과 관련된 내용이 삽입 되어 있다. 이러한 사실은 『숙향전』이 조선 후기에 상당히 널리 읽혔 음을 방증하는 데 부족함이 없다. 실제로 나이 드신 할머니들을 대상 으로 조사한 결과, 고전소설 가운데 가장 재미있는 작품으로 『숙향전』 이 꼽히기도 했다.

이렇듯 조선 후기에 『숙향전』이 애독되었던 까닭은 무엇인가. 우리 는 그 단초를 『배비장전』과 『춘향전』에서 찾을 수 있다. 『배비장전』에 는 "숙향아, 불쌍하다. 그 모친이 이별할 때, 아가, 아가! 잘 있거라. 배 고플 때 이 밥 먹고 목마를 때 이 물 먹고"라는 대목이 삽입되어 있는 데, 이 대목은 『숙향전』에서 숙향이 부모와 이별하는 장면이다. 『(만화 본) 춘향가』에는 "이선요지숙향시二仙瑤池淑香是"라 하여, 광한루에서 이도 령이 춘향과 만나는 장면을 요지에서 이선이 숙향과 만나는 장면에 비 유하고 있다. 또 『(고대본) 춘향전』에는 "애매하신 숙낭자도 낙양 옥에 갇혔다가 청조사靑鳥使께 편지하여 그 낭군 이선 만나 죽을 목숨 살았으니, 청조사는 없으나마 홍안鴻雁, 큰 기러기와 작은 기러기 한 쌍 빌었으면, 안족雁足, 기러기 발에 글을 달아 님 계신 데 전하고저"라는 구절이 삽입되어 있는데, 이는 옥에 갇힌 춘향이 자신의 처지를 낙양 옥에 갇힌 숙향에 비유한 것이다. 즉 이들 작품에 언급된 『숙향전』의 내용을 통해 우리는 조선 후기 독자들이 『숙향전』 하면 주로 '숙향의 불쌍한 처지나 숙향과 이선의 사랑'을 연상했다는 것을 알 수 있다.

조선 후기 독자들의 이해는 매우 정당한 것으로 판단된다. 실제로 『숙향전』은 환상성이 농후한데도 불구하고 거의 모든 사건이 전쟁고아인 숙향의 현실적 처지와의 긴밀한 관계 속에서 전개된다. 예컨대 숙향이 명사계에서 후토부인을 만났다는 것과 갈대밭에서 화재를 만났는데 화덕진군이 구해주었다는 것은, 전쟁고아로서 정처 없이 떠돌아다녀야만 했던 숙향의 현실적 처지를 도선적 요소와 결부시켜 환상적으로 형상화한 것이라고 할 수 있다. 숙향이 장승상 댁에서 쫓겨나게 된 것도 전쟁고아로서 그 출신성분을 알 수 없다는 것과 유리걸식했던 행적이 빌미가 되고 있다. 또한 숙향의 가장 큰 고난으로 설정되어 있는 '낙양 옥중에서 죽을 액'도 숙향의 현실적 처지와 긴밀하게 관련되어 있다. 양반가 귀공자인 이선이 술집 이화정에 기거하고 있는 숙향에게 반해 부모 몰래 결혼했으며, 이상서는 숙향이 술집에 기거하는 미천한 창녀라는 사실을 알고 숙향을 죽이려 했던 것이다. 요컨대 『숙향전』은 환상적인 요소를 제외하고 보면, 숙향이 '전쟁고아에서 남의 집 하녀로, 남의 집 하녀에서 다시 술집 기녀로 전락하는 과정'을 여실히 보여주고 있는바, 『숙향전』의 중심 내용은 '전쟁고아인 숙향이 유리걸식하다가 마침내 술집에 기거하게 되었으며, 그곳에서 귀공자 이선을 만나 결혼하게 되었다'는 것이라고 할 수 있다.

『숙향전』의 환상성도 바로 이 문제와 깊이 관련되어 있다. 16세기 말과 17세기 초에 일어난 임진왜란, 병자호란으로 인해 17세기 말에 이르면 조선 사회는 봉건적 신분관계가 동요하기 시작한다. 그러나 이 시기에도 신분제도는 여전히 강고하게 자리잡고 있었으며, 숙향 같은 미천한 존재와 이선 같은 양반가 귀공자가 결연을 맺는다는 것은 거의 불가능한 일이었다. 이는 이상서가 '이선과 숙향의 결혼 이야기가 조정에까지 비화되어 시비가 크게 일어났기 때문에 숙향을 죽이려 했다'고 말한 데서도 확인된다. 더구나 이 시기에는 남녀의 사랑을 불온시하는 성리학적 도덕 관념이 당대인들의 의식세계를 지배하고 있었다. 이로 인해 현실적으로든 허구적으로든 이들의 결혼을 합리화하기 위해서는 숙향이 본래는 양반 출신이었다는 것과 함께 숙향과 이선의 결혼을 천정연분으로 설정할 필요성이 절실했다고 하겠다.

물론 이것으로 『숙향전』의 환상성을 모두 설명할 수는 없다. 『숙향전』의 작자나 독자들은 현재 우리보다 숙명론적 사고를 강하게 지니고 있었다. 특히 숙향처럼 현실적으로 열악한 처지에 놓여 있는 여성이나 하층민들은 자신의 열악한 현실을 '운명 또는 전생의 업보'로 돌리는 경향이 강했으며, 숙향처럼 자신도 전생에서는 고귀한 존재였을 수 있다는 생각으로 힘겨운 삶을 버텨내거나 위로받았다. 나아가 이 시기에는 사대부 남성 또한 혼란한 정치·사회적 현실에서 벗어나 선계 혹은 이상향에서 노닐고자 하는 욕망을 강하게 지니고 있었는데, 이선이 선계여행에서 여러 신선들과 어울리는 장면은 이들의 욕망을 반영한 것으로 보인다. 이렇듯 『숙향전』의 환상성에는 다양한 계층의 삶과 현실, 욕망과 지향 등이 어우러져 있으며, 『숙향전』이 조선 후기에 가장 널리 애독되었던 까닭도 이와 무관하지 않으리라 생각한다.

현재 『숙향전』의 작품 유형에 대해서는 애정소설로 보는 견해와 영웅소설로 보는 견해가 있다. 『숙향전』은 매 사건이 여주인공 숙향의 인생역정과 일정하게 연관되어 있다. 이런 점에서 『숙향전』은 여주인공 숙향의 일대기라고 규정할 수 있으며, 따라서 『숙향전』을 영웅소설에 포함하는 것은 어느 정도 일리가 있다고 하겠다. 그러나 일대기라는 형식을 취하고 있는 모든 작품을 영웅소설이라고 일컫는다면 영웅소설이라는 유형을 설정하는 것 자체가 별 의미를 갖지 못할 것이다. 『숙향전』은 비록 일대기라는 형식을 취하고 있지만, 구성상 영웅소설보다는 애정소설에 가깝다. 대부분의 경우 영웅소설은 남녀 주인공의 결합과 애정이 부귀공명이라는 남주인공의 최종 지향가치에 종속되거나, 주인공의 고난과 그 극복과정에서 일어난 사건의 하나 정도로 삽입되어 있다. 그런데 『숙향전』의 경우는 남녀 주인공의 만남과 결합, 그리고 이들의 결합으로 야기된 갈등과 그 해결과정이 사건 전개의 중심축이 되고 있다. 다시 말해 『숙향전』에서는 주인공의 입공담立功譚, 공훈을 세우는 것을 주요 모티프로 삼은 이야기이 그 자체 또는 부귀영화에 목적이 있는 것이 아니라, 남녀 주인공의 애정을 실현하거나 그 애정을 온전히 지키기 위한 수단으로 작용하고 있는 것이다. 따라서 『숙향전』은 영웅소설이라기보다는 애정소설의 범주에 포함해 이해하는 것이 온당할 것이다.

『숙향전』처럼 일대기적 구성이나 적강적謫降的, 신선이 인간 세상에 내려오는 형태로 이루어진 우리나라 고전소설은 대부분 운명론적 또는 숙명론적 세계관을 작품의 사상적 기반으로 삼고 있다. 그런데 『숙향전』의 경우에는 이 점이 더욱 두드러진다. 『숙향전』은 전체 구성에서부터 개별적인 사건의 전개에 이르기까지 철저하게 숙명론적 세계관이 관철되고 있기 때문이다. 숙향이 태어난 직후 관상쟁이인 왕균이 "다섯 살에 부모를 잃고 정처 없이 떠돌아다니다가 열다섯 살 전에 다섯 번 죽을 액을 겪고, 열일곱 살에 정렬부인에 봉해질 것이며, 스무 살에 부모를 다시 만나 태평세월을 누리다가, 일흔 살이 되면 다시 천상으로 올라갈 팔자"라고 예언했는데, 『숙향전』의 사건 전개는 이러한 왕균의 예언을 구체적으로 형상화한 것에 다름 아니다. 이로 인해 『숙향전』은 현실적인 박진감을 거의 무시한 채 운명예정론의 궤도를 따라 철저히 합목적적으로 사건을 전개한 작품이라는 견해가 제기되기도 한다. 또 이러한 숙명론적 세계관은 '부녀나 서민들의 인간적 굴욕, 사회적 속박, 노동의 괴로움 등 온갖 생활적 고통에 대한 인종忍從. 묵묵히 참고 따름의 미덕을 기르는 데, 그리고 양반 자신들의 지위를 견고히 해주는 이데올로기를 수호하는 데 필요한 하나의 방편'으로 이해되기도 했다. 실제로 조선 후기의 지배계층들은 '모든 것은 하늘의 의지에 따라 발생하고 소멸되며, 사람의 생사운명도 그것의 지배를 받는다'는 숙명론적이고 신비주의적인 천명사상天命思想. 인간의 운명은 하늘의 뜻에 따라 태어날 때부터 이미 정해져 있다는 사상을 적극 표방함으로써, 붕괴되어가는 봉건통치체제를 회복·고수하려고 했다.

그러나 『숙향전』의 기저를 이루고 있는 숙명론적 세계관의 핵심 내용이 '천정연분'임을 간과해서는 안 된다. 천정연분이란 남녀의 만남과 결연이 태어날 때부터 이미 하늘에서 정해졌다는 것으로, 분명 운명론적이며 신비주의적인 관념의 하나이다. 그런데 『숙향전』에서는 바로 이러한 천정연분이 성리학적 윤리규범이나 예교禮敎, 그리고 봉건적 신분관계에 정면으로 배치되는 청춘 남녀의 자유로운 만남과 이러한 만남을 통해 형성된 애정을 실현하기 위한 명분으로 작용하고 있다. 이선은 숙향이 자신과 천정연분이기 때문에 그녀가 아무리 미천한 존재일지라도 반드시 그녀와 결혼하겠다고 고집을 부리며, 이상서 또한 이선과 숙향이 천정연분이라는 사실을 확인한 이후에야 비로소 숙향을 며느리로 인정했던 것이다. 따라서 천정연분을 근간으로 삼고 있는 『숙향전』의 숙명론적 세계관은 봉건적 지배체제를 회복·고수하기 위한 방편으로 활용되었던 유교적 천명사상과는 분명히 다르다고 하겠다. 도리어 이것은, 유교적 천명사상과는 달리 반유교적 행위를 합리화하거나 극복하기 위한 민중지향적·반봉건적 세계관인 것이다. 또

한 이러한 숙명론적 세계관은, 당시 지배계급을 형성하고 있던 대다수의 식자층 역시 운명론적 사유에서 벗어나지 못하고 있었기 때문에, 봉건적인 모든 관계를 지양하거나 부정하는 실질적인 힘과 저항적 기제가 될 수 있었다고 봐야 할 것이다.

『숙향전』의 또다른 특징 가운데 하나는 '시은施恩, 은혜를 베풂에 대한 보은報恩'으로 대변되는, 소박한 차원의 도덕주의가 철저하게 구현되고 있다는 점이다. 이러한 특징은 서두 부분에서 단적으로 드러난다. 『숙향전』처럼 일대기적 형식을 취하고 있는 고전소설은 대부분 서두에 주인공의 탄생 장면이 제시되어 있다. 그런데 『숙향전』의 서두에는 주인공 숙향의 탄생 장면이 아니라, 숙향의 부친인 김전이 거북을 구하고 그 거북으로부터 보답받는 장면이 형상화되어 있는 것이다. 이뿐만이 아니다. 숙향은 전란으로 부모를 잃고 유리걸식하는 동안 명사계의 후토부인·포진강의 용녀·갈대밭의 화덕진군·이화정의 마고할미 등 초월적 존재들의 구원과, 한 늙은 도적·장승상 부부 등 현실적 존재들의 도움을 받는다. 이들의 구원과 도움으로 살아난 숙향은 정렬부인이 된 이후 자기를 구해주었던 존재들에게 일일이 은혜를 갚는다. 『숙향전』이 얼마나 철저하게 보은을 중시하고 있는지는 마지막 대목에서 극명하게 드러난다. 숙향은 반야산에서 부모와 헤어질 때 어떤 늙은 도적의 도움으로 살아났는데, 이 도적은 현실적으로 만나기 어렵기 때문에 은혜를 갚을 수 없었다. 그런데 『숙향전』은 결말 부분에 '오랑캐의 난'이라는 새로운 사건을 설정하여 이 도적을 등장시키고, 숙향이 그 도적에게 은혜를 갚는다는 내용을 삽입하고 있는 것이다.

이렇듯 『숙향전』에는 시은에 대한 보은이 철저하게 구현되어 있는데, 여기에는 두 가지 도덕적 모토가 내포되어 있다. 하나는 '은혜를 입으면 반드시 그 은혜를 갚으라'는 것이고, 다른 하나는 '남을 도와주면 반드시 그에 대한 보답을 받는다'는 것이다. 이러한 도덕적 모토는 우리 고전소설에 흔히 나타나는 권선징악이나 인과응보와 같은 소박한 차원의 도덕적 관념으로, 봉건 지배계층의 성리학적 사회윤리나 도덕관념과는 일정하게 구별된다. 중국의 학자 마오둔茅盾은 "중국의 문학에 흔히 나타나는 권선징악이나 인과응보와 같은 도덕적 모토는 진리와 정의에 의해 필연적으로 최후에 승리한다는 인민들의 견고한 신념을 반영하고 있다"고 언급한 바 있다. 그런데 우리의 경우 적지 않은 학자들이 이러한 도덕적 모토를 성리학적 도덕관념과 동일시하는 경향이 있다.

조선시대의 성리학적 사회윤리와 도덕관념은 지주전호제를 바탕으로 성립한 불평등한 신분관계와 사회질서를 인성론과 명분론에 근거를 둔 인륜으로 짜맞추어 당연한 질서로 긍정하게 함으로써 민중의 자주성을 억압하거나 왜곡하는, 지배계층의 이데올로기적 성격을 갖고 있다. 그러나『숙향전』등 우리나라의 고전소설에 나타나는 소박한 차원의 도덕적 모토는 분명 이것과는 다르다. 특히『숙향전』의 경우, 이러한 도덕주의적 지향이 남녀 차별과 가장의 절대적 권위를 기본 내용으로 하고 있는 가부장적 질서보다 우선하여 관철되고 있다는 점에서 더욱 그렇다.『숙향전』에는 이선과 김전이 숙향을 찾기 위해 고행을 겪거나 수난을 당하는 사건이 설정되어 있다. 이선의 고행은 '천상에서 함께 죄를 지었기 때문에 이선도 숙향이 겪었던 고난에 준하는 고행을 겪어야 한다'는 의미가 담겨 있으며, 김전의 수난은 '자기만 살겠다고 자식을 버린 부모에 대한 징치적 성격'을 지니고 있는데, 여기에는 '남자와 여자, 부모와 자식의 차별 없이 모든 사람은 자신이 저지른 잘못에 대해 그에 상응하는 대가를 치러야 한다'는 작가의 철저한 도덕주의적 시각이 반영되어 있다. 즉『숙향전』에서는 작가의 철저한 도덕주의가 남녀 차별의 불합리와 가장의 절대적 권위를 부정하거나 지양하는 기제로서 역할을 하고 있는 것이다. 이런 점에서『숙향전』에 표방된 소박한 도덕주의는 지배계급의 성리학적 도덕관념과는 분명하게 다른, 진리와 정의에 의해 최후에는 '선선'이 승리한다는 민중지향적 의식의 하나로 이해되어야 할 것이다.

마지막으로 『숙향전』과 관련하여 주목할 것은 이선의 선계여행이다. 우리 고전소설에서는 선계와 관련된 서술이 매우 많이 나타난다. 그러나 『숙향전』처럼 선계의 다양한 모습을 구체적으로 형상화한 작품은 없다. 서사무가인 『바리공주』도 선계를 공간적 배경으로 삼아 바리공주가 선약을 구하는 장면들이 형상화되어 있으나 이는 서천서역국저승이라는 특정한 공간에 한정되어 있다. 그런데 『숙향전』에는 명사계, 요지, 용궁, 가상의 나라인 12국, 봉래산, 천태산 등 당대인들이 상상한 선계를 거의 총망라하여 그려내고 있고, 또한 마고선녀, 이적선, 일광로, 여동빈, 왕자균, 두목지, 안기생, 구루선 등 선계에 속한 인물들을 등장시켜 선계의 삶과 생활상을 구체적으로 형상화하고 있다. 현실적으로 볼 때, 이러한 선계는 허무맹랑한 상상의 세계임이 틀림없다. 그러나 우리나라에는 신화적 상상력에 기반하여 쓰인 문학작품이 많지 않다는 점을 고려할 때, 『숙향전』은 우리 선조들이 생각한 상상의 세계와 이상적 삶을 좀더 깊게 이해할 수 있는 소중한 자료적 가치를 지닌 작품이라고 하겠다.

이상에서 대략 살펴보았듯이, 『숙향전』은 우리 문학사에서 매우 중요한 의의를 지니고 있는 작품이다. 남녀의 애정을 억압하는 사회적 현실과 봉건적 신분관계에 대한 문제의식은 『춘향전』과 맞물려 있으며, 철저한 도덕주의에 입각한 수평적 인간관계의 지향과 선계의 구체적 형상은 다른 작품에서는 쉽게 찾아볼 수 없는 내용들이다. 게다가 『숙향전』은 조선 후기에 가장 폭넓게 애독되었던 작품 가운데 하나였다. 오늘날 우리도 『숙향전』의 어떤 측면이 조선 후기 독자들을 매료했는가를 생각하면서 『숙향전』을 읽는다면, 『숙향전』의 소설적 가치를 제대로 이해할 수 있음은 물론, 흥미와 재미도 충분히 만끽할 수 있을 것이다.

현재까지 발견된『숙향전』의 이본은 총 56종이다. 이들 대부분은 국문 필사본이지만 한문 필사본도 10여 종이 넘으며, 경판본, 활자본, 일역본 등 판본이 매우 다양하다. 그러나 몇몇 독특한 이본을 제외하고는 이본 간 내용의 차이는 크지 않으며, 원작은 국문으로 추정된다. 이들 이본 가운데 선본善本으로는 경판본, 이화여자대학교 소장본(이대본으로 약칭), 한국학중앙연구원 소장본(소장번호 596-R16N-001146-11, 한중연A본으로 약칭) 등이다. 그러나 경판본은 대체로 사건의 전개나 정황을 개괄적으로 서술하는 차원에서 축약했으며, 이대본은 필체가 뚜렷하여 판독은 어렵지 않지만 축약으로 인한 오류가 다소 발견된다. 이에 반해 한중연A본은, 오문과 후대에 부연된 대목이 다소 발견됨에도 불구하고, 현존 이본들 가운데 원본적 형태와 요소를 가장 온전하게 간직하고 있다. 따라서 여기에서는『숙향전』의 진면목을 제대로 드러내기 위해 한중연A본을 저본으로 삼아 현대역을 했으며, 문리가 잘 통하지 않는 부분은 이대본, 심씨본, 경판본 등을 참조하여 보완했다.

🦋『숙영낭자전』, 열정적 사랑의 비밀

『숙영낭자전』의 작자와 창작연대는 알 수 없다. 다만 경판 28장본의 간기刊記 '함풍경신咸豊庚申, 1860년'으로 보아, 대략 18세기 후반이나 19세기 초에 창작되었을 것으로 추정된다.

『숙영낭자전』은 환상적인 성격이 강한 애정소설이라는 점에서『숙향전』과 유사한 측면이 있다. 특히 남녀 주인공이 천상에서 죄를 짓고 인간 세상에 내려온 존재라는 점, 남녀의 사사로운 만남과 결연을 천정연분으로 설정하고 있다는 점, 남주인공이 꿈속에서 여주인공을 처음 보고 실제로 여주인공을 찾아나선다는 점, 남녀 주인공이 부모의 허락 없이 사전에 인연을 맺는다는 점, 남주인공의 부친이 여주인공에게 해를 가한다는 점 등에서 두 작품은 매우 유사하다.

그러나 『숙향전』이 전란으로 인한 여주인공의 고난을 중심으로 다양한 사건들이 복잡하게 얽혀 있다면, 『숙영낭자전』은 여주인공의 비극적인 죽음을 중심으로 사건이 비교적 단순하게 짜여 있다. 즉 『숙향전』은 여주인공의 일대기를 중심으로 한 여성의 여러 고난과 그 극복 과정을 환상적으로 형상화한 작품이라면, 『숙영낭자전』은 남녀 주인공의 열정적인 사랑과 여주인공의 비극적인 죽음을 중심으로 가정 내적 갈등을 환상적인 요소와 결부시켜 형상화한 작품이다. 따라서 『숙영낭자전』은 『숙향전』에 비해 사건의 구성과 전개가 단순하고 분량 또한 매우 적다. 그러나 『숙영낭자전』은 청춘 남녀의 열정적인 사랑과 이에 따른 질곡의 문제를 첨예하게 다루고 있다는 점에서 문학사적으로나 사회사적으로 매우 의의 있는 작품이다.

본래 천상의 선관과 선녀였던 선군과 숙영낭자는 요지연에서 서로 희롱한 죄로 인간 세상에 내려오게 되는데, 선군은 안동에 사는 백상공의 아들로 태어나고 숙영낭자는 선경과 인간 세상의 중간 지점인 옥연동에 머문다. 또한 선군이 태어날 때 한 선녀가 내려와 "선군은 숙영 낭자와 삼생연분이 있다"고 알려준다. 선군이 장성하자, 백상공은 선군의 배필이 될 만한 사람을 널리 구한다. 이때 숙영낭자가 선군의 꿈에 나타나 "서로 삼생연분이 있으니, 삼 년만 참고 기다리면 자연히 인연을 맺게 될 것"이라고 말한다.

그러나 선군은 꿈속에서 한 번 본 숙영낭자를 잊지 못해 병이 들고, 온갖 약으로도 치유되지 않는다. 이 사실을 알고 낭자가 다시 선군의 꿈에 나타나 시비 매월을 첩으로 삼아 시중들게 하는 등 여러 방법으로 선군의 병을 치유하기 위해 애쓴다. 그래도 선군의 병이 낫지 않자, 마침내 낭자는 선군의 꿈에 다시 나타나 옥연동으로 자기를 찾아오라고 이른다. 이에 선군은 옥연동으로 낭자를 찾아가 간곡하게 사정하여 낭자와 운우지정을 나누며, 낭자는 정절을 지키지 못했으니 더이상 옥연동에 머물 필요가 없다며 선군을 따라 시집으로 온다. 이후 선군과 숙영낭자는 육례도 치르지 않은 채 팔 년을 함께 살며, 그사이에 춘양과 동춘 남매를 낳는 등 행복한 삶을 누린다.

그러던 어느 날, 백상공이 선군에게 과거시험을 보라며 상경하기를 권유한다. 선군은 낭자와 떨어질 수 없다며 거절하지만, 낭자가 대장부의 일과 자식 된 도리를 들어 선군을 설득한다. 선군은 어쩔 수 없이 과거 길에 오르는데, 가는 도중에 낭자가 그리워 아무도 모르게 두 번이나 집으로 돌아와 낭자와 밤을 지새운다. 그러나 백상공이 집 안을 둘러보다가 낭자의 방에서 남자 목소리를 듣고 낭자를 의심하며, 마침내 시비 매월로 하여금 낭자를 몰래 감시케 한다. 그간 낭자에게 불만을 품고 있던 매월은 이 틈을 이용해 하인 돌쇠와 짜고 낭자가 외간 남자와 간통한다고 모함하며, 백상공은 낭자를 고문하면서 자백을 강요한다. 낭자는 어쩔 수 없이 선군이 상경 도중에 남몰래 집에 왔던 사실을 말하고, 또 옥비녀를 섬돌에 박히게 하는 등의 방법으로 자신의 결백을 입증한다. 백상공은 낭자를 의심한 것에 대해 사죄하지만, 낭자는 음행을 저질렀다는 악명을 쓰고 살 수 없다며 마침내 장도칼로 가슴을 찔러 자결한다. 백상공은 시신을 염하기 위해 낭자의 가슴에 박힌 칼을 빼려고 했지만, 칼이 빠지지 않아 염도 못한 채 그대로 둔다.

이때 선군은 과거에 급제하고 한림학사가 되어 금의환향한다. 백상공은 선군이 돌아와 낭자가 죽은 것을 알면 따라 죽을까 염려해 임진사 댁의 딸 임소저와 혼약을 맺고, 선군이 돌아오는 길에 혼례를 치르려 한다. 그러나 선군은 임소저와의 혼례를 거부하고 낭자를 보기 위해 급히 집으로 돌아오는데, 집에 이르러서야 비로소 낭자가 죽은 것을 알고 통곡한다. 선군은 상공의 의심과 매월의 모함으로 낭자가 죽게 된 것을 알고 매월과 돌쇠를 죽이고, 아울러 상공의 잘못을 지적하면서 원망한다. 이날 밤 낭자가 선군의 꿈에 나타나 원한을 풀어준 것에 대해 감사드리며, 자기의 시신을 옥연동 연못에 묻어달라고 신신당부한다.

선군이 낭자의 시신을 옥연동 연못에 안장하려 하지만 시신은 바닥에서 떨어지지 않는다. 이에 춘양과 동춘에게 상복을 입혀 상여 앞에 세우니, 시신이 떨어지고 상여가 움직여 나는 듯이 옥연동으로 나아간다. 옥연동에 이르니 연못의 물이 순식간에 빠지면서 그 안에 석관이 하나 나타나고, 그 석관에 낭자의 시신을 안장하자 또다시 순식간에 물이 가득 찬다. 잠시 후 낭자가 환생하여 연못에서 푸른 사자를 타고 나와 선군과 함께 집으로 돌아온다. 낭자는 시부모에게 옥황상제의 명으로 선군, 춘양, 동춘과 함께 천상으로 올라가야 하며, 두 분은 백 살까지 살다가 극락세계로 갈 것이라고 알려준다. 낭자가 세 가족과 함께 천상으로 올라간 이후 백상공 부부는 백 살까지 살다가 죽어 서천 극락세계로 간다.

이와 같은 줄거리를 통해서도 알 수 있듯이, 『숙영낭자전』은 숙영낭자와 선군의 사랑 및 숙영낭자의 비극적인 죽음을 비현실적인 요소와 결부시켜 환상적으로 형상화하고 있다. 그러나 비현실적인 요소를 조금만 걷어내고 보면, 숙영낭자와 선군이 어떻게 만났으며 숙영낭자가 왜 비극적인 죽음을 맞이하게 되었는가를 어렵지 않게 알 수 있다. 선군은 꿈속에서 지시를 받고 옥연동으로 가서 낭자를 만나 함께 집으로 돌아왔다고 하지만, 백상공의 입장에서 보면 이것은 아들 선군이 어느 날 밖에 나갔다가 출신을 알 수 없는 한 여자를 데리고 온 것에 불과

하다. 작품에는 백상공 부부가 낭자를 반갑게 맞이했다고 서술하고 있지만, 실제로는 숙영낭자를 정식 며느리로 인정하지 않았던 것으로 보인다.

그 단적인 예로, 숙영낭자와 선군이 정식으로 혼례를 치르지 않는다는 점을 들 수 있다. 오늘날도 그렇지만, 조선 후기에 정식으로 혼례를 올린다는 것은 결혼 당사자를 가족의 구성원으로 인정하는 동시에 그것을 대외적으로 알리는 의미를 갖는다. 따라서 혼례를 올리지 않는다는 것은 새로 유입된 사람을 가족의 정식 구성원으로 인정하지 않는다는 뜻을 내포하고 있다. 특히 조선 후기에 백상공과 같은 양반 집안에서 혼례를 치르지 않고 며느리를 받아들인다는 것은 있을 수 없는 일이었다. 이러한 실정은 "혼인은 인간의 대사大事라. 부모가 구혼하고 육례를 갖추어 혼인하여 부모를 영화롭게 하는 것이 자식 된 도리이거늘, 너는 어찌 이토록 고집을 부리느냐?"는 말에서도 확인된다. 이 말은 선군이 임소저와의 결혼을 거부하자 백상공이 선군을 설득하기 위해 한 말인데, 백상공은 분명 '혼례'와 '육례'의 중요성을 강조하고 있다. 그럼에도 불구하고 그는 결코 선군과 숙영낭자의 혼례를 올려주지 않았던 것이다. 따라서 백상공이 숙영낭자를 정식 며느리로 인정하지 않았거나 또는 적어도 탐탁하게 여기지 않았다는 것은 분명하다고 하겠다.

백상공이 임진사 댁과의 혼사를 적극 추진한 것도 같은 맥락에서 이해할 수 있다. 문면에는 "선군이 숙영낭자가 죽은 것을 알면 저도 따라 죽을까 염려했기 때문"이라고 서술되어 있다. 그러나 숙영낭자를 정식 며느리로 인정할 수 없었던 백상공의 입장에서 볼 때, 자기와 유사한 가문에서 정식으로 며느리를 맞아들이고 싶은 욕망 또한 컸던 것으로 보인다. 그래서 그는 선군에게, "너는 얼굴이 두목지처럼 우아하고 풍채도 뛰어난데, 이제 한림학사라는 벼슬까지 하게 되었도다. 너 같은 대장부가 어찌 한 부인만 둔 채 세월을 보낼 수 있겠느냐?"라며, 임소저와의 혼례를 강요했던 것이다. 그전에도 백상공은 선군이 장가들 나이가 되면서부터 자기와 비슷한 집안과 결연관계를 맺고자 널리 며느릿감을 구했던 터다. 그런데 뜻하지 않게 아들 선군이 출신도 알 수 없는 여자를 데리고 와서 한시도 떨어지지 않고 지내니, 어찌 불만이 없었겠는가?

숙영낭자의 비극적인 죽음도 근본적으로 이와 무관하지 않다. 선군이 과거를 보러 가는 도중에 남몰래 집으로 되돌아와 낭자를 만나는데, 백상공은 이를 낭자가 외간 남자와 사통하는 것으로 오해한다. 『숙영낭자전』에서 이 대목은 가장 핵심이 되는 내용이기 때문에 백상공이 오해할 수밖에 없던 상황과 과정을 비교적 상세하면서도 설득력 있게 제시하고 있다. 그러나 그 상황이 어떻게 설정되었건 간에, 백상공이 숙영낭자를 의심하거나 문초하게 된 본질적인 이유는 낭자를 결코 정식 며느리로 인정할 수 없다는 백상공의 가부장적 의식과 지향에 있다. 따라서 백상공은 어떤 방식으로든 숙영낭자에게 시비를 걸 수밖에 없었으며, 낭자 역시 이러한 사실을 모를 리 없다. 그래서 낭자는 백상공의 의심과 문초에 대해, "아무리 육례를 갖추지 않은 며느리라 할지라도 어떻게 제게 이처럼 흉한 말씀으로 꾸짖으시나이까?"라며 항거했던 것이다.

일견 숙영낭자의 비극적인 자결은, 백상공이 이미 진정으로 사과를 한 터이기 때문에, 지나친 자의식에 따른 선택으로 보이기도 한다. 분명 그러한 측면이 없지 않다. 낭자는 자신의 결백이 증명되었음에도 불구하고, "이렇게 더러운 말을 듣고 어떻게 다른 사람을 마주 볼 수 있으리오? 죽어 저승에 가서 나의 누명을 씻으리라"거나, "어찌 이 더러운 세상에 살아남아 천상과 요지연에서 있었던 일을 잊으리오?"라는 생각을 갖고 자결했기 때문이다. 그러나 숙영낭자는 죽지 않고는 자신의 존재가치를 진정으로 인정받을 수 없는 운명적 존재였다. 당시 사회 현실은 신분 차별과 부조리한 관습으로 하층민의 인격을 무시하고 남녀의 진정한 사랑을 철저하게 부정했다. 숙영낭자의 말대로 그녀에게는 '더러운 세상'이었던 것이다. 백상공이 일시적으로 사과했다 해서 이러한 현실이 바뀌는 것도 아니며, 또 숙영낭자가 정식 며느리로 인정받을 수 있었던 것도 아니다. 백상공의 의심과 매월의 모함은 숙영낭자가 이러한 자신의 처지를 분명하게 자각할 수 있었던 계기적 사건이었으나, 백상공에게는 "남녀 사이에 일어나는 누명은 인간의 예삿일"이었을 뿐이다. 이런 상황에서 숙영낭자에게 자신의 자존과 사랑을 지키는 길은 죽음 외에 달리 어떤 방법이 있었겠는가? 그래서 그녀는 "저승에 가서 누명을 씻으리라"며 자결을 선택한바, 숙영낭자의 자결은 하층민 출신으로 인간적 자존을 지키면서 동시에 자신의 존재가치와 사랑을 인정해주지 않는 부조리한 현실에 항거할 수 있는 유일한 통로였다고 하겠다.

한편 『숙영낭자전』의 중요한 특징 가운데 하나로 남자 주인공인 선군의 태도와 지향을 들 수 있다. 그는 꿈속에서 본 숙영낭자를 잊지 못해 죽을 지경까지 이르며, 낭자와 팔 년을 함께 살았으면서도 단 한순간도 낭자와 떨어지려 하지 않는다. 숙영낭자가 의심받게 된 것도 결국은 선군이 과거를 보러 가던 도중에 낭자를 잊지 못해 집안 식구들 몰래 집으로 돌아왔기 때문이다. 이뿐만이 아니다. 선군은 낭자가 죽은 것을 알고, "원수로다, 원수로다, 과거 길이 원수로다! 과거에 급제한들 무엇하며, 한림학사가 된들 무엇하리? 옥 같은 낭자의 얼굴 보고 지고! 한순간을 못 보아도 삼 년을 못 본 듯한데, 이제 우리 낭자가 죽었으니 어느 천 년에 다시 볼꼬?"라며 통곡한다. 선군의 이 말은 사랑하는 부인을 잃은 순간에 가질 수 있는 일시적인 절망감에서 나온 것만은 아니다. 그가 사는 목적은 처음부터 숙영낭자와 한순간도 떨어지지 않은 채 서로 사랑하면서 사는 것이었으며, 이외에는 그 어떤 것에도 마음을 두지 않았다. 그렇기에 위와 같은 그의 절망감은 진실하면서도 절대적인 것이라 할 수 있다.

선군과 같은 인물은 고전소설에서는 물론, 과거보다는 남녀의 사랑을 중요시하는 오늘날 우리의 현실에서도 찾아보기 쉽지 않다. 또 현실적으로 선군의 태도와 지향이 꼭 바람직하다고만 할 수도 없으며, 특히 부모의 입장에서 볼 때는 결코 탐탁지만은 않았으리라 생각된다. 서술자도 이런 점을 인정한 탓인지, "선군은 잠시도 낭자 곁을 떠나지 않은 채 매일 낭자와 함께 희롱하며 지냈다. 상공 부부는 선군이 학업에는 전혀 신경쓰지 않는 것이 민망했지만, 자식이 오로지 선군뿐인 탓에 꾸짖지도 못했다"라고 서술하고 있다. 그러나 서술자는 작품 전반에 걸쳐 선군을 매우 긍정적인 인물로 형상화하고 있는데, 여기에는 조선 후기 남편에게 소외받던 여성들의 욕망과 함께 남녀의 애정을 억압하는 사회적 현실에 대한 불만이 강하게 반영되어 있는 것으로 보인다. 이런 점에서 다음과 같은 견해는 『숙영낭자전』의 정곡을 짚었다고 생각한다.

『숙영낭자전』은 조선 후기에 창작된 작자 미상의 애정소설이다. 표면은 도선적인 환상으로 뒤덮여 있고, 이면에는 냉혹한 현실이 그것을 극복하려는 강렬한 의지와 함께 아주 생생하게 그려져 있다. 천상계에서 내려와 인간으로 태어난 한 선관과, 선녀인 채로 지상의 한 선경에 내려와 살던 선녀가 어렵사리 만나 열애하고 결혼하고 사별하고 또 재생하는 등의 행위는 도선적 상상력이 빚어낸 아주 환상적이고 낭만적인 사건인데, 그것이 이 작품의 표면을 이루고 있다. 반면 억누를 수 없는 사랑의 욕구와 부부간의 애정이 효라는 중세적 규범에 희생되는 모습, 그리고 부자간의 도리를 저버리고라도 사랑의 자유만을 찾겠다는 자식의 힘겨운 노력이 그 이면을 이루면서 당대의 생동하는 현실을 반영한다. 도선적인 환상을 걷어내면 그런 현실이 제 모습을 드러내고 사회 저변에서 일어나고 있던 변화의 조짐까지도 쉽사리 감지된다.

― 김일렬, 『숙영낭자전 연구』(역락, 1999) 머리말에서

위에서 지적한 것처럼 『숙영낭자전』은 환상적이고 낭만적인 사건으로 이루어져 있지만, 그 이면에는 '부자간의 도리를 저버리고라도 사랑의 자유만을 찾겠다는 자식의 힘겨운 노력'이 담겨 있다. 이 노력은 바로 남녀의 사랑을 불온시하거나 억압했던 조선 후기의 도덕적 관념이나 사회적 관습을 극복하려는 '힘겨운 몸부림'이라고 할 수 있다.

왜 우리는 이를 굳이 '힘겨운 몸부림'이라고 표현해야 하는가? 그까닭은 바로 사건의 환상성에 있다. 『숙영낭자전』에서 천생연분으로 설정되어 있는 백선군과 숙영낭자의 만남은 실제로는 『춘향전』의 이도령이나 춘향처럼 두 청춘 남녀가 사사로이 만나 열정적으로 사랑했던 이야기였을 가능성이 크다. 예컨대 선군이 꿈속에서 숙영낭자를 보고 상사병에 걸렸다는 사건 설정은 실제로 조선 후기에 우연히 만난 한 처녀를 열렬히 사랑하게 된 한 청년의 가슴앓이로 이해할 수 있다는 것이다. 또 작품에서는 숙영낭자가 천상에서 인간 세상으로 내려와 옥연동에 머물러 있었다고 했는데, 현실적인 측면에서 볼 때 숙영낭자의 신분을 추정할 수 있는 어떠한 근거도 제시되어 있지 않다. 이것은 분명 선군이 안동에 거주하는 백상공의 아들로 태어났다는 상황 설정과는 다른데, 그 까닭은 숙영낭자가 본래 그 출신성분을 알 수 없는 미천한 존재였기 때문이라고 보아야 한다. 요컨대 『숙영낭자전』에서 백선군과 숙영낭자의 만남은 기본적으로 양반 도령이 한 미천한 여성을 열렬히 사랑한 나머지 부모의 뜻을 거역하고 집에 데리고 와 함께 살

았던, 문제적인 사건이었다고 하겠다.

『숙영낭자전』의 환상성의 비밀은 바로 여기에 있다. 일반적으로 열정적인 행동을 수반하는 사랑은 강한 정치적 의미와 함께 반사회적 성격을 함축하고 있다. 열정적 사랑이란 합법적으로 인정되지 않은 사랑에 한 발을 들여놓을 때 비로소 가능한 것이기 때문이다. 즉 열정적인 사랑은 어떠한 외부적 장벽이나 질곡에도 저항할 수 있는 커다란 잠재력을 가지고 있는 것이다. 그렇기에 거의 모든 사회체제에서 남녀 간의 열정적인 사랑을 불온하게 여겼으며, 특히 성리학적 이념과 봉건적 신분관계를 축으로 삼아 중세적 지배체제를 유지했던 조선시대에는 이를 더욱 억압했던 것이다. 그런데 『숙영낭자전』은 바로 남녀 주인공의 열정적인 사랑을 주제로 삼고 있을 뿐만 아니라, 그 애정을 적극적으로 표출하고 있기까지 하다.

『숙영낭자전』이 다루고 있는 이 열정적 사랑은 오늘날 우리 사회에서도 문제시되곤 한다. 하물며 조선시대에는 어떠했겠는가? 조선 후기에 이르러 봉건적 신분관계가 동요를 일으키고, 성리학적 이념의 사회·정치적 통치이념으로서의 성격이 약화되었다고 할지라도, 이 문제를 노골적으로 드러내기는 어려웠을 것이다. 그렇기에 『숙영낭자전』의 향유층은 이 문제를 노골적이거나 직접적으로 표출하지 못하고, 비현실적·환상적으로 드러낸 것이다. 요컨대 봉건적 신분관계 등 사회적 관습이나 이념에서 벗어나 자유롭고 열정적인 사랑을 욕망하면서도 그것을 드러낼 수 없었던 사회적 현실, 그러한 현실 속에서 『숙영낭자전』의 향유층은 환상적인 사건의 설정과 형상화를 통해서나마 자유롭고 열정적인 사랑의 가치와 의미를 드러내고자 했다고 하겠다. 오늘날 우리가 누리고 있는 자유로운 사랑은 바로 이들의 '힘겨운 몸부림'이 축적된 결과로 이해되어야 할 것이다.

현재 조사된 바에 의하면, 『숙영낭자전』의 이본은 필사본 66종, 판

각본 4종 등 총 71종이다. 이들은 모두 국문본이며, 한문본『숙영낭자전』인『재생연再生緣』이 있었다고 하나 현재는 찾아볼 수 없다. 여기에서는 여러 이본들 가운데『숙영낭자전』의 전형성을 잘 보여주는 김동욱 소장 48장본『숙영낭자전』을 저본으로 삼아 현대역을 했으며, 이야기의 전개가 자연스럽지 못한 몇몇 부분은 김광순 소장 48장본『수경낭자전』, 김광순 소장 50장본『수경낭자전』, 경판 28장본『숙영낭자전』등을 참조하여 윤색했음을 밝혀둔다.

이상구

【 참고문헌 】

숙향전

이위응(1960), 「숙향전 연구—그 필사 및 창작연대 추정을 위한 음운학적
　　　분석을 주로」, 『부산대 개교 20주년 기념 논문집』.

장흥재(1972), 「숙향전에 나타난 거북(＝龍)의 보은사상」, 『국어국문학』
　　　55～57합집, 국어국문학회.

조희웅(1978), 「국문본 고전소설 형성연대 고구」, 『국민대논문집』 12, 국민대.

구충회(1983), 「숙향전 이본고」, 고려대 교육대학원 석사논문.

김응환(1983), 「숙향전의 도교사상적 고찰」, 한양대 석사논문.

나도창(1984), 「숙향전 연구」, 숭전대 석사논문.

서연희(1986), 「숙향전의 서사구조와 의미」, 『서강어문』 5, 서강어문학회.

정종대(1987), 「숙향전고」, 『국어교육』 59～60합병호, 한국국어교육연구회.

양혜란(1991), 「숙향전에 나타난 서사기법으로서의 시간 문제」, 『우리어문
　　　학연구』 3, 외국어대.

황패강(1991), 「숙향전의 구조와 동양적 예정론」, 『고전소설의 이해』, 문학
　　　과비평사.

이상구(1991), 「숙향전의 현실적 성격」, 『고전문학연구』 6, 한국고전문학연
　　　구회.

조용호(1992), 「숙향전의 구조와 의미」, 『고전문학연구』 7, 한국고전문학연
　　　구회.

장흥재(1993), 「숙향전」, 『고전소설연구』, 일지사.

신재홍(1994), 「숙향전의 미적 특질」, 『다곡이수봉박사정년기념 고소설연구
　　　논총』, 경인문화사.

이상구(1994), 「숙향전의 문헌적 계보와 현실적 성격」, 고려대 박사논문.

박태근(1994), 「숙향전의 문체론적 연구」, 단국대 석사논문.

성현경(1994), 「숙향전론」, 『동아연구』 27, 서강대 동아연구소.

임성래(1995), 「숙향전」, 『조선후기의 대중소설』, 태학사.

윤경희(1995), 「이대본 숙향전에 나타난 조명론적 세계관―천상계 존재의 기능과 그 의미를 중심으로」, 『한국고전연구』 창간호, 한국고전연구회.

이종길(1995), 「숙향전 연구」, 부산외국어대 석사논문.

조희웅·松原孝俊(1997), 「숙향전 형성연대 재고―일본측 자료를 중심으로」, 『고전문학연구』 12, 한국고전문학회.

박병완(1995), 「숙향전의 구조와 작가의식」, 『국어국문학』 115, 국어국문학회.

심치열(1997), 「숙향전 연구」, 『한국언어문학』 38, 한국언어문학회.

차충환(1999), 『숙향전 연구』, 월인.

최기숙(1999), 『17세기 장편소설 연구』, 월인.

차충환(1999), 「숙향전의 구조와 세계관」, 『고전문학연구』 15, 한국고전문학회.

_____(2000), 「숙향전 이본의 개작 양상과 그 의미」, 『인문학연구』 4, 경희대 인문학연구소.

정종진(2001), 「숙향전 서사구조의 양식적 특징과 세계관」, 『한국고전연구』 7, 한국고전연구회.

이상구(2002), 「숙향전」, 『고소설연구사(일위 우쾌제 박사 화갑기념논문집)』, 간행위원회.

김문희(2005), 「숙향전의 환상성의 창출양상과 의미」, 『한민족어문학』 47, 한민족어문학회.

지연숙(2005), 「숙향전 한문본 연구」, 『고소설연구』 24, 한국고소설학회.

박현숙(2005), 「성리학적 관점으로 본 숙향전」, 『한국사상과 문화』 27, 한국사상문화학회.

박영희(2006), 「17세기 소설에 나타난 시집간 딸의 친정 살리기와 '출가외인' 담론」, 『한국고전여성문학연구』 13, 한국고전여성문학회.

지연숙(2007), 「숙향전의 세계 형성과 작동 원리 연구」, 『고소설연구』 24, 한국고소설학회.

이기대(2008), 「시아버지에 의한 며느리 박해의 소설화 양상」, 『우리어문연구』 30, 우리어문학회.

숙영낭자전

이희숙(1968), 「숙영낭자전고」, 『한국어문연구』 8, 이화여대 한국어문학회.

김일렬(1977), 「고전소설에 나타난 가족의식」, 『동양문화연구』 2, 동양문화 연구소.

_____(1982), 「소설의 민요화—숙영낭자전과 오단춘요를 대상으로」, 『어 문논총』 16, 경북대 국문과.

_____(1984), 「조선조 소설에 나타난 효와 애정의 대립—숙영낭자전을 중 심으로」, 서울대 박사학위논문.

김충실(1984), 「숙영낭자전에 나타난 시련에 대한 연구」, 『이화어문논집』 7, 이화여대 한국어문학연구소.

손경희(1986), 「숙영낭자전 연구」, 연세대 석사학위논문.

김종철(1992), 「판소리 숙영낭자전 연구」, 『난대이응·백박사고희기념논문집』.

박태상(1993), 「숙영낭자전」, 『화경고전문학연구』, 일지사.

김일렬(1994), 「숙영낭자전에 나타난 주·노간의 갈등」, 『어문론총』 28, 경 북어문학회.

_____(1994), 「숙영낭자전의 현대적 개작에 의한 변모」, 『한국학논집』 15, 한국문학회.

성현경(1995), 「숙영낭자전과 숙영낭자가의 비교—소설의 판소리화 과정 연구」, 『판소리연구』 6, 판소리학회.

김일렬(1995), 「도선적 신비 속의 역사적 현실—숙영낭자전의 경우」, 『어문 론총』 29, 경북어문학회.

_____(1996), 「판소리 숙영낭자전의 등장과 탈락의 이유」, 『어문론총』 30, 경북어문학회.

_____(1999), 「비극적 결말본 숙영낭자전의 성격과 가치」, 『어문학』 66, 한 국어문학회.

윤경수(1999), 「숙영낭자전의 신화적 구성과 분석」, 『연민학지』 7, 연민학회.

_____(1999), 『숙영낭자전 연구』, 도서출판 역락.

문학동네 한국고전문학전집을 펴내며

　우리가 고전에 눈을 돌리는 것은 고전으로 회귀하기 위해서가 아니다. 한국의 고전은 고전으로서 계승된 역사가 극히 짧고 지금 이 순간에도 발견되고 있으며 심지어 어떤 작품은 저 구석에서 후대의 눈길을 간절하게 기다리고 있기도 하다. 우리의 목표는 바로 이런 한국의 고전을 귀환시키는 것이다. 그러니까 고전 안에 숨죽이며 웅크리고 있는 진리내용들을 다시 불러들이고 그것으로 이 불투명한 시대의 이정표를 삼는 것, 이것이 우리의 궁극적인 목적이다.

　문학동네 한국고전문학전집은 몇몇 전문가의 연구실에 갇혀 있던 우리의 위대한 유산을 널리 공유하는 것은 물론, 우리 고전의 비판적·창조적 계승을 통해 세계문학사를 또 한번 진화시키고자 하는 강한 열망 속에서 탄생하였다. 그래서 문학동네 한국고전문학전집은 이미 익숙한 불멸의 고전은 말할 것도 없고 각 시대가 새롭게 찾아내어 힘겨운 논의 끝에 고전으로 끌어올린 작품까지를 두루 포함시켰다. 뿐만 아니라 한국 고전의 위대함을 같이 느끼기 위해 자구 하나, 단어 하나에도 세밀한 정성을 들였다. 여러 이본들을 철저히 비교하는 과정을 거쳐 정본을 확정했고, 이제까지의 모든 연구를 포괄한 각주를 달았으며, 각 작품의 품격과 분위기를 충분히 살려 현대어 텍스트를 완성했다. 이 모두가 우리의 고전을 재발명하는 것이야말로 세계문학의 인식론적 지도를 바꾸는 일이라는 소명감 덕분에 가능했음은 물론이다. 부디 한국의 고전 중 그 정수들을 한자리에 모은 문학동네 한국고전문학전집이 그간 한국의 고전을 멀리했던 독자들에게 널리 읽히고 창조적으로 계승되어 세계문학의 진화를 불러오는 우리의, 더 나아가 세계 전체의 소중한 자산으로 자리하기를 기대해본다.

문학동네 한국고전문학전집 편집위원
심경호, 장효현, 정병설, 류보선

옮긴이 **이상구**

고려대학교 문과대학 국어국문학을 졸업하고, 동대학원에서 석사와 박사 학위를 받았다. 국립순천대학교 사범대학 국어교육과에 재직하다가 2025년 2월에 정년 퇴임하였으며, 그간 순천대학교 사범대학장, 한국고전여성문학회장, 한국고소설학회장 등을 역임하였다. 저서로는 『한국 고소설의 작품 세계와 지향』 『숙향전의 이본과 작품 세계』 등이 있으며, 논문으로는 「「유충렬전」의 갈등 구조와 현실 인식」 「「운영전」의 갈등양상과 작가의식」 「「구운몽」의 형상화 방식과 소설 미학」 등 수십 편이 있다. 또한 고소설의 대중화를 위해 『유충렬전』 『17세기 애정전기소설』 『숙향전 · 숙영낭자전』 『박씨전 · 금방울전』 『방한림전』 『이형경전』 등을 현대어역하는 작업을 꾸준히 해왔다. 그 결과 『숙향전 · 숙영낭자전』의 경우는 프랑스어, 스페인어, 몽골어 등 7개 언어로 번역되었으며, 『방한림전』의 경우는 아르헨티나에서 큰 인기를 끌기도 했다.

한국고전문학전집 005

숙향전 · 숙영낭자전
ⓒ 이상구 2010

1판 1쇄 2010년 8월 28일
1판 8쇄 2025년 4월 21일

옮긴이 이상구

책임편집 구민정 | **편집** 임혜지 김춘길 오동규 | **독자모니터** 행운바다
디자인 윤종윤 최미영 | **저작권** 박지영 형소진 오서영
마케팅 정민호 서지화 한민아 이민경 왕지경 정유진 정경주 김수인 김혜원 김예진 나현후 이서진
브랜딩 함유지 박민재 이송이 김희숙 박다솔 조다현 김하연 이준희
제작 강신은 김동욱 이순호 | **제작처** 영신사

펴낸곳 (주)문학동네 | **펴낸이** 김소영
출판등록 1993년 10월 22일 제2003-000045호
주소 10881 경기도 파주시 회동길 210
전자우편 editor@munhak.com | **대표전화** 031) 955-8888 | **팩스** 031) 955-8855
문학동네카페 http://cafe.naver.com/mhdn
인스타그램 @munhakdongne | **트위터** @munhakdongne
북클럽문학동네 http://bookclubmunhak.com

ISBN 978-89-546-0894-7 04810
        978-89-546-0888-6 04810 (세트)

www.munhak.com